LA RAGAZZA DEL LAGO

UN LUCA MISTERO

LA SERIE LUCA MYSTERY

DAN PETROSINI

DAN PETROSINI

1

_____

Luca

Non era da me arrivare tardi. Mary Ann aveva un appuntamento dal neurologo. Normalmente, dopo essere tornato in servizio solo da una settimana, non ci sarei andato.

Ma niente era normale negli ultimi due mesi. Ci eravamo troppo abituati alla sclerosi multipla di Mary Ann. L'occasionale riacutizzazione che svaniva in un paio di giorni.

Non volevo allarmare Mary Ann, ma le cose erano cambiate con un attacco durato dieci giorni. Seguito da una seconda ricaduta cinque giorni dopo. Qualcosa non andava; la domanda era quanto male sarebbe andata.

Se esisteva un Dio - e nel mio mestiere, avevo i miei dubbi - lui o lei mi aveva offerto un'opportunità. Nel bel mezzo della seconda, prolungata crisi, lo Sceriffo Chester aveva lasciato il dipartimento. Aveva accettato quel posto di alto profilo a Tallahassee di cui mi aveva parlato. Chester aveva cercato di farmi tornare prima di andarsene, ma io ero indeciso e, per ripicca, non volevo dargli questa soddisfazione.

Dopo quasi un anno in proprio, me la cavavo abbastanza bene. Derrick aveva abboccato all'esca di Chester e mi faceva pressioni per tornare. Sebbene volessi bene a Derrick, non erano l'amicizia o il bisogno di catturare assassini che mi avevano fatto tornare.

Forse era una combinazione di fattori, ma l'assicurazione sanitaria offerta dal dipartimento era buona. La nostra copertura Cobra aveva ancora sei mesi di validità, e le spese mediche di Mary Ann erano alle stelle.

Avevo anche bisogno di permessi, e come investigatore privato venivo pagato solo quando effettivamente lavoravo. Come dipendente dello sceriffo della Contea di Collier, avevo diritto a ferie retribuite e congedi familiari,. In più, Derrick poteva coprirmi per brevi periodi quando necessario.

Quando il nuovo sceriffo, Bill Remin, mi avevachiamato, era stata un'opportunità che non potevo lasciarmi sfuggire. Remin erastato un detective della Omicidiprima di salire di grado. L'avevo incontrato due volte. Sembrava una brava persona e un buon poliziotto, anche se tendeva a intromettersi. Voleva che tornassi. Gli ho rifilato la storia che mi mancavano i ragazzi e il lavoro ed eccomi qui.

Nessuno conosceva il vero bagaglio di motivazioni. Né Mary Ann, né Derrick, né Bilotti. Nessuno. Tutti avevano creduto alla mia storia sulla caccia agli assassini. I più pensavano che mi mancasse il lavoro. Altri che fosse per l'uscita di scena di Chester. Non posso dire altro se non che era complicato.

Capitolo 1

L'ufficio era vuoto. Mi liberaidella giacca, chiedendomi dove fosse il mio partner. Mentre mi sedevo alla scrivania, Derrick entrò.

«Ehi Frank, abbiamo un cadavere...»

Era una frase che mi iniettava adrenalina meglio di una cassa di Red Bull.

«Ah, avrei dovuto dire uno scheletro.»

«Dove?»

«Pine Ridge Estates. La proprietà appartiene a un certo William Miller.»

«Chi l'ha scoperto?»

«Un giardiniere. Stavano lavorando nella zona e uno dei loro ragazzi l'ha dissotterrato.»

«Maschio o femmina?»

«Non l'hanno detto. Il tizio che l'ha scoperto se l'è data a gambe quando l'ha trovato, e la moglie del proprietario ha fatto la segnalazione.»

«Qualche indicazione sull'età?»

«No.»

Allungaila mano verso il telefono. «Chiamerò Bilotti.»

«L'ho già fatto. Ci incontrerà laggiù.»

«Muoviamoci.»

2

Bill Miller

L'appuntamento al campo era alle 16.00. Non vedevo l'ora di usare la mia nuova mazza Honma. Se fosse stata all'altezza della loro mazza per il putting, valeva i soldi spesi. C'era abbastanza tempo per colpire qualche pallina e abituarmi a quella nuova.

Perché non riuscivamo a produrre mazze da golfcosì in America?

Il mio punteggioera fermo a dieci da due anni. Mentre mi domandavo quanto questa sofisticata mazzagiapponese l'avrebbemigliorato, squillò il cellulare. Era mia moglie. Esitai prima di rispondere. Era una settimana che non giocavo. Stavo per liquidarla, ma temevo potesse riguardare Mark. Di nuovo.

«Ehi, Cathy, che succede?»

«Hanno trovato un cadavere nella proprietà. La nostra proprietà.»

Mi bloccai. «Un cadavere? Era un uomo o una donna?»

«Non lo so. Perché?»

Mi fermai al semaforo rosso all'incrocio tra Collier Boulevard e Davis Boulevard. «Chiedevo solo. Chi l'ha trovato?»

«Un tizio che lavora per Jimenez.»

Doveva proprio costruire quel maledetto muro. Deglutii. «Era lì da molto?»

«Non lo so. Chi pensi che sia?»

Non potevo dirle che pensavo fosse Kate Swift. «Non lo so. Probabilmente è lì da secoli.»

«Credi davvero?»

«Certo.»

«La polizia è qui. Hanno transennato tutta la zona, laggiù.»

«La polizia?»

«Sì, cosa ti aspettavi?»

Un coro di clacson mi fece rendere conto che il semaforo era diventato verde. «Non lo so, questa cosa mi ha colto alla sprovvista.»

«Devi tornare a casa.»

«D'accordo, annullerò la partita. Fammi chiamare i ragazzi per avvertirli. Ci vediamo più tardi.»

Questo poteva essere un altro punto di svolta, se non gestito bene.. Avrebbe segnato la fine della nostra famiglia, dell'attività, della nostra posizione sociale. L'imbarazzo e la vergogna sarebbero stati troppo grandi. *Dovevo* gestire la situazione.

Entrai nel parcheggio di un Walmart, fermandomi in un angolo alla fine dell'edificio. Come se avessi bisogno di un promemoria, un camion di June's Diary passò sbuffando. Erano passati nove anni; 1° giugno 2013.il ricordo non sbiadiva mai, ma negli ultimi due anni dormivo molto meglio.

Tutti consideravano Katie una tipica adolescente della Florida: capelli biondi, atletica e un sorriso da mille watt. Ma era molto di più. Ciò che la distingueva era la genuina compassione e la bontà sanache emanava. Con Katie intorno, la vita era più dolce.

Dopo l'accaduto, la comunità non fu più la stessa. La tensione sostituì lo stile di vita rilassato e tranquillo. All'improvviso, la paura che giace sotto la superficie di ogni grande città, aveva fatto capolino a Naples.

Tutti cambiammo. Ma nessuno quanto me. La mia mente tornò a quel giorno.

La sveglia suonò alle sei e trentacinque. Saltai giù dal letto, con il sole che sorgeva in un cielo senza nuvole. Sporsi la testa oltre le porte scorrevoli. L'aria frizzante era intrisa di profumo di caprifoglio. Il tempo assecondava i miei piani per una domenica perfetta: Messa alle 9:00, seguita da una partita di golf. Poi, aperitivo con i ragazzi prima di tornare a casa.

Cathy era a Miami a trovare sua sorella, così avevo comprato una bistecca Wagyu da Seed to Table sulla strada di casa la sera prima. Avevo iniziato a bere mentre cucinavo alla grigliae mi sentivo bene. Un po' troppo bene. Mi ero gustato la bistecca sulla verandai e stavo guardando la partita.

Non appena ero tornato a casa, avevo cercato di tenere d'occhio Mark. Mio fratello era di cattivo umore dal giorno prima quando gli avevo detto che il nostro quartettoera già al completo. Non lo era e avevo la sensazione che lui lo sapesse. Ma Mark si distraeva facilmente, e io odiavo fare una partita di golf di quattro ore.

Katie era passata per restituire una racchetta da tennis che mia moglie le aveva prestato per provarla. Aveva menzionato che aveva fretta, ma Mark aveva insistito per portarla a fare un giro sulla sua barca. Lei aveva accettato con gioia, sorprendendomi. Avrei voluto che gli avesse detto di no.

Mark corse giù fino al molo. Mentre alzava il tendalino Bimini, io camminai verso il lago con Katie. Stava maturando come donna ma manteneva una contagiosa spensieratezza. Il modo in cui rideva mi allargava il cuore. .

L'aiutai a salire sulla barca, la sua mano era morbida e calda. Dopo aver avvertito Mark di andarci piano, sciolsi gli ormeggi. Rimasi in piedi sul molo per un paio di minuti, osservandoli sfrecciare sul lago.

Il clacson di un camion suonò due volte. Alzai lo sguardo. Era un camion del Walmart. L'autista stava indicando un cartello. Ero parcheggiato bloccando l'accesso alle banchine di carico.

3

Luca

Derrick svoltò da Pine Ridge su East Road. Le case e i lotti su cui si trovavano si ampliavanoman mano che ci addentravamo in Pine Ridge Estates.

Disse: «Cavolo, guarda quella casa. I cancelli valgono più di tutta casa mia.»

Una coppia di cancelli in ferro battuto nero pendeva da pilastri di pietra grandi quanto un piccolo edificio.

Chiesi: «Tu non hai i cancelli con le tue iniziali?»

«Dev'essere bello avere tutti queisoldi.»

«Sì, ma questo non significa che non abbiano problemi.»

«È più difficile insegnare i valori ai propri figli quando si hanno i soldi.»

«È curioso che tu lo dica; ho appena visto una cosa in TV su un tizio,un tipo di New York di un fondo speculativo che vale miliardi. È coinvolto nell'asta dei vini di Naples. A ogni modo, ha detto che è più facile crescere i figli in una famiglia della classe media che quando si è ricchi.»

«Davvero?»

«Mi piacerebbe provare. Con tutto quello che sta passando Mary Ann, vorrei fare il più possibile per lei prima che la SM peggiori.»

«Starà bene.»

«Non lo so, Derrick. Sto iniziando a preoccuparmi.»

«Possiamo fare qualcosa per aiutare?»

«Niente, ma grazie. Ti farò sapere. Quella è casa Miller, sulla sinistra.»

Una volante era parcheggiata in fondo a un lungo viale d'accesso.

«Bella proprietà. Chissà che lavoro fa questo Miller.»

Un altro vuoto causato dalla preoccupazione per la chemio di mia moglie mi rallentò il pensiero, ma poi mi venne in mente di quale Miller si trattasse. «La famiglia è nel settore dei materiali da costruzione. Hanno delle sedi su Industrial Way e su Santa Barbara Boulevard.»

«Ah, sì. Hanno un negozio anche a all'estero.»

«Sono in attività da molto tempo.»

«Non dev'essere facile competere con Home Depot.»

Percorremmo il viale lastricato, dove era parcheggiata una Maserati bianca con la capote abbassata. Mentre il medico legale si avvicinava, dissi: «È arrivato Bilotti.»

«Il dottore ha un tempismo perfetto.»

Un agente in uniforme era diguardia in cima al viale. Aveva teso del nastro della polizia dalla maniglia di una delle sei porte del garage fino a una palma a trenta metri di distanza. Derrick disse: «Questo Miller deve collezionare auto.»

Mostrammo i nostri distintivi e firmammo il registro. «Il tizio che ha trovato il cadavereè dentro con il suo capo e la signora Miller. Vuoi parlargli?»

«Non ancora. Voglio vedere la scena.»

Indicò il retro della proprietà. «C'è un boschetto di alberi di mango prima che la proprietà scenda verso il lago. Io e McQuire l'abbiamo transennato. È laggiù.»

Infilammo guanti e copriscarpe e passammo sotto il nastro. Derrick chiese: «Non aspetti Bilotti?»

«Mi piacerebbe vederla da soli.»

Mentre camminavamo, ispezionai l'area. La vista dal retro della casa era impressionante. Sebbene ci fossero una bella zona piscina e un campo da tennis sul lato sinistro, era il lago scintillante ad attirare lo sguardo.

Era così grande che non se ne vedeva l'intera superficie. Guardandola distesa d'acqua, dissi: «Sembra che non ci siano altre case con vista lago, qui.»

«Hanno un sacco di privacy.»

«Il che lo rende un buon posto per seppellire un corpo.»

«Dev'essere un omicidio.»

«Nessun dubbio.»

Sarà stato per il sole splendente o per il fatto che si trattava di uno scheletro, ma McQuire sorrideva come se avesse vinto alla lotteria.

«Ehi, Frank, con cosa vi tengono in pugno per avervi fatto tornare entrambi al lavoro?»

Avrei voluto dirgli che non l'avevo ancora capito, ma invece dissi: «Come te la passi, Mac?»

Lui sollevò il nastro e ci dirigemmo verso la fossa

mentre l'agente diceva: «Bene. E il nuovo sceriffo? Ti piace?»

Non risposi.Allontanandoci, Derrick sussurrò: «Che pagliaccio. Ti ricordi quando si è sbronzato alla festa di Natale? Ha fatto una figuraccia.»

«Sì, be', capita a tutti di tanto in tanto.»

«No, è un pupazzo.»

«Cosa?»

«Un Muppet. Most Useless Police Officer Ever Trained.»

«Non faceva ridere.»

Un trattore che sembrava una versione giocattolo di un mezzo agricolo bloccava il passaggio. Lo aggirai e vidi il teschio. Non c'era traccia di pelle o capelli: il corpo era stato sepolto molto tempo prima. Ci avvicinammo con circospezione.

«Sembra un adulto. Impossibile dire se maschio o femmina.»

«Fortuna che quel tizio non l'ha frantumato.»

«Non era sepolto molto in profondità. Si vede dove ha colpito la pala, là, a circa dieci pollici di distanza. Sembra intatto.»

«È strano che sia sepolto rivolto verso il lago anziché orizzontalmente.»

Annuii. «Vero, ma potrebbe non significare niente.»

«Pensi che il livello del lago possa essere arrivato fino a qui?»

Mi guardai intorno. «Non vedo tracce di inondazioni, ma non appena scopriremo da quanto tempo è qui, controlleremo i registri degli uragani e delle piene.»

«Giusto.»

«Ma perché non zavorrarlo e gettarlo in mezzo al lago?»

«Forse non avevano una barca.»

«Il terreno non sembra quello tipico del fondo di un lago, ma possiamo farlo analizzare dalla scientifica.»

«Forse—»

Alzai una mano. «Ho bisogno di un attimo.»

«Scusa.»

PARTE del mio modus operandi consisteva nell'immaginare come si fosse svolta la scena del crimine. La prima domanda a cui cercavo risposta era se il corpo fosse stato portato lì di proposito. Il lago offriva un modo semplice per spostarsi da una riva all'altra senza essere visti. Era anche possibile che il corpo fosse stato trasportato in auto, il che avrebbe fatto pensare a un possibile coinvolgimento di un membro della famiglia.

Non si poteva però escludere che qualcuno, approfittando dell'assenza dei proprietari, si fosse introdotto nella proprietà. Questo lo avrebbe reso un omicidio premeditato. Stabilire quanta parte degli omicidi fosse davvero pianificata era impossibile. Gli assassini sapevano che le condanne erano più lunghe e cercavano di mascherare il crimine facendolo passare per un litigio finito male.

Speravo che Bilotti potesse chiarire in frettase questo scheletro fosse il risultatodi un omicidio d'impeto. Mi accovacciai accanto al teschio. Chi era questa persona?

«Frank, Bilotti e la sua squadra sono qui.»

4

MILLER

Chiamai l'altro mio fratello. «Greg, hanno trovato un cadavere nella mia proprietà.»

«Oh, no.»

«Stai tranquillo. Ho un buon presentimento.»

«Cosa vuoi dire?»

«Te lo dirò quando ci vedremo.»

«Dimmi di che diavolo stai parlando».

«Cosa stai facendo adesso?»

«Lavoro, che credevi?»

«Incontriamoci nel parcheggio del Chick-fil-A all'incrocio tra Airport e Pine Ridge», disse Bill.

«Adesso?»

«Sì, adesso. Ti interesserà saperlo.»

Entrambe le corsie del drive-through erano piene. Parcheggiai in un posto accanto alla Corvette di Greg. Lui scese e salì sulla mia Tahoe.

«Che facciamo, le spie adesso?»

«Non possiamo correre rischi, ma credo che siamo fuori pericolo.»

«Non ho la più pallida idea di che diavolo stai parlando.»

«Il cadavere nella mia proprietà. Se si tratta di... be', sai chi, allora non è stato Mark.»

«Come fai a essere sicuro che non sia stato lui?»

«Ha gettato Katie nel lago.»

«Non ne sono così sicuro.»

«L'ha zavorrata con l'ancora. Ti sei dimenticato che mancava l'ancora dalla sua barca? Hanno trovato lo scheletro vicino agli alberi di mango.»

«Ma—»

«Ecco perché sono sollevato—»

«Mark aveva del fango sulle scarpe.»

«E allora?»

«Quando sono passato da lui il giorno dopo, aveva un paio di manghi in camera. Ha fatto spallucce quando gli ho chiesto da dove venissero.»

«Di nuovo: e allora?»

«Ho chiesto a Cathy se li avesse comprati o raccolti, e lei ha detto nessuna delle due cose.»

«Mark potrebbe averli raccolti e semplicemente non averne parlato. Sai com'è fatto.»

«Sì, e Katie potrebbe essere stata rapita da un alieno.»

«Pensi davvero che sia stato Mark?», disse Bill.

«Io? Sei tu quello che ha orchestrato l'insabbiamento.»

«Insabbiamento? Non dire scemenze. Stavo cercando di proteggere lui, la famiglia, di proteggere l'azienda».

«Mi hai fatto mentire alla polizia. Te l'avevo detto che

avremmo dovuto dir loro quello che sapevamo. Ci portiamo dietro questo maledetto segreto da quasi dieci fottuti anni, e adesso ce lo ritroveremo nel culo.»

«Aspetta un attimo. Niente panico. A questo punto, non sappiamo nemmeno se si tratta di Katie.»

«Oh, andiamo. Stai negando l'evidenza. Chi altro potrebbe essere?»

Feci spallucce. «Lo scopriremo molto presto.»

«E poi? Qual è il tuo fantastico piano, questa volta?»

«Non preoccuparti, me ne occuperò io. Lo faccio sempre.»

«Che diavolo significa?»

«Cosa significa? Te lo dico io: da chi vengono tutti quando c'è un problema? Chi si sta occupando di Mark? Non mi pare che tu ti sia fatto avanti.»

«Sei un maniaco del controllo.»

«Non parlare a sproposito. Se non fosse stato per me, quando papà è morto, l'azienda sarebbe fallita.»

«Oh, e così adesso saresti un salvatore?»

«Esatto. Sono intervenuto io e ho tenuto tutto in piedi quando tu non sapevi che pesci pigliare.» «Ah, sì? E chi l'ha fatta crescere l'azienda? Non assomiglia per niente a quella che aveva fondatopapà. La sua era un'attività a conduzione familiare, e io ci ho fatti entrare nel giro che conta,»affermò Greg.

«Quando papà si è fatto saltare le cervella, l'azienda è quasi crollata. Non volevo, ma sono dovuto passare dal gestire il deposito di legname al cercare di mandare avanti tutta la baracca.»

«Non essere così melodrammatico. Ho fatto più della mia parte.»

«Non avresti potuto fare niente senza di me. Ti ho parato il culo così tante volte che ho smesso di contare.»

«Sì, e mi hai cacciato tu in questo maledetto casino. Potrei finire in prigione.»

«Il solito egoista. Ti preoccupi solo di te stesso.»

«Oh, sai che c'è? Lasciamo perdere.» Aprì la portiera del furgone, scese e salì sulla Corvette.

Lo guardai allontanarsi. Era una testa calda. Non lo avrei coinvolto, se avessi potuto, ma non avevo scelta. A tutti importava solo di sé stessi e toccava a me guardare il quadro generale.

Sebbene Greg avesse trentadue anni, era immaturo ed egoista. Che faccia tosta a credere di aver costruito lui l'azienda. Gli davo atto di averla fatta crescere ed espanderefino a Bonita, ma ignorava il fatto che senza di me, non *ci sarebbe stata* nessuna azienda.

Non era stato facile. Si era sparsa la voce che il testamento di papà aveva dato il controllo dell'azienda a Mark per assicurarsi che avesse di che vivere.

Avevamo concorrenti che cercavano di farci le scarpe, e alcuni dipendenti che minacciavano di andarsene. Fu un gran casino. Non sapevo che diavolo stessi facendo, ma avevo tenutoduro.

Ora c'era questo nuovo problema che andava affrontato. E la posta in gioco era la più alta possibile.

5

IL MEDICO LEGALE E TRE MEMBRI DEL SUO STAFF SI avvicinarono. «Ehi, dottore.»

«Salve, Frank. Cadavere a parte, è un piacere vederti.»

«Anche per me. Spero tu possa darci qualche dritta per iniziare con questo caso.»

Bilotti aprì la borsa e tirò fuori una manciata di piccole bandierine rosse. «Vedremo.» Girò intorno alla fossa, circondando i resti con i segnali. Disse: «Voglio che l'intera area venga scavata.» Sondò il terreno vicino al teschio. «È poco profondo. Scendiamo a una profondità di quattro piedi, per sicurezza.»

Derrick disse: «Chi seppellirebbe un corpo sotto così poca terra?»

Dissi: «Qualcuno senza tempo o qualcuno di nervoso. Potrebbe essere stato un omicidio d'impeto.»

«Mi sorprende che il corpo non sia stato trovato prima.»

Mi avvicinai a Bilotti. Forse qualcuno nella proprietà stava tenendo d'occhio il luogo di sepoltura. Il dottore stava usando un pennello per togliere la terra dal cranio. «Niente di rilevante?»

«Il cranio sembra intatto.»

Ciò escludeva un proiettile in testa. «Nessuna prova di un colpo alla testa?»

«Niente di evidente, ma esaminerò a fondo i resti in ufficio.»

La sua idea di ufficio era molto diversa dalla mia. «Grazie. Quali sono le tempistiche previste? Mi piacerebbe davvero—»

«Dopo sei o sette anni che lavoriamo insieme, o dovrei dire di te che mi stai sempre alle calcagna, adesso sei impaziente di avere degli indizi.»

«Andiamo, dottore. Non sono così terribile.»

Bilotti ridacchiò. «Certo che lo sei. Ma se mai mi succedesse qualcosa, vorrei che fossi tu a capo delle indagini.»

«È un complimento strano, ma lo accetto.»

Bilotti si alzò e diede istruzioni per dissotterrare lo scheletro, poi tornò a rivolgersi a me. «Come sta Mary Ann?»

«Più o meno come al solito. Come dicevi tu, ogni volta che ha una ricaduta, ci mette sempre di più a riprendersi.»

«Quanto tempo passa tra un episodio e l'altro?»

«Prima passavano mesi, ora siamo più vicini ai dieci giorni.»

«Tieni un diario, il neurologo potrebbe trovarlo utile.»

«Lo farò. Ehi, mi dispiace essermi perso la degustazione di Brunello. Com'è andata?»

«I vini del 2016 saranno speciali. E con questa sono due annate di fila, ma devi aspettare a berli».

«Quanto costano?»

«I produttori famosi non sono economici, ma è questo che rende interessanti le annate come il 2015 e il 2016; quasi ogni cantina ha prodotto un vino eccezionale.»

«Devo assolutamente provarli.»

«Se sei libero la settimana prossima, possiamo fare una degustazione a casa mia.»

«Mi sembra un'ottima idea. Lascia anche che dia un'occhiata a come sta Mary Ann..»

«Certo.»

«Senti, dobbiamo parlare con la persona che ha dissotterrato tutto questo.»

La signora Miller e Hector Lopez, il paesaggista, ci incontrarono sulla terrazza sul retro. Era una struttura a più livelli che poteva ospitare comodamente una festa per un centinaio di fortunati invitati. Da lì, il lago si mostrava invitante.

Derrick ci presentò e la signora Miller disse: «Non posso crederci. È surreale.»

«Abbiamo un paio di domande per entrambi.»

«Certo. Sapete chi è? Hector ha detto che è uno scheletro. Che orrore pensare che sia stato qui per tutto questo tempo.»

«Da quanto tempo abita qui?»

«Circa dieci anni. Il padre di Bill ha vissuto qui per un sacco di tempo. E quando lui, ehm, è morto, ci siamo trasferiti noi. Non ci tenevo molto a venire in questo posto, ma Bill ha insistito e ci siamo trasferiti. È stato bello, e il posto è carino.»

«E suo suocero, per quanto tempo ha vissuto in questa casa?»

«Oh. Viveva qui quando ho conosciuto Bill.» Sorrise. «Praticamente da sempre.»

Aveva lamine di porcellana sui denti - il trattamento doveva esserle costato una fortuna - ma sembrava una persona alla mano. Le avrei dato tra i trentacinque e i quarant'anni. Il suo corpo era tonico e mi chiesi se avesse mai partorito.

«Ha vissuto qui per più di vent'anni prima che lei si trasferisse?»

«Certo. Tutti i figli sono nati qui.»

«Figli?»

«Bill e i suoi fratelli, Greg e Mark.»

«Sembra che il corpo si trovi lì da molto tempo, ma devo chiederle se ricorda qualche attività in quella zona, o qualche persona con un interesse particolare, o qualsiasi cosa di strano da quando si è trasferita qui.»

«Beh, è un lungo lasso di tempo da considerare. Al momento non mi viene in mente nulla, ma ci penserò.»

«Gliene saremmo grati. Qualsiasi cosa le possa venire in mente, non importa quanto piccola o assurda possa sembrare.»

«Vi farò sapere. Senta, quanto ci vorrà prima che sia tutto finito? Sabato prossimo daremo una piccola festa e mi farebbe piacere che per allora tutta questa faccenda fosse conclusa.»

«Faremo del nostro meglio per limitare il disturbo,

ma dipenderà da quello che riveleranno l'autopsia e le indagini preliminari.»

Aggrottò la fronte. «Okay, capisco. Ma ci terrete informati?»

Hector Lopez teneva gli occhi bassi e si spostava da un piede all'altro mentre lei parlava.

«Per quanto possibile.»

«Signor Lopez, è stato lei a trovare i resti?»

«Sì. Stavo preparando l'area.»

«Cosa stava facendo?»

«La signora Miller voleva fare un muretto con un gradino—»

«Non mi è mai piaciuto il modo in cui il terreno digrada bruscamente. Non si intona con il resto della proprietà. La mia idea era di mettere due bassi muri di contenimento con uno o due gradini.» Fece un gesto con la mano verso il retro della casa. «Avrebbe rispecchiato quello che abbiamo fatto con la terrazza.»

Derrick disse: «Dà l'idea di essere un bel lavoro.»

«Sicuro, ma Bill, mio marito, non ha mai voluto che lo facessi.»

«Perché ha cambiato idea?»

Sorrise. «A essere sincera, credo di averlo semplicemente sfinito.»

Era davvero così, o Bill pensava che fosse passato abbastanza tempo da poter lasciar lavorare in quella zona senza correre rischi? Dissi: «Sì, sembra proprio una buona idea. Cosa non gli piaceva?»

«Semplicemente non voleva farlo. Diceva che andava bene così com'era.»

«È un naturalista o qualcosa del genere?»

«Bill? Ha dimenticato che lavora nel settore dei materiali da costruzione? Guadagna quando le cose vengono costruite.»

«Come vanno gli affari di questi tempi?»

«C'è molto da fare. Stanno costruendo ovunque. Non so quante altre persone possa accogliere la zona.»

Avevo le stesse preoccupazioni. «Immagino che gli affari siano stati in aumento costante negli ultimi venticinque anni.»

«Praticamente sì, ma le cose si sono un po' complicate quando è morto il padre di Bill. Gestiva tutto lui, e sa, con lui che non c'era più e i ragazzi che subentravano senza avere reale esperienza, ci è voluto un po' di tempo perché prendessero in mano la situazione.»

«Sono sicuro che sia stato difficile. Avevano, cosa, venticinque anni?»

«Sì, Bill aveva venticinque anni ed è il maggiore.»

«Ha assunto lei i paesaggisti per il lavoro?»

«Lavoriamo con loro da sempre. Se ne serviva mio suocero.»

Lopez annuì in segno di assenso.

Dissi: «La ringrazio per il tempo che ci ha dedicato oggi. Potremmo avere altre domande.»

Lopez si accigliò. Ci voltammo per andarcene e feci un cenno col capo al giardiniere. Lui si indicò il petto e mimò con le labbra: *Io?* Annuii.

Fece un passo e abbassai la voce. «Senta, non credo che lei c'entri qualcosa con questa storia, quindi a meno che le cose non cambino, non ha nulla di cui preoccuparsi. Nessuno chiamerà l'immigrazione o qualche altra agenzia.»

«Non sono stato io. Non sapevo—»

«Buon pomeriggio.»

Disse Derrick: «Quel tipo era spaventato a morte.»

«Dissotterrare uno scheletro spaventerebbe chiunque.»

Derrick sorrise. «Sì, certo.»

«Voglio parlare con Bill Miller, ma mi chiedo se non dovremmo aspettare di sentire cosa ha da dirci Bilotti.»

6

LUCA

Mi tolsi la giacca. «La prima cosa da fare è controllare la lista delle persone scomparse. Finché Bilotti non restringe il campo, abbiamo a che fare con un caso vecchio.»

Derrick disse: «Dovremmo controllare anche quella della contea di Lee.»

«Senza dubbio. Lascia che chiami Bilotti prima di iniziare.»

«Ma sono passate solo due ore da quando ha detto che non c'era una causa di morte evidente.»

Presi il telefono. «Lo so, ma a quest'ora saprà se è un maschio o una femmina, e forse saprà darmi anche una fascia d'età.»

Bilotti era in sala autopsie. Dissi alla segretaria che era importante. Passarono due minuti prima che venisse al telefono.

«Sei fortunato che mi sei simpatico. Cosa c'è di così urgente?»

«Scusa, Doc, ma ho bisogno di qualcosa su cui lavorare riguardo ai resti.»

Lui sospirò. «Sono ansioso quanto te ma chiunque sia, è sotto terra da anni. Un giorno o due in più non faranno la differenza.»

«Capisco, ma vorrei sapere se è un maschio o una femmina. E un'idea di quanti anni potesse avere.»

«È una femmina.»

«Quanto ne sei sicuro?»

«Il bacino ha caratteristiche distintive adatte alla procreazione.»

«Sei il migliore, Doc. E per l'età?»

«L'esame microscopico del cranio colloca la fascia d'età tra i sedici e i vent'anni ma, basandomi sui primi stadi di formazione dei denti del giudizio, direi che avesse circa diciotto anni al momento della morte. Quella che abbiamo è probabilmente una ragazza di diciotto anni.»

« Questa è dura da mandare giù, Doc.»

«Non rimuginarci sopra, Frank. Preoccuparsi è come allenarsi a fallire.»

«Allora mi laureo con il massimo dei voti.»

«Devi lavorare sul modo in cui pensi, quando ti ritrovi ad angosciarti per qualcosa.»

Un buon consiglio da dare, ma più difficile da mettere in pratica. «Hai ragione. Ti lascio tornare al lavoro. Se trovi qualcosa, chiamami.»

«Lo farò.»

«Grazie ancora, Doc.»

Riattaccai. «Bene. Bilotti ha detto che è una ragazza di diciotto anni.»

«Caspita. Poveri genitori.»

«Fa pensare, non trovi? Stare da questa parte della barricata è già abbastanza brutto. Non riesco a immaginare che disastro sarebbe da padre.»

«L'altro giorno ho visto una cosa in TV. Dicevano che il tasso di divorzio per le coppie che perdono un figlio è alle stelle.»

«Non mi stupisce . Sei arrabbiato e hai bisogno di dare la colpa a qualcuno. Finisci per farti del male a vicenda.»

«Un vero peccato. Chiamo la contea di Lee e poi tiro fuori quello che abbiamo sulle persone scomparse.»

«Vai indietro di quindici anni.»

Mentre Derrick era al telefono, inserii 11747 Myrtle Road su Google Earth. Non m'interessava la visualizzazione Street View di casa Miller. Volevo farmi un'idea della zona. Passai alla vista aerea.

Il lago era così grande che dovetti ridurre lo zoom. La prima cosa che mi venne in mente fu che aveva la forma di uno squalo martello. La casa dei Miller si trovava in basso, dove ci sarebbe stata la coda.

Era uno specchio d'acqua interessante, ma ciò che mi preoccupava erano tutti i punti ciechi. I Miller avevano una delle panoramiche sul lago più ampie che avessi mai visto, ma dalla loro proprietà se ne poteva comunque scorgere solo la metà, circa.

Un'imbarcazione avrebbe potuto costeggiare la riva e percorrere più di due terzi del tragitto fino alla casa dei Miller senza essere vista. Feci uno zoom lungo la linea di costa. C'erano più di venti case con accesso diretto all'acqua. Sette moli si protendevano nel lago.

Sembrava esserci anche un sentiero o un camminamento intorno ad alcune zone del lago. Poteva essere il modo in cui alcune delle case, quelle dietro a quelle sull'acqua, vi avevano accesso. I miei occhi si concentrarono su quella che sembrava essere una rampa per barche. Ingrandendo, scossi la testa. Era un punto pubblico per mettere le barche in acqua.

Le possibilità si stavano moltiplicando e chiusi la scheda. Non avevamo nessun appiglio. Mi piaceva portarmi avanti col lavoro, ma a quel punto, l'unica cosa che stavo facendo era tenere a bada il mio senso di colpa per l'inattività.

Presi il telefono. «Ehi, come ti senti?»

«Abbastanza bene» disse Mary Ann.

«Sei sicura?»

«Sì. Non preoccuparti. Il dolore al viso è quasi sparito. I farmaci stanno funzionando.»

«Bene. Non fare troppo.»

«Sai che i dottori dicono tutti che devo continuare a muovermi.»

«Perché non vai in piscina? Aiuta sempre.»

«Avevo intenzione di farlo.»

«Ottimo, basta che non esageri.»

«Non lo farò. Tu che mi dici?»

«Sto lavorando al caso dei resti di Pine Ridge. Si è scoperto che era una ragazza di diciotto anni.»

«Oh, mio Dio. Che cosa terribile.»

Espirai. «Sì, lo è di certo.»

Derrick stava sventolando un foglio di carta. «Senti, devo scappare. Ci vediamo verso le sei.» Riattaccai.

«Cos'hai lì?»

«Sedici scomparse a Collier che potrebbero essere lei.»

«Fammi vedere.»

Mi porse il foglio, dicendo: «La fascia d'età è dai quattordici ai ventidue anni. Ricordi la ragazza O'Brien? Fu poco prima che mi sparassero.»

Tutti i nomi mi erano vagamente familiari. «Sì, ma a meno che non abbiano usato un agente accelerante, il corpo non si sarebbe decomposto a quel livello in un anno o giù di lì.»

«Bilotti può dirci se l'hanno fatto.»

Altri due nomi mi tornarono in mente: Janet Clower e Pamela Kelsy. Indicai la pagina. «Queste due sono scomparse prima che tu arrivassi. Circa otto anni fa. Ricordo i nomi ma non riesco a inquadrare i volti o le circostanze.»

Derrick andò alla sua scrivania e, rimanendo in piedi, picchiettò sulla tastiera. «Ecco la ragazza Clower.»

Sullo schermo apparve una diciassettenne sorridente con un caschetto nero. Mi si strinse il cuore. «Sì, era quella che la madre sospettava fosse vittima di abusi da parte del suo ex ragazzo. Lui era una carogna, ma non riuscimmo a trovare niente che lo collegasse alla scomparsa della ragazza.»

«Non si è mai più fatta viva?»

«No. Ho sempre pensato che fosse morta.»

«Potrebbe essere lei.»

«Certo che potrebbe.»

«Chi l'avrebbe uccisa?»

«La mia idea era che qualcuno si fosse guadagnato la

sua fiducia, l'avesse portata in un posto lontano da qui e l'avesse uccisa. Ma potrei essermi sbagliato.»

«Sarebbe la prima volta, no?»

«Non fare lo spiritoso. Tira fuori il caso della ragazza Kelsy.»

Capelli con la riga di lato, la ragazza mora portava degli occhiali dalla montatura rossa. Il viso di sua madre mi balenò in mente. Scossi la testa. «I suoi genitori erano così distrutti che a malapena riuscivano a tirare avanti. Ricordo che la ragazza era stata ammessa a Princeton il giorno prima di scomparire.»

«Dalle stelle alle stalle, per così dire.»

«Niente in quel caso aveva senso.»

«Forse è lei.»

«Potrebbe essere. Vedi se abbiamo le schede dentarie di entrambe. Anzi, recupera le schede dentarie di tutte quelle sulla lista. Risparmieremo tempo.»

«La maggior parte di questi casi sono troppo vecchi per essere nel sistema. Faccio un salto in archivio e mando a Bilotti tutto quello che abbiamo.»

«Se non ci sono corrispondenze, dovrai far muovere quelli della contea di Lee.»

«Capito.»

Derrick se ne andò e io crollai sulla sedia. Chiunque fosse, era morta da un decennio. Di che cosa avevo paura? Egoisticamente, non volevo che fosse la ragazza Kelsy. Certo, volevo che fosse viva, ma nel profondo era perché non me la sentivo di affrontare i suoi genitori.

7

Luca

Ero appena tornato dalla spesa da Publix e stavo aiutando Mary Ann a sistemare le cose quando mi era squillato il cellulare. Bilotti. L'orologio segnava le 20:15.

«A questa devo rispondere.»

«Ehi, Doc. Che si dice?»

«Abbiamo una possibile corrispondenza con i dati dentistici.»

«È la ragazza Kelsy, vero?»

«No. Dobbiamo fare il test del DNA, ma crediamo che la vittima sia Kate Swift.»

«Kate Swift.» Il mio archivio mentale si mise in moto. Quel nome mi suonava vagamente familiare. Era scomparsa prima che mi trasferissi a Naples. Mi preparai al peggio. «Quanti anni?»

«Diciassette.»

Sospirai. «In che mondo di merda viviamo.»

«È sempre stato così, fin dai tempi di Adamo ed Eva.

È per questo che bevo vino: ti scrolla di dosso la polvere della vita.»

«Doc, se facessi quello che fai tu, avrei una flebo di vodka attaccata al braccio.»

«È tutta una questione di compartimentazione. Dovresti saperlo, ormai.»

Oh, lo sapevo. Solo che non ci riuscivo. «Ci provo. C'è altro che puoi dirmi sui resti?»

«Non ancora, Frank. Ho richiesto un esame tossico-logico su un femore.»

«Grazie, ci sentiamo dopo.»

Ero assolutamente favorevole a ottenere quante più informazioni possibile, ma se anche avessero trovato qualcosa, l'utilità in un caso di omicidio era limitata. Qualsiasi cosa trovata nelle ossa sarebbe stata fatta a pezzi da un avvocato della difesa, perché non c'era modo di determinare quando le tossine si fossero depositate.

Potevamo trovare le ossa della ragazza piene di una tossina, ma non potevamo risalire a quando fosse entrata nel corpo, né se si fosse accumulata nel tempo. Era una di quelle clausole esasperanti della legge. Non potevi fare salti logici; dovevi provarlo in modo inconfutabile. Ed era difficile.

Rimasi in piedi nel soggiorno, rimuginando sul nome Kate Swift. Ogni volta che si scopriva il nome di una vittima, l'orrore diventava reale. Ora avevamo una persona vera, qualcuno con una famiglia, amici, un posto nella comunità. Era la parte deprimente, ma anche il punto di partenza.

Tornai a fatica in cucina.

«Brutte notizie?»Mary Ann mi leggeva nel pensiero.

«No. Solo un caso. Tu tutto bene?»

«Sto bene. Vai pure. Fai quello che devi fare.»

«No, non ho niente da fare.»

Inclinò la testa, sorridendo con quel sorriso che mi aveva conquistato dieci anni fa. «Che caso?»

«I resti di quella ragazza. Praticamente l'età di Jessie.»

«Non iniziare a proiettare, Frank. Non sei stato tu a dirmelo?»

Aveva ragione, ma questo era prima che avessimo una figlia. «Lo so. È che non posso fare a meno di dispiacermi per i genitori.»

«È terribile, ma tutto quello che puoi fare è dare loro un briciolo di giustizia.»

Di nuovo, aveva ragione, ma forse per lei sarebbe stato meno difficile dire ai genitori che avevamo trovato i resti della loro bambina in un fosso. «Lo so.» Sospirai. «Non sarà affatto facile dirglielo. »

Mise le mani sul tavolo per alzarsi. Mi avvicinai, dicendo: «Rimani seduta. Se è consolazione quella che offri, accetto volentieri, ma rimandiamo a, diciamo, le dieci e mezza di stasera?»

Mentre le baciavo la guancia, disse: «Affare fatto. Ora vai, e prendi chiunque sia stato.»

Le massaggiai le spalle.

«Oh, che meraviglia.»

«Ti piace? Aspetta più tardi, c'è molto altro in arrivo.»

«Vai, datti una mossa.»

Chiusi la porta dello studio e feci l'accesso al computer dell'ufficio. Appena aprii il fascicolo di Kate Swift, feci una smorfia. Mi si rivoltò lo stomaco quando lessi il riassunto; il penultimo posto in cui era stata vista la ragazza era la proprietà dei Miller.

Non era una sorpresa, visto che il suo corpo era stato trovato lì, ma rafforzava la possibilità che fosse stata uccisa proprio in quel posto. Avrei voluto leggere l'intero fascicolo, ma era vecchio di dieci anni e all'epoca i dettagli non erano stati caricati.

Quando era scomparsa, il suo indirizzo era 1099 Satin Leaf Road. Lo inserii nella barra di ricerca. Si trovava in un complesso residenziale noto come Calusa Bay. Un quartiere in un'ottima posizione, ma che iniziava a mostrare i segni del tempo.

Allargando la visuale, scossi la testa. Viveva a pochi passi dalla villa di Pine Ridge Estate in cui era stato trovato il suo corpo. Le bastava attraversare Goodlette-Frank Road e in cinque minuti ci sarebbe arrivata.

Presi il telefono. «Derrick. Abbiamo un nome. I resti appartengono a una certa Kate Swift. È scomparsa poco più di nove anni fa. Circa un anno prima che mi trasferissi qui.»

«Quanti anni aveva?»

«Diciassette.»

«Terribile. Vengo con te a informare la famiglia.»

«Lasciami vedere se vivono ancora a Calusa Bay.»

Digitai James e Sally Swift nella barra di ricerca.

«Non sono più lì. Non trovo nessuna registrazione con entrambi i genitori.»

«Magari si sono lasciati.»

Sospirai. «È possibile.»

«Si sta facendo tardi. Perché non lo facciamo domattina?»

«Non lo so...»

«È scomparsa da molto tempo, Frank. E **dobbiamo** rintracciarli.»

«Immagino di sì. Vedo se riesco a scoprire dove si trovano e ci andremo domattina.»

«Mi sembra un'ottima idea. A domani.»

Mi ci vollero sei tentativi, ma trovai il James Swift giusto. Viveva a Estey Avenue. Di Sally Swift, nessuna traccia. Mary Ann fece capolino. «Allora, ce la facciamo per il nostro appuntamento?»

«Oh, sì. Ho finito, qui.» Chiusi il portatile e la seguii. Camminava lentamente e mi chiesi cosa ci riservasse il futuro.

Lei chiuse la porta della camera da letto e mi riportò alla realtà facendosi scivolare la vestaglia dalle spalle. Il piccolo Luca si fece sentire. Mi tolsi la T-shirt, mi calai le mutande e mi infilai a letto. Le lenzuola fresche furono un piacevole contrasto con il calore che mi scorreva dentro.

Mary Ann poteva anche avere qualche problema fisico, ma la sua pelle era setosa come sempre, forse anche di più. Le gettai una gamba sopra la sua e la miccia si accese.

Fu una liberazione tra le migliori che avessi mai provato, ma quando Mary Ann si addormentò, la mia mente tornò a Kate Swift. Domani avrei dovuto comunicare ai genitori che l'avevamo trovata.

8

LUCA

Guidando verso nord sulla Route 41, svoltai a destra all'altezza del Mr. Tequila e rallentai. Il prato della casa su Ridge Street era in attesa del taglio da almeno una settimana. L'abitazione era una piccola costruzione in cemento dipinta di azzurro chiaro. Non mi piaceva dover parcheggiare nel vialetto di qualcuno, ma temevo che mi avrebbero urtato l'auto se l'avessi lasciata in quella strada stretta.

L'odore di fumo di sigaretta ci investì non appena scendemmo dall'auto. «Che schifo, le sigarette.»

«Poco ma sicuro.»

Rimasi lì impalato.

«Tutto a posto?»

Erano i nervi. «Ho lo stomaco sottosopra.»

«Resta qui, ci penso io.»

Era la migliore offerta che avessi ricevuto dai tempi del John Jay College, quando una ragazza mi aveva invitato nella sua stanza del dormitorio. «Sto bene».

La porta si aprì di scatto e un uomo leggermente curvo mi guardò. Il suo pomo d'Adamo ebbe un sobbalzo mentre i suoi occhi saettavano dal mio collega a me.

Derrick disse: «James Swift?»

«Sì. Voi chi siete?»

Swift si aggrappò allo stipite della porta quando Derrick ci presentò. «Possiamo entrare?»

«D'accordo.»

James Swift aveva più rughe in viso dei segni in una cartina geografica. Derrick chiese: «Sua moglie è in casa?»

Dal modo in cui annuì, fu chiaro che sapeva di cosa si trattava. Avrei voluto dire a Derrick che accettavo la sua offerta di occuparsene lui.

Swift ci condusse in una cucina che era all'ultimo grido quando uscì la formica. Chiese: «È per Katie?»

«Temo di sì, signore.»

Mise la testa in corridoio. «Sally! C'è la polizia.»

Una donna magra, con una vestaglia sbiadita, comparve sulla soglia. Rimase appena fuori dalla cucina mentre Derrick ci presentava. Nessuno dei due genitori assomigliava alle foto nel fascicolo. Non erano stati gli ultimi nove anni a svuotarli, a dare loro quel colorito grigiastro. Era stata la perdita della loro unica figlia.

Senza trucco, la signora Swift si tormentava un'unghia, dicendo: «Avete trovato Kate?»

«Sì, signora.»

Le sue spalle si afflosciarono. «Ne siete sicuri?»

«Mi dispiace, ma in base alla cartella odontoiatrica, siamo certi che si tratti di sua figlia. Avremo bisogno di una conferma con il test del DNA.»

Il suo viso si contrasse, ma si ricompose in fretta. Suo marito barcollò prima di sedersi. Era triste che non si guardassero né cercassero di consolarsi a vicenda.

Raddrizzò le spalle. «Dov'era?»

«A Pine Ridge Estates.»

«È lei. Lo sapevo.»

Dissi: «Cosa sapeva, signora Swift?»

«Gliel'avevo detto, alla polizia, che era stato quel ragazzo dei Miller.»

«A quale Miller si riferisce?»

«Il più giovane, Mark. Lui e Kate erano molto legati, ma dopo l'incidente, be', lui non è stato più lo stesso. »

«Inutile dirlo, ma consideriamo questo un omicidio. Rivedremo i fascicoli del caso e condurremo un'indagine approfondita.»

«Avrebbero dovuto farlo quando è scomparsa.»

«È successo prima del nostro arrivo. So che questo non le riporterà indietro sua figlia, ma non molleremo questo caso finché non avremo dato un minimo di giustizia a lei e alla sua famiglia.»

James Swift disse: «Voglio vedere il bastardo che ha fatto questo impiccato.»

«Capisco, signore.»

«Spero che non vi ci vorranno altri nove anni.»

«Dato il tempo che è passato, è tutto più difficile, ma inizieremo a lavorare a questo caso non appena andremo via di qui.»

Lui annuì e sua moglie disse: «Quando potremo vederla?»

Mi si rivoltò lo stomaco. «Il medico legale sta ancora

eseguendo dei test per vedere cosa possiamo scoprire dai suoi resti.»

A quella parola, resti, la povera donna crollò. Iniziò a singhiozzare e io l'aiutai a sedersi.

«Ve la sentite di rimanere da soli ? Volete che chiamiamo qualcuno che stia con voi?»

«No, stiamo bene.»

«Ci dispiace dover fare questo ma... ci faremo sentire tra un giorno o due. Sono sicuro che avremo delle domande per entrambi, e ci servirà il campione di DNA.»

Mi trattenni dal correre mentre tornavamo alla porta d'ingresso. Derrick la chiuse dietro di noi. «Cavolo, che cosa strana.»

«La perdita della figlia li ha svuotati completamente. . L'ho visto troppe volte.»

«E il ragazzo dei Miller?»

«Stavo per dire la stessa cosa. Dobbiamo tirare fuori il fascicolo e leggere quello che c'è.»

Aprii il fascicolo di Kate Swift. La scomparsa della ragazza era stata denunciata da sua madre nelle prime ore del mattino del 2 giugno 2013. Aveva risposto un agente di nome Talis, presentandosi alla loro casa di Calusa Bay poche ore più tardi, alle otto.

Sally Swift gli aveva detto che Kate era uscita di casa il giorno prima mentre lei e suo marito erano a un brunch con degli amici. Aveva parlato con sua figlia verso mezzogiorno. Talis aveva annotato l'orario delle 11:42.

Era stata l'ultima volta che aveva sentito la sua voce.

«Derrick, hai visto che la ragazza aveva lasciato il telefono a casa?»

«Sì, ho pensato fosse strano. Nessuno va da nessuna parte senza il telefono, ma era il 2013. Non ricordo con esattezza, ma non credo fossimo così incollati ai telefoni, allora.»

Non ricordavo neppure io. . Secondo una ricerca su Google, quasi un decennio fa solo circa la metà del paese possedeva uno smartphone. E la gente non ne era ossessionata come oggi. Non potei fare a meno di pensare che in questo caso i bei vecchi tempi erano davvero migliori.

«È una cosa da tenere a mente, ma non credo signifi-chi che sia uscita di casa di corsa, dimenticandolo.»

«Chiederemo ai suoi amici, per vedere quanto li usavano allora.»

Scorsi la lista delle persone con cui Talis aveva parlato. «I Miller possiedono una ditta di forniture edili.»

«Ah sì, è un buon posto. Avevano il prezzo migliore per le scale retrattili per la soffitta.»

«Bill Miller ha detto che Kate era passata a restituire una racchetta da tennis.»

«È l'ultima persona ad averla vista viva?»

«A quanto pare.»

«E non ha portato a niente?»

«Esatto. È ora di parlare con lui.»

9

MILLER

Ero nel mio ufficio a esaminare il numero e il tipo di permessi edilizi che la contea aveva rilasciato. Papà diceva sempre di avere il polso della situazione del mercato immobiliare perché conosceva tanti costruttori. Ma quando avevo preso io le redini, eravamo quasi stati sommersi dalle scorte in eccesso.

Doveva esserci un modo migliore per prevedere di quante scorte avessimo bisogno e, dopo un paio di passi falsi, mi ero imbattuto nei permessi come metodo per stimare i livelli di inventario. Era un indicatore anticipatore che avevo dovuto imparare a interpretare, ma funzionava.

Mentre annotavo il numero dei nuovi permessi edilizi rilasciati, suonò l'interfono. «Signor Miller? C'è un certo detective Luca sulla linea due. Vuole prenderla?»

«Certo.»

La chiamata arrivò e io fissai la luce lampeggiante.

Che cosa voleva questo sbirro? Quando suonò di nuovo, mi dissi di stare calmo.

«Bill Miller.»

«Signor Miller, sono il detective Frank Luca dell'ufficio dello sceriffo della contea di Collier.»

«Salve, detective. Cosa posso fare per lei?»

«Ho delle domande da farle.»

«Qual è l'argomento?»

«Kate Swift. I resti che abbiamo trovato sulla sua proprietà.»

«Oh, già. Me n'ero quasi dimenticato.»

Fu un'uscita infelice, e la pausa del detective prima di rispondere me lo confermò. Stavo pensando di correggere il tiro quando disse: «È libero ora?»

Mi rimangiai il "no" dicendo: «Sono impegnato, ma troverò il tempo.»

«Bene.»

«Possiamo vederci qui?»

«Sarò lì tra un'ora.»

Riagganciai e composi un altro numero.

«Pronto?»

«Benny, sono Bill. Fammi un favore; prendi Mark e portalo alla Interstone Quarries. Date un'occhiata alle lastre che hanno.»

«Che tipo?»

«Granito, uhm, colori neutri. Controllate la qualità. Forse aggiungeremo un altro fornitore.»

«D'accordo. Ci andiamo domani.»

«No, deve essere ora.»

«Proprio ora?»

«Sì. Voglio conoscere le mie opzioni. Parlerò con Smithfield tra un'ora, quindi muovetevi.»

«Ricevuto.»

Ripassai mentalmente la telefonata con il detective. Probabilmente era prassi che la polizia interrogasse il proprietario di un terreno dove era stato trovato un corpo, c'eravamo già passati anni fa. Quanto era interessato questo Luca a scavare in un caso vecchio di nove anni?

Proprio quando avevo iniziato a credere di essermelo lasciato alle spalle, tornava a travolgermi con prepotenza . Il mio sguardo cadde su una foto di mio padre. Mia madre l'aveva scattata il giorno in cui stavano installando l'insegna fuori da questo negozio. Mancavano tre giorni all'apertura ed eravamo tutti mobilitati a sistemare gli ultimi dettagli.

I ricordi di quel giorno mi inondarono la mente. Stavo montando dei lampadari nel reparto illuminazione quando sentii mio padre alzare la voce. Posai il ventilatore da soffitto che avevo in mano e mi affrettai verso il retro del negozio. Stava parlando con un ispettore. Lo sentii dire: «Possiamo sistemare la cosa. Mi dia solo un minuto.»

Scese lungo la corsia, e io dissi: «Che c'è che non va, papà?»

«Lo stronzo vuole negarci l'agibilità a causa dell'impianto antincendio.»

«Perché?»

«Qualche stronzata sul tipo di testine. Anche se riuscissi a far venire O'Brien qui domani, questo idiota ha detto che non sarebbe qui per un altro sopralluogo prima di dieci giorni.»

«Oh no. E adesso cosa facciamo?»

«Ci penso io.»

«Come?»

«Torna a fare quello che stavi facendo.»

«Ma—»

«Lascia fare a me.»

Mio padre salì di corsa le scale fino a questo stesso ufficio, per poi riapparire un minuto dopo. Io camminai in punta di piedi lungo la corsia degli elettrodomestici, sbirciando da dietro un frigorifero. Vidi mio padre porgere una busta al funzionario.

L'ispettore guardò dentro la busta, poi si guardò intorno. Ne tirò fuori il contenuto, sventagliando la mazzetta di banconote. Si infilò i soldi nei pantaloni cargo e se ne andò.

Aspettai che l'ispettore se ne fosse andato prima di avvicinarmi a mio padre. «Cos'è successo?»

«Tutto a posto.»

«Ma avevi detto che ci stava bocciando. Cos'è successo?»

«L'ho convinto.»

«Cosa gli hai detto?»

«A volte devi fare ciò che è necessario, o il mondo ti soffocherà.»

«Cosa vuoi dire?»

Si voltò e mi puntò un dito sul petto. «Nessuno si prenderà cura di te, tranne la tua famiglia. A nessun altro importa niente. Spetta a te proteggere e tenere sotto controllo ciò che è veramente importante.»

Papà aveva ragione. La gente parla di stelle che si allineano quando la fortuna bacia qualcuno. Nel caso di papà, non era fortuna. Si era guadagnato il successo con la forza di volontà, facendo ciò che era necessario, che si trattasse di lavorare venti ore al giorno, chiedere soldi in prestito per espandersi o pagare una mazzetta quando doveva.

Era responsabile di tutto. Nel bene e nel male. Tutto ciò per cui aveva lavorato, l'aveva ottenuto: status, ricchezza e una famiglia unita.

Era ancora difficile per me credere a come tutto fosse andato a puttane. Papà aveva fatto un errore e l'aveva aggravato. Fui costretto a raccogliere i cocci, a rimetterli insieme.

Non era stato né facile né bello e, come una tazza da tè incollata, la sua fragilità era sempre presente.

10

Appena riattaccato, un leggero brivido mi percorse la nuca. C'era qualcosa che non quadrava. Quando avevo chiamato Miller, lui aveva fatto finta di non avere idea del motivo della chiamata. Quel tizio era nel settore dei materiali edili. Quante telefonate poteva mai ricevere dalle forze dell'ordine?

E mi infastidiva il modo in cui si era riferito alla vittima. Da quanto avevo letto, lui e la sua famiglia conoscevano bene Kate Swift. Come poteva riferirsi ai suoi resti come se non contassero nulla? La maggior parte delle persone si irrigidisce quando parla con la polizia. Lo capivo. Anche quando non hai fatto nulla di male, ti preoccupi lo stesso.

Lo capivo, ma se non avevi commesso un crimine o non stavi cercando di proteggere qualcuno, non avevi nulla da temere. La colpa era anche dei film e dei programmi TV con poliziotti corrotti che piazzavano prove false. Era una totale assurdità. In tutta la mia carriera, non avevo mai conosciuto un agente che avesse incastrato qualcuno.

Non fraintendetemi; come in ogni professione, ci sono le mele marce, ma sono una minuscola frazione rispetto alle migliaia di uomini e donne che mettono a rischio la propria vita per proteggere i cittadini. Cercavo di non farmene un cruccio, ma se la gente non aveva fiducia in noi, perché eravamo i primi a essere chiamati quando qualcosa andava storto?

Entrò Derrick. Aveva la camicia punteggiata di macchie d'acqua. Disse: «Sta per venire giù il diluvio.»

«Finirà tra dieci minuti. Vado a fare un salto da Miller. Vuoi venire con me?»

«Mi piacerebbe, ma ti ho detto che avevo bisogno del pomeriggio libero. Stanno arrivando i genitori di Lynn e, dopo essere andati a prenderli all'aeroporto, andiamo allo zoo di Naples.»

«Nessun problema. Ricordo di averci portato Jessie la prima volta. Impazzì. Voleva portarsi a casa un pinguino e pianse per ore».

Derrick rise. «Che forte. Secondo me è troppo piccola, ma Lynn ci vuole andare.»

«Le piacerà un sacco.»

«Tienimi aggiornato su Miller.»

———

NAPLES BOULEVARD ERA INTASATO di macchine. Ogni grande catena di distribuzione sembrava avere un punto vendita lì. Io e Mary Ann facevamo pellegrinaggi mensili da Costco, e il Miller Building Supply era nel parcheggio accanto.

Mi piace sostenere i piccoli negozi, ma per qualche motivo andavo sempre da Home Depot. Forse il loro stile essenziale mi attirava di più , dato che andavo di rado da Lowes e non avevo mai fatto acquisti da Miller's.

Un flusso costante di clienti con carrelli affollava l'ingresso. Il posto aveva una doppia personalità: metà magazzino per appaltatori e amanti del fai-da-te, e il resto un luogo dove le persone imbranate come me potevano acquistare sanitari, elettrodomestici, articoli per la casa e per il giardinaggio.

Gli uffici si trovavano su un secondo piano che si estendeva per un quarto del negozio. Diedi un'occhiata da una lunga finestra che si affacciava sull'area di vendita. Stavo contando ventisei clienti quando fui chiamato per nome.

Una ragazza che non poteva avere molti più anni di mia figlia si avvicinò saltellando. «Signor Luca, il signor Miller può riceverla ora.»

Bill Miller aveva un'espressione seria e una scrivania cosparsa di carte. Dietro spiccava una credenza affollata di foto di famiglia. Ci stringemmo la mano.

«Piacere di conoscerla, detective.»

«Il piacere è mio. Grazie per avermi ricevuto.»

Allargò le mani sul tavolo . «Sono estremamente impegnato, ma voglio aiutare per quanto mi è possibile.»

«Apprezzo la collaborazione. Ehi, prima di iniziare, la sua famiglia possiede anche il Miller's Ale House?» Dovevo ammorbidirlo, e comunque ero curioso.

Lui rise. «Magari avessi un dollaro per ogni volta che

me lo chiedono. No, è un'altra famiglia. Ma prendiamo il pranzo da loro almeno una volta alla settimana».

«Siete in attività da molto tempo.»

«Ha iniziato nostro padre, nel sessantasette.» Indicò una foto sulla parete. «È lui, di fronte al negozio originale su Golden Gate.»

«Wow. Bellissima foto. È ancora tra noi?»

«No. Lo abbiamo perso una dozzina di anni fa.»

«Scusi.»

«Grazie.»

«Senta, so che è impegnato, quindi andrò dritto al punto. Mi dica cosa sa di Kate Swift. Mi risulta che sia stata a casa sua poco prima di scomparire.»

«Beh, non direi proprio poco prima, perché nessuno sa davvero cosa sia successo.»

Stava mettendo più distanza possibile tra sé e la ragazza scomparsa. «Giusto. Mi parli di quel giorno e del suo rapporto con la signorina Swift.»

«Era un'amica di famiglia. Mia moglie la stava aiutando a imparare a giocare a tennis e frequentava mio fratello.»

«Mark?»

«Sì. Voglio dire, erano amici. La ragazza abitava qui di fronte e bazzicava intorno al lago, come facevano tutti i ragazzi.»

«E quella domenica?»

«Mia moglie era a Miami a trovare sua sorella, quindi ho fatto una partita a golf e ho cenato presto. Kate era passata a restituire una racchetta che aveva preso in prestito da Cathy, e questo è tutto.»

«Non è andata a fare un giro in barca con suo fratello?»

«Ah, sì. Me n'ero dimenticato. Hanno fatto un giretto sul lago per un po' e poi se n'è andata.»

«Dov'era lei quando se n'è andata?»

«Ero in veranda, a guardare la partita.»

«Si ricorda chi giocava?»

«Che ci creda o no, sì. Ero un grande tifoso dei Dolphins, ma non guardo più lo sport.»

«E l'ha vista andarsene?»

«Sì, ha salutato e se n'è andata.»

«Era venuta in macchina?»

«No, abitava a Calusa Bay e, per quanto ne so, era venuta a piedi come faceva sempre.»

Avevo scoperto che era il modo in cui ponevi le domande a generare informazioni utili. «Cosa ha notato di insolito quel giorno? Mi dica cosa ha visto mentre era a casa sua e quando se n'è andata.»

«Mi creda, ho pensato molto a quel giorno. È stato un giorno piuttosto ordinario, ma ho visto un'auto parcheggiata in fondo alla strada che trovai insolito. .»

«Quando l'ha notata?»

«Mentre portavo fuori i bidoni della spazzatura. Il lunedì è il giorno del ritiro.»

«A che ora è stato?»

«Verso le tre, più o meno. Credo fosse l'intervallo.»

Anche se io ero fissato nel mettere fuori i bidoni, dissi: «Un po' presto per portare fuori la spazzatura, non trova?»

«L'avevo dimenticato giovedì e mia moglie si lamenta quando cominciano a far puzzare il garage.»

«So cosa intende. Mi parli di quest'auto. Sa che modello era?»

«Non ne sono sicuro. Non me ne intendo molto di macchine. Per me sono solo un mezzo di trasporto.»

L'immagine delle sei porte del garage di casa sua mi balenò in testa. Potevano esserci altre ragioni, ma le persone con un sacco di spazio in garage di solito erano appassionate di auto.

«La penso allo stesso modo. Ha visto il conducente?»

«No. Era troppo lontano, ma sono abbastanza sicuro che fosse un uomo.»

«Come fa a saperlo?»

«Non saprei dirlo, è quello che ho pensato in quel momento.»

Miller stava nascondendo qualcosa. Volevo metterlo alle strette ma avevo bisogno di maggiori informazioni, altrimenti lo avrei allarmato e avrebbe seppellito ancora più a fondo ciò che nascondeva.

«Come sta suo fratello Mark?»

«Sta bene.»

«Lei ha detto che era sulla barca con Kate quel pomeriggio.»

«È vero, ma sono rientrati e lei se n'è andata. Lui non ne sa più di me.»

«Vorrei parlargli.»

«Non è una buona idea in questo momento. Ha dei problemi di salute.»

«Mi dispiace sentirlo.»

11

MILLER

Accompagnai il detective nel corridoio. Ci stringemmo la mano e lui si diresse verso le scale. Ogni suo passo verso l'uscita faceva rallentare il mio battito cardiaco. Scomparve all'esterno.

Era andata meglio di quanto sperassi. Sembrava che i poliziotti si stessero parando il culo e che avrebbero archiviato il caso come irrisolto. Bussai alla porta di Greg, chiedendogli di raggiungermi nel mio ufficio.

«Cos'è successo con il detective?»

«Ho la situazione sotto controllo. Stanno solo seguendo le procedure.»

«Pensi che vorranno parlare con me? O con Mark?»

«Non preoccuparti. Se lo faranno, tu reggi il gioco come abbiamo fatto finora e andrà tutto bene.»

«Non mi piace questa storia. E se scoprono che ho mentito?»

«Lascia che me ne preoccupi io, se dovesse succedere, d'accordo?»

«Ci vado di mezzo io. Ho chiesto a Seymour e ha detto che sarebbe ostruzione alla giustizia.»

Saltai in piedi dalla sedia. «Cosa, sei impazzito? Parlare con Seymour di questa faccenda.»

«Cosa credi, che sia un fottuto idiota? Gli ho presentato un caso ipotetico.»

«Comunque non è una buona idea. Non parlarne con nessuno: non con tua moglie, non con Benny, con nessuno tranne me.»

«Va bene, va bene. Smettila di trattarmi come un bambino. Devo andare. Ieri Benny non è venuto e ha saltato un appuntamento con la Seagate. Loro non vogliono avere a che fare con lui, e domani devo pensarci io.»

«Si è assentato di nuovo? Che diavolo gli sta succedendo?»

«Qualche stronzata sulle gambe e la circolazione.»

«Non so come papà abbia potuto sopportarlo per tutti quegli anni; è sempre stato un fannullone.»

«Dovremmo licenziarlo. Dargli una liquidazione e chiuderla lì.»

«Non lo so. Si è fatto avanti per papà, e non vorrei che la cosa si venisse a sapere.»

«Sono passati più di dieci fottuti anni.»

«Ci penserò.»

Tirò fuori il telefono mentre diceva: «Liquidalo. Mi vogliono al vivaio. Fiorelli sta facendo un grosso acquisto per quel nuovo quartiere che stanno costruendo su Collier Boulevard. Devo scappare.»

Greg se ne andò. Non mi sarei mai liberato di Benny. Oltre a conoscere l'altro segreto di famiglia, aveva salvato il culo a papà, evitandogli la prigione. Da allora se n'era sempre approfittato, ma le cose sarebbero andate molto peggio se papà fosse stato arrestato per guida in stato di ebbrezza.

Papà era sbronzo, ma aveva avuto la preveggenza di chiamare Benny quando si era schiantato contro l'albero. Arrivato sul posto, Benny aveva chiamato il 911 sostenendo di essere lui al volante. Si era persino sbattuto la testa, ferendosi per rendere la cosa più credibile. Lo stratagemma impedì a papà di diventare un assassino. Invece, era una vittima, un vedovo affranto e padre di un figlio menomato.

Papà disse che Benny si trovava a soli due isolati di distanza, ma mi ero sempre chiesto se il ritardo nel portare Mark in ospedale avesse contribuito alla sua lesione. Non avevo mai creduto alla storia, ma ero rimasto al fianco di papà. Era stato un errore, uno tragico, ma non era stato intenzionale. Papà stava prendendo un miorilassante per un'ernia del disco, e due drink erano stati troppi.

Quel maledetto incidente aveva cambiato tutto. La mamma non c'era più. Per sempre. Era una strana combinazione tra sentirsi derubato e violentato allo stesso tempo. Mamma, calorosa ed emotiva, era il contrappeso all'approccio da martello pneumatico di papà nel realizzare le sue ambizioni.

E invece fu papà a crollare. Non ne parlò mai. Non sapevo cosa fare o quanto tempo dargli per riprendersi. Stavo soffrendo anch'io, ma dopo sei settimane in cui non aveva mai messo piede in negozio e di fronte alle crescenti richieste di aiuto da parte dei dipendenti, andai a trovarlo.

Le tapparelle erano abbassate. Papà era seduto sulla sua poltrona reclinabile. Il tavolino da caffè era coperto di piatti pieni di cibo mangiato a metà. Presi nota mentalmente di chiamare Clara. Aveva vietato l'accesso alla donna delle pulizie, ma lì dentro era peggio di un dormitorio del college.

«Ehi, papà. Come va oggi?»

Fece spallucce. «Come sempre, Bill.»

Gli strinsi una spalla mentre andavo ad alzare le tapparelle. «È una giornata bellissima. Perché non andiamo in veranda?»

«Non ne ho voglia.»

«Non puoi passare il resto della tua vita seduto su quella poltrona.»

«Non importa.»

«Sembri stanco, papà. È impossibile dormire bene su una poltrona. Fammi un favore: dormi nel tuo letto, allora, ok?»

Lui scosse la testa. «Non riesco più a dormire in quel letto. Troppi ricordi, Bill. Non riesco nemmeno a entrare in quella stanza.»

«Ci vorrà del tempo, papà, ma piano piano andrà meglio. Vedrai, ma devi provarci. Stare seduto al buio tutto il giorno non è d'aiuto.»

Lui scrollò le spalle.

«Perché non vieni in negozio per un paio d'ore? Ti farebbe bene.»

«Non servirà a niente.»

«Abbiamo bisogno di te. Chiedono tutti di te: i dipendenti, i clienti, i fornitori.»

«Non cambierà nulla.»

«Io credo di sì, e ti dirò di più, non migliorerà di certo se perdiamo l'attività.»

«Non posso. Tu non hai visto quello che ho visto io.»

«Devi dimenticartene, papà. Devi andare avanti.»

«Non posso cancellare ciò che ho visto, ed è stata tutta colpa mia.»

«No, non è vero. È stata la medicina.»

«No, sono stato io. Tutta colpa mia.»

«Torturarti non serve a niente. Dai, papà. Devi reagire.»

«Non ci riesco. Mi dispiace, Billy, ma non ce la faccio.»

«E noi? E Greg e Mark?»

Trasalì quando pronunciai il nome di Mark.

«Eh? E noi?»

Una lacrima gli scese lungo la guancia. «Ve la caverete.»

«Sì, ottimo consiglio, papà. E l'attività? La lascerai andare a rotoli?»

«Mi dispiace.»

Tirò su col naso e chiuse gli occhi. Me ne andai, sconcertato dalla rapidità con cui si era arreso. Sulla strada per il negozio, pensai che gli ci sarebbe voluto un altro mese per uscire da quell'oscurità. Non mi ero mai sbagliato tanto.

12

LUCA

Avevo aspettato finché non fummo arrivati davanti a casa Swift. Derrick disse: «Spero di cavarne qualcosa. Sei pronto?»

«Non prenderla nel modo sbagliato; sei un ottimo detective, ma credo che tu possa migliorare ancora.»

«È un complimento?»

«Assolutamente. Ho lavorato con sei partner. Non avrei mai pensato di trovare qualcuno bravo come lo era JJ. Ma tu lo sei, e lo dico sul serio.»

«Grazie. Allora, cosa volevi dirmi?»

«Puoi ottenere risposte migliori a seconda di come poni le domande.»

«Intendi come il tenente Colombo?»

«No. Parlo di formulazione. Ecco, mettiamo che tu stia chiedendo a un testimone o a un passante se ha notato qualcosa di insolito. La maggior parte chiederebbe: *Ha visto qualcosa di strano?*»

«Sì, esatto. Ma non capisco dove vuoi arrivare.»

«Invece di *Ha visto qualcosa di strano*, prova con *Cosa ha visto di strano?* Noti la differenza?»

Derrick annuì lentamente. «In pratica dai per scontato che abbiano visto qualcosa, e si sentirebbero costretti a dire qualcosa.»

«Sì, ma a un livello più profondo, psicologico, innesca il bisogno di rispondere.»

«Sì, ma potrebbero inventarselo.»

«Certo, ma con le domande successive si approfondisce la cosa».

Annuendo, disse: «Mi piace. È un buon consiglio, Frank.»

«Vivi come se fosse il tuo ultimo giorno, ma impara come se dovessi vivere per sempre.»

Prima che potesse chiedermi perché avessi aspettato così tanto per dirgli che non mi piaceva il suo modo di formulare le domande, dissi: «Andiamo.»

Mi sedetti al tavolo di fronte a James Swift. Era il punto più lontano che potessi trovare, ma avrei comunque puzzato di fumo di sigaretta. Mi strinsi i baveri della giacca sportiva. Sembrava che avessero impostato il termostato a diciotto gradi.

«Grazie per averci ricevuti in un periodo così stressante.»

Il signor Swift disse: «Vogliamo che chiunque sia stato la paghi».

Sua moglie disse: «Non potevate aspettare la fine della commemorazione?»

«Mi dispiace, signora, ma non è per mancanza di compassione; non voglio che passi altro tempo».

Lei sbuffò e decisi di non chiederle un campione del

suo DNA fino a dopo la commemorazione. Derrick disse: «Volevamo farlo prima della funzione perché, se per voi va bene — e potete dire di no — vorremmo essere presenti.»

«Perché?»

«Chiunque sia stato potrebbe partecipare e—»

Il signor Swift mise la mano sull'avambraccio della moglie. «Potete venire, ma dovete restare in disparte, in fondo.»

«Saremmo lì solo per osservare. Non parleremo con nessuno.»

Lui guardò la moglie e lei disse: «Va bene, rendetevi invisibili.»

«Grazie, signora. Dove si terrà?»

Derrick prese nota dei dettagli e disse: «Grazie. Ora, il detective Luca e io abbiamo letto il fascicolo, ma vorremmo chiedervi qualcosa riguardo alle amicizie e alle relazioni di Kate.»

«Immaginavamo che lo avreste fatto.»

Dissi: «Chi erano le sue amiche più strette?»

Disse la signora Swift: «Katie e Molly erano insepara-bili. Si sono allontanate quando ha iniziato a frequentare Mark Miller, ma dopo l'incidente, hanno ricominciato a riavvicinarsi.»

«Quale incidente?»

«Quello in cui Mark è rimasto ferito e sua madre è morta.»

«Quando è successo?»

«Circa un anno prima... prima che Katie sparisse. Dovete indagare a fondo su questa storia. Lui c'entra qualcosa. Ne sono sicura.»

«Mark Miller è stato scagionato all'epoca, ma stiamo riesaminando tutto e tutti da capo.»

«Beh, io inizierei da lui.»

«Altre amiche con cui dovremmo parlare?»

«Era molto legata a Barbara Quinn e a Nancy Toro».

Ricordavo la ragazza Quinn dal fascicolo, ma non Nancy Toro. Derrick annotò i loro recapiti e io chiesi: «E qualcuno con cui aveva dei problemi? Qualcuno con cui non andava d'accordo? Qualcuno che avrebbe considerato un nemico?»

«Katie andava d'accordo con tutti.»

Disse Derrick: «Di chi aveva paura?»

«Paura?»

«Sì.»

«L'unica persona era Amanda. Era gelosa di Katie, ed è un po' ruvida.»

Derrick mi lanciò un'occhiata. Aveva usato quella tattica e ottenuto una risposta che altrimenti non avrebbe avuto.

Dopo che ebbe annotato i recapiti della ragazza, chiesi: «Che rapporti aveva con Bill e Cathy Miller?»

Disse il signor Swift: «Immagino fossero brave persone, e so che è infantile, ma era come se stessero cercando di rubarci nostra figlia.»

Guardai sua moglie, che disse: «Sono stati buoni con lei. A Katie piaceva giocare a tennis, e Cathy... ci aveva giocato per tutta la vita e le diede un paio di lezioni. Non era altezzosa, se capisce cosa intendo».

«E Bill Miller?»

«Era un brav'uomo. Katie disse qualcosa riguardo alla nostra intenzione di ristrutturare la casa a Calusa, e lui le disse di farmi andare da lui, che ci avrebbe dato i materiali al prezzo di costo. Io non volevo farlo, ma quando abbiamo iniziato a ricevere i preventivi, ho dovuto. Facendo così abbiamo risparmiato un paio di migliaia di dollari.»

Disse Derrick: «Sembra una persona utile da conoscere.»

«Sì, ha un amico che possiede una concessionaria Honda a Fort Myers. Sapeva che avevamo bisogno di una macchina e lo ha chiamato. Quel tizio ci ha fatto un ottimo prezzo.»

«Un bel contatto da avere. Quindi, eravate in rapporti amichevoli?»

Disse la signora Swift: «Una volta ci hanno invitato per un barbecue. Ci siamo andati. Voglio dire, è stato carino e tutto, ma non siamo lo stesso tipo di persone. Ce lo hanno chiesto di nuovo, in realtà due volte, ma non siamo più andati.»

Chiesi: «Kate è venuta con voi?»

«Sì, siamo andati tutti»

Disse Derrick: «Che tipo di problemi aveva Kate a scuola?»

«Problemi? Era una brava studentessa e la scuola non ci ha mai chiamati neanche una volta.»

Dissi: «Okay. Con quali insegnanti era in buoni rapporti?»

«Oh, le piaceva molto il signor Marconi. Katie lo ha avuto due volte per inglese. Gli faceva un po' da assistente, e anche al signor Schneider.»

«Alla Barron Collier High?»

«Sì.»

Facemmo ancora un paio di domande, ma non ne ricavammo alcuna nuova pista. Avevamo qualche filo da tirare. Uno di questi era esile e inquietante. Speravo che la vibrazione alla base del cranio non lo stesse indicando come la causa della morte di Kate Swift.

13

Luca

Il caldo era piacevole. Tornai lentamente verso la macchina. A metà del vialetto, Derrick disse: «Non c'è un briciolo d'affetto tra quei due.»

«Perdere un figlio ti fa quest'effetto.»

«Hanno scagionato il padre piuttosto in fretta. Pensi che dovremmo dargli un'altra occhiata?»

«Ho imparato molto tempo fa a non escludere mai nessuno. Lo controlleremo di nuovo, ma non credo che sia lui il responsabile».

Salimmo in macchina. Derrick mise in moto e disse: «Non abbiamo ottenuto molto, ma sembra che lei pensi che Mark Miller c'entri qualcosa.»

«È possibile, ma c'è qualcosa in Bill Miller che non mi convince.»

«Non li ho sentiti dire nulla di preoccupante.»

«Niente di preciso. Ma Miller si è dato un gran da fare per diventare amico dei genitori di Kate.»

«Sembra un brav'uomo.»

«Potrebbe essere il classico adescatore.»

«Pensi che abusasse della ragazzina?»

«Non sto dicendo che lo facesse, ma avvicinarsi alla famiglia è quello che fanno questi predatori. Dà loro l'opportunità, e la famiglia non nutre sospetti .»

«Caspita, quest'uomo è un pezzo grosso, con l'azienda e tutto il resto; sarebbe disgustoso se fosse stato lui.»

«Senza dubbio, ma è una cosa che dobbiamo verificare. Parliamo con le sue amiche, ricaveremo qualche informazione da loro. Dividiamoci i compiti. Tu interroga Barbara Quinn e io farò visita a Nancy Toro».

SVOLTAI PER TIMBERWOOD. Il quartiere si trovava nei pressi di Airport Pulling Road e sembrava composto interamente da villette a schiera. Gli edifici con rivestimento in alluminio avevano più di trent'anni. Percorsi Timberwood Circle, fermandomi di fronte a una struttura grigia a due piani incorniciata da un camino per lato.

Mentre mi dirigevo verso la porta, una folata di vento mi fece controllare il cielo. Nessuna nuvola minacciosa, ma c'era un sentore di fumo nell'aria. Non pioveva da settimane. Suonai il campanello e un secondo dopo la porta si aprì.

«È lei il detective?»

Le mostrai il distintivo. «Sì, detective Luca. Nancy Toro?»

Lei annuì. «Sa, assomiglia a George Clooney»

Era da un po' che non me lo sentivo dire. «Immagino di doverla ringraziare»

«È un bell'uomo. Si accomodi.»

La casa era buia, ma aveva un bel soffitto a cattedrale nella zona giorno principale. Il posto era scarsamente arredato.

«Le dispiace se ci sediamo laggiù?» indicò due sgabelli al bancone della cucina.

«Per me va bene.» Non sarebbe stata la mia prima intervista su uno sgabello da bar.

«Bene. Mi sono appena trasferita qui e, be', ci sono un sacco di cose da prendere.»

«Buona fortuna con la casa. Come le dicevo, volevo parlarle di Kate Swift».

Lei si accigliò. «È scomparsa da così tanto tempo. È strano che facciano la funzione domani, ecco».

Annuii. «Ci andrà?»

«Oh, sì. Siamo state molto amiche per un po'.»

«Non trovo nessuna registrazione del suo interrogatorio da parte del nostro dipartimento quando Kate è scomparsa. Qualcuno la contattò?».

«No. So che parlarono con Barb, ma è tutto quello che ricordo.»

«Quando è stata l'ultima volta che ha visto Kate?»

«Il giorno in cui è scomparsa.»

Mi schiarii la gola. «Ne è sicura?»

«Oh, sì. Senza alcun dubbio.»

«Quando e dove l'ha vista?»

«Mia madre mi stava riportando a casa da Baker Park. Andavamo a fare delle passeggiate lì la domenica e, tipo, poco prima dell'ingresso del nostro quartiere, l'ho vista.»

«Viveva anche lei a Calusa Bay?»

«No, nel quartiere accanto, ad Autumn Woods.»

«Cosa stava facendo Kate?»

«Parlava con il signor Miller.»

«Bill Miller?»

«Sì, lui e un suo amico. Erano nella sua macchina, accostata, e Kate era sul marciapiede.»

«Su Goodlette-Frank?»

«Sì, tipo poco prima del nostro quartiere.»

«Ed è sicura che fosse Bill Miller?»

«Assolutamente. Aveva una Mercedes rossa decappottabile. La capote era abbassata, e c'erano lui e il suo amico.»

«Sa chi fosse l'altro uomo?»

Scosse la testa. «No, mi dispiace.»

«Non si preoccupi. Che ora era?»

«Direi che era circa mezzogiorno.»

«Quindi, per essere chiari, lei e sua madre stavate tornando a casa da Baker Park e ha visto Kate Swift. Stava parlando con Bill Miller e un altro uomo, che si erano fermati su Goodlette-Frank con l'auto del signor Miller.»

«Sì. È quello che ho visto.»

«Sua madre sarebbe in grado di confermarlo?»

«Ne sono certa. Ne parlammo quando scomparve.»

«C'è un motivo per cui non è andata alla polizia con questa informazione?»

«E perché? Era amica dei Miller, e dopo quell'episodio fu vista a casa loro.»

Era vero, ma ciò rafforzava l'idea che Miller potesse avere una relazione inappropriata con Kate. O che stesse cercando di corteggiarla.

«Cosa può dirmi di Mark Miller?»

Sospirò. «È come se su Katie gravasse una maledizione. Lei e Mark stavano insieme da, tipo, un'eternità. E poi, con l'incidente e tutto il resto, lui è rimasto segnato e non è stato più lo stesso.»

«In che senso?»

«Non voglio dire nulla di male, ma era come un bambino. Faceva i capricci e, tipo, voleva giocare con le rane. Era strano, un giorno poteva essere un'adolescente normale, e poi…»

«Mark aveva problemi di rabbia?»

«Dopo l'incidente, sì.»

«Pensa che sia possibile che possa aver fatto del male a Kate?»

«Ci ho pensato, ma a lui Kate piaceva davvero. Non riesco a immaginarlo farle del male.»

«Ma doveva essere sconvolto dal fatto che la loro relazione fosse finita.»

«Sì, ma Katie si sentiva davvero in colpa e lo lasciò con delicatezza, sa. Era una di quelle persone che faceva sempre la cosa giusta.»

«E che mi dice di qualcuno a cui Kate non piaceva? Aveva dei nemici?»

«Non che io sappia.»

«E una certa Amanda?»

Lei sbuffò. «Era una bulla.»

«Se la prendeva con molti ragazzi?»

«Credo di sì, ma se la prendeva soprattutto con Katie. Penso fosse gelosa di lei.»

«Amanda è mai passata alle mani con Kate?»

«Le andava addosso nei corridoi, ma a parte quello, non proprio. Ah, ci fu una volta, eravamo nel parcheggio, e Amanda... era più grande di noi e aveva già la patente. Comunque, quel giorno io, Katie e Barb stavamo camminando e Amanda tentò di investirla.»

«Soltanto Kate?»

«Sì, perché Katie era all'esterno, mentre io e Barb eravamo più vicine alle altre auto.»

«I ragazzi fanno un sacco di stupidaggini con le auto.»

«Lo so, ma ai tempi della scuola Amanda investì Cheryl.»

«Intenzionalmente?»

«Lei disse di no, ma tutti sapevano che non era vero.»

«Quanto era in confidenza Kate con i professori Marconi e Schneider?»

Lei si acigliò. «Aveva una brutta cotta per il professor Marconi. La maggior parte delle ragazze ce l'aveva, ma io no: pensavo che fosse inquietante.»

«Inquietante in che senso?»

«Non vorrei dire nulla perché non ho prove, ma ho sempre avuto la sensazione che cercasse, come dire... sedurre immagino sia la parola giusta.»

«Il professor Schneider era uguale?»

«In un certo senso. Non era carino come il prof M. Lo preferivo, ma mi tenevo a distanza da entrambi.»

14

MILLER

Parcheggiai in un posto libero e Cathy disse: «Oh, cielo, spero che non sia troppo commovente.»

«Andrà tutto bene. Sono passati nove anni.»

«Lo so, ma non è mai facile.»

«Forse dovremmo istituire una borsa di studio a suo nome. Sarebbe un bel modo per onorare la sua memoria.»

«È una buona idea.»

Le sorrisi. Lei disse: «Dai, andiamo.»

«Aspettiamo un paio di minuti. Non voglio essere tra i primi a entrare.»

«Non lo saremo; guarda quante macchine ci sono.»

«Va bene. Andiamo.»

Presi la mano di mia moglie e ci incamminammo verso l'ingresso della Vanderbilt Presbyterian Church. Mentre aprivo la porta, il sole si nascose dietro una nuvola. Sperai che non fosse un presagio.

Un'enorme foto di Kate era posta su un cavalletto

all'inizio della navata della cappella. Cathy si fermò davanti. «Era una ragazza così bella.»

«Lo so, che peccato.»

Potevo vedere gli Swift. Erano in piedi sull'altare a parlare con il pastore. Quando si separarono, le imponenti canne dell'organo dietro di loro cominciarono a intonare una melodia deprimente.

Cathy disse: «Ci sono gli Harrigan.»

I miei occhi corsero sui presenti mentre salutavamo gli Harrigan. Girandomi a destra, lo vidi e mi bloccai. Che diavolo ci faceva qui quel detective?

15

Luca

Fermo a un semaforo tra Immokalee Road e la Route 41, mi squillò il telefono. Era Derrick.

«Ehi, Frank, non ce la faccio a venire.»

«Va tutto bene?»

«C'è qualcosa che non va con i nostri conti. Stamattina Lynn è entrata per pagare delle bollette e c'era solo un dollaro sul conto di risparmio e nove dollari sul conto corrente.»

La cosa non mi piacque per niente. «Potrebbe essere un errore, o magari vi hanno hackerato.»

«La Bank of America ha detto che non è stato un attacco hacker.»

«Spero che nessuno vi abbia rubato l'identità.»

Derrick emise un lamento. «Oh, cavolo. Spero di no. La banca non è stata di grande aiuto al telefono, quindi ci vado di persona.»

«Mostragli il distintivo. Dovrebbero portarti un po' di rispetto.»

«Lo spero.»

«In bocca al lupo, e fammi sapere cosa succede.»

Superato l'incrocio di Airport Pulling Road, svoltai nel parcheggio della Vanderbilt Presbyterian Church. Da ragazzo, la mia chiesa era di tipo tradizionale: in mattoni, con un sacco di statue. Quella moderna struttura somigliava più a un auditorium.

Altre due auto entrarono mentre io mi infilavo in chiesa da un'entrata laterale. I signori Swift stavano sistemando delle foto su un cavalletto. Non mi videro. Presi posizione sulla sinistra, al riparo dalla vista, accanto a una spessa colonna.

Tenevo d'occhio le porte principali. Non cercavo niente in particolare, ma ricevevo più segnali di una sensitiva di Sunset Strip. Il modo in cui le persone si comportavano, compreso il linguaggio del corpo, poteva mettere sull'avviso un bravo poliziotto.

Ma questa situazione richiedeva una certa capacità di discernimento. Le persone, me compreso, si sentivano a disagio ai funerali, specialmente quando qualcuno se n'era andato troppo presto. Sarebbe stato interessante vedere cosa avrei scoperto.

Avevo in programma di sfogliare il registro delle firme che la maggior parte dei partecipanti stava compilando. Poteva aiutarmi a identificare qualcuno. A quel punto, consideravo Bill Miller e suo fratello Mark come possibili sospetti.

Anche Amanda, il cui cognome era Ryan, era una persona di interesse. Aveva scontato una pena nel carcere della contea di Lee per comportamento pericoloso, ma online non c'erano dettagli. Volevo aspettare il fascicolo del caso prima di interrogarla. Un impiegato della contea di Lee mi aveva promesso che me lo avrebbe fatto recapitare da un'auto di pattuglia.

Notai Nancy Toro non appena entrò con una donna più anziana. A giudicare dal viso, la inquadrai come sua madre. Firmarono il registro e andarono dritte dagli Swift. Nancy abbracciò la signora Swift, le cui spalle iniziarono a essere scosse dai singhiozzi.

Non riuscivo a immaginare quanto fosse doloroso per i genitori vedere l'amica più cara della figlia. Un brivido mi percorse quando mi balenò il pensiero che avremmo potuto essere io e Mary Ann. Cambiai il peso del corpo da un piede all'altro, riportando lo sguardo verso l'ingresso.

Entrarono quattro donne anziane. Potevano essere ex o attuali vicine di casa degli Swift. Firmarono il registro e scossero la testa davanti alla foto di Kate. Dietro di loro entrarono un paio di uomini in abiti da lavoro. Evitarono il registro degli ospiti, presero posto nell'ultima fila e si studiarono le mani. Una coppia di anziani entrò con passo incerto. Mentre si avviavano lungo la navata, mi chiesi se fossero i nonni. Un flusso improvviso di persone mi colse di sorpresa. La maggior parte sembrava essere composta da amici di Kate, alcuni con i genitori, altri con il coniuge.

Li seguii con lo sguardo lungo la navata. Nessuno era risparmiato , ma sembravano tutti a proprio agio. Con la coda dell'occhio, percepii un movimento. Erano Bill e Cathy Miller.

Si tenevano per mano, camminando all'unisono. Miller era un tipo che prendeva in mano la situazione, e il fatto che non stesse guidando la moglie mi suonava strano. Era preoccupato perché era colpevole, o era semplicemente come me in questo tipo di eventi?

I Miller si infilarono in un banco dopo aver salutato gli Swift. Non si scambiarono abbracci e Bill Miller appariva rigido e formale. Lo studiai mentre sussurrava alcune parole alla moglie. Qualcosa cadde a terra, rimbombando nella cappella. Mi voltai verso l'ingresso: un uomo sulla cinquantina stava raccogliendo il registro delle firme.

Indossava un completo con cravatta, come si usava vent'anni fa. Squadrò la sala e prese posto dietro a Nancy Toro e a sua madre. Diede un colpetto sulla spalla a Nancy che si aprì in un ampio sorriso. Chiacchierarono finché il pastore non salì sul pulpito.

Mi diressi con calma verso l'ingresso e diedi un'occhiata al registro aperto. L'uomo che era entrato era Richard Schneider, l'ex insegnante di Kate. Sfogliai fino alla pagina precedente. A metà pagina c'era il nome Fred Marconi. Era l'altro insegnante che Nancy riteneva inquietante.

Il pastore chiese a tutti di alzarsi in piedi, e io passai in rassegna i banchi, cercando di trovare Marconi. Non avevo idea di che aspetto avesse e mi affidai all'istinto. Individuai due possibilità: un tizio con i capelli impomatati all'indietro e una giacca sportiva azzurra, e un uomo più alto e affascinante con le tempie brizzolate, che indossava una camicia di lino bianca.

Non ero un giocatore d'azzardo, ma avrei scommesso su quello alto. Osservandolo di profilo, mi resi conto che era dovuto principalmente al suo abbigliamento.

Secondo me, chiunque indossi camicia e pantaloni di lino a una commemorazione è un esibizionista. Il tipo esatto di uomo che proverebbe ad adescare una ragazzina.

I momenti della preghiera furono duri, ma non riuscii a reggere quando iniziarono gli elogi funebri. Mi venivano gli occhi lucidi ogni volta che si parlava di qualcuno che non era più con noi. Questa volta fu molto peggio. Mi asciugai gli occhi e mi nascosi dietro una colonna. Canticchiai per non sentire quello che veniva detto.

Volevo andarmene di corsa, ma dovevo sapere chi fosse Marconi e se Miller si fosse commosso. Feci un paio di passi avanti per avere una visuale migliore su Miller e sua moglie. Miller aveva il mento appoggiato sul petto. Non stava piangendo, ma si stava distraendo dalla funzione. Era per senso di colpa o per empatia?

La parte bassa della schiena cominciava a darmi fastidio a forza di stare in piedi sul pavimento di marmo. Mi sedetti in un banco mentre il pastore guidava i presenti in un altro canto. Mi chiesi cosa stesse passando per la testa dei genitori quando il pastore portò la cerimonia a conclusione.

La prima fila si svuotò, inghiottendo i genitori. Era un'occasione. Mi diressi dritto verso Nancy Toro. Intercettando il suo sguardo, le feci cenno di avvicinarsi.

«Una cosa al volo, Nancy. Quell'uomo con l'abito di lino è Marconi?»

«No. Non so chi sia.»

«Marconi è qui?»

Si guardò intorno. «Sì, è circa cinque file più indietro: camicia scura e testa calva.»

Diedi una sbirciatina. «Grazie. Puoi farmi un favore e scoprire chi è l'uomo vestito di lino?»

«Certo.»

«Non dire ai genitori che stavo facendo domande. Ho detto loro che sarei stato solo a osservare.»

«Nessun problema.»

Ecco di nuovo quella frase. Non sembrava mai adatta al contesto in cui veniva usata. Sarebbe stato un problema per lei dire qualcosa?

Anche se Marconi sembrava un ragioniere, non un donnaiolo, avevo imparato molto tempo fa a non escludere nessuno. Marconi era invecchiato, forse male, ma chi non lo era?

16

Avrei voluto applaudire quando è finito il film romantico che Cathy aveva voluto vedere. Ho detto: «E vissero tutti felici e contenti.»

«Io l'ho trovato carino.»

«Era passabile.»

Cathy si alzò. «Io vado a letto. Vieni?»

«Non ancora.»

«Non fare tardi. Sono un paio di notti che continui a rigirarti nel letto.»

«Scusa. Sto cercando di decidere se rinnovare il contratto della sede di Airport o costruire qualcosa di nostro.»

«Pensavo avessi intenzione di rinnovare.»

«Ci sto ripensando. Ci servirebbe più spazio.»

«Non tormentarti. A dopo.»

Non erano gli affari immobiliari a tenermi sveglio. Ero preoccupato per l'indagine. Quel maledetto detective, Luca, continuava a indagare. Voleva parlare con Mark, e sembrava che non potessi più impedirlo.

Era impossibile prevedere cosa avrebbe detto Mark, specialmente sotto pressione. Ero riuscito a proteggerlo quando la polizia si era presentata a fare domande sulla scomparsa di Kate. Ma dopo l'incidente e il suicidio di papà, la famiglia era immersa in un mare di manifestazioni di compassione.

In quanto fondatore di un'azienda di successo, agli occhi della comunità papà era una figura leggendaria . Ma non si era mai affidato solo alla sua reputazione per farsi strada quando era necessario. Sosteneva gli interessi di beneficenza delle persone più potenti della città.

Era una tattica intelligente che avevo potenziato. Funzionava, ma c'erano dei limiti. E in quel momento ne stavo urtando uno.

Cercando di distrarmi, feci zapping tra i canali, fermandomi su uno spot di Home Depot. Pubblicizzavano i loro prodotti e servizi per la ristrutturazione di cucine e bagni. Era uno spot efficace. Chiedendomi se dovessimo aumentare le nostre spese pubblicitarie, mi alzai per prendere una bottiglia d'acqua.

Tornando nella stanza, stavano trasmettendo *Le ali della libertà*. Presi il telecomando proprio mentre il direttore si piantava una pallottola in testa. Spensi la TV e mi lasciai cadere sulla poltrona reclinabile.

Non avevo bisogno di quel promemoria, soprattutto non lì, non in quel momento. Papà si era fatto saltare le cervella a meno di un metro e mezzo da dove ero seduto. Avevamo riarredato completamente la stanza, sostituendo persino il pavimento in travertino con del legno di bambù, ma tutto mi era tornato in mente in un lampo.

Era una giornata luminosa e soleggiata. Io e Mark avevamo appena tirato a riva la barca. Lui la stava legando al molo mentre io srotolavo la manichetta per lavarla. Mentre lottavo con un groviglio, lo sentii.

Era un colpo di pistola. Guardai Mark, che disse: «Cos'è stato?»

«Un petardo. Credo che i Bower stiano facendo una festa o qualcosa del genere. Lavala tu. Torno subito.» Gli consegnai la lancia a spruzzo.

«Vengo con te.»

«No. Resta qui e pulisci la barca prima che si incrosti.»

«Si incrosta?»

«Sì, se non la laviamo subito, si forma una crosta.»

«Voglio vedere come viene.»

«Non con la nostra barca»

«Ma non l'ho mai visto.»

«D'accordo. Lascia una sezione, la plancetta di poppa, ok?»

«Possiamo? Possiamo farla incrostare?»

«Sì, ma solo quel punto.»

«Fico.»

Corsi verso casa. C'era silenzio. Feci scorrere una porta finestra. «Papà? Stai bene?»

Silenzio. Ci riprovai: «Papà! Stai bene?»

Aggirando l'isola della cucina in direzione del soggiorno, mi bloccai. La canna di un fucile. Feci un altro passo e rimasi senza fiato. Papà era accasciato. C'era sangue dappertutto. Urlai: «Papà! Che cosa hai fatto?»

Chiamai il 911 e mi sedetti al tavolo della cucina, piangendo. Eravamo orfani. Come aveva potuto lasciarci da soli? C'erano così tante domande che esigevano una risposta che non riuscivo a immaginare cosa il futuro avesse in serbo per me e i miei fratelli.

Essendo il più grande, ero sicuro che tutti avrebbero fatto affidamento su di me. Ma senza qualcuno su cui contare come papà, non volevo essere quella persona. La mia vita era stata messa sottosopra dopo l'incidente, e adesso era anche peggio. Sarei diventato responsabile di Mark? E i miei desideri? E la mia vita?

Il suono di una sirena in avvicinamento mi fece alzare. Guardai verso il lago: Mark era carponi, intento a ispezionare la vetroresina. Non aveva idea di cosa fosse successo e non potevo permettere che subisse un trauma ancora più grande.

Mi lavai la faccia e aspettai vicino alla porta d'ingresso. La polizia e un'ambulanza entrarono nel vialetto. Corsi sul retro della casa; Mark era sulla barca, con le gambe a penzoloni nell'acqua.

Un agente di polizia era entrato nell'ingresso. Indicai il soggiorno. «È là dentro.»

Lo seguii insieme a un paramedico sulla scena. Il tecnico del soccorso medico tastò il collo di mio padre in cerca del polso. Guardò il foro squarciato sulla sommità del cranio. Aggrottò la fronte, le rughe si fecero più profonde, e scosse la testa. «Mi dispiace, se n'è andato.»

L'agente di polizia chiamò la squadra omicidi. Dissi: «Non è stato un omicidio. Mio padre si è suicidato. Era depresso per via di mia madre e dell'incidente—»

«Nessuno lo sta dicendo. Dobbiamo escluderlo. Di chi è quel fucile?»

«Di mio padre.»

«Okay. Il medico legale e la scientifica stanno arrivando. Dovrà restare fuori casa finché non glielo diremo noi.»

«D'accordo.»

«Dovrà rimanere qui nei paraggi e parlare con il detective Mulroney prima di andarsene.»

Fu la prima volta che pensai all'altro mio fratello, Greg. Dovevo dirgli di papà e capire cosa dire a Mark. «Okay, il mio fratellino è giù al lago. Devo parlargli. Non sa niente di tutto questo.»

Il poliziotto mi guardò di sbieco.

«È disabile, in un certo senso.»

«Mi dispiace, ma Mulroney vorrà probabilmente parlargli.»

Mi diressi verso la veranda. Mark stava lucidando gli ottoni; per lui non erano mai abbastanza lucidi. Era impossibile prevedere come avrebbe reagito, ma sapere che papà era morto, e soprattutto che si era ucciso, avrebbe fatto scattare Mark.

Aveva perso la sua capacità di accettare la realtà. Al funerale della mamma, aveva preso una sedia e si era seduto accanto alla bara, rifiutandosi di parlare. Pensammo che fosse sotto shock. Insomma, lo eravamo tutti, ma quando entrò il pastore, iniziò a imprecare e rovesciò metà delle composizioni floreali.

Il direttore delle pompe funebri cercò di calmarlo, ma Mark lo aggredì. Io e Greg faticammo a trattenerlo e lo spingemmo nella mia macchina. Lo portai a casa mia e persi la sepoltura. Si calmò solo quando lo portai da McDonald's.

Di tanto in tanto, chiedeva della mamma e non accettava che fosse morta, nemmeno dopo che gli mostravo le foto dell'incidente d'auto. Non gli avrei mai e poi mai mostrato una foto di quello che era successo oggi. Non si poteva sapere cosa avrebbe fatto.

Inspirando profondamente, mi diressi al molo. «Ehi, amico. Bel lavoro.»

«Non riesco a farlo brillare. Ci serve una di quelle macchine. Vado a prenderne una in negozio. Le abbiamo, vero?»

«Il tipo di lucidatrici che abbiamo non sono le migliori per questo. Guarderemo online più tardi.»

«Non possiamo provare?»

«Certo. Senti, mi serve un favore. Puoi prendere la barca e andare a casa di Benny? Digli che devo parlargli, di persona.»

«Adesso?»

«Sì.»

«Ma la barca è tutta pulita.»

«Andiamo a prendere una lucidatrice.»

Sorrise. «Okay, okay. Slega la barca.»

«Non avere fretta. Vai piano quando esci. La signora Macy sta pescando con quella sua barca a remi. Se fai una scia troppo grossa, non ci inviterà mai per i fuochi d'artificio.»

«Mi piacciono i fuochi d'artificio. Non possiamo prenderne un po' quest'anno?»

«Perché non chiediamo a Benny? Lui ha le conoscenze giuste per quelli speciali.»

Ridacchiò. «Mi piacciono quelli che vanno altissimi, in cielo.»

«Anche a me. Ci vediamo dopo, campione. Ricorda di andare piano quando esci.»

Proteggere Mark era diventata una seconda natura, ma questa faccenda di Katie stava iniziando a sembrare come cercare di trattenere l'acqua con le mani.

17

LUCA

Dopo aver osservato i Miller andarsene, senza avvicinarsi agli Swift, guardai le altre persone defluire dopo averli salutati. L'uomo in abito di lino stava armeggiando con il telefono, in attesa del momento giusto per porgere le sue condoglianze. Marconi e Schneider stavano uscendo mentre l'uomo in lino stringeva la mano al signor Swift. Stava chiacchierando amabilmente con la coppia, quando all'improvviso si staccò dal gruppo.

Lo guardai dirigersi verso l'uscita e lo seguii. Invece di turbare gli Swift, avrei preso il numero di targa per identificarlo. Il telefono vibrò. Era Derrick. Gli scrissi un veloce messaggio mentre l'uomo in lino lasciava la chiesa.

Affrettandomi un po' più di quanto avrei voluto, uscii alla luce del sole. L'uomo in lino stava salendo sul sedile posteriore di un'auto che lo attendeva. Studiai la targa, memorizzandola mentre la vettura si allontanava.

Mandai un messaggio in ufficio riguardo all'auto e

chiamai Derrick. «Scusa. La commemorazione sta finendo. C'erano un paio di personaggi interessanti. A te com'è andata in banca?»

«Un fottuto disastro. Qualcuno ha rubato l'identità di Lynn. Ci hanno prosciugato i conti.»

«Porca puttana! E loro cosa ti hanno detto?»

«Non molto. Non se ne assumono la responsabilità.»

«Hai una qualche assicurazione sul furto d'identità?»

«Niente. Siamo fottutamente al verde.»

«La Bank of America dovrà pur fare qualcosa.»

«Dicono di no.»

«Parlerò con Mary Ann. Lavorava nell'unità di crimini informatici prima di ammalarsi.»

«Pensavo di parlarne con un avvocato. All'amico di un amico è successa la stessa cosa e gli ci sono voluti tre anni per sistemare tutto. Hanno richiesto un sacco di carte di credito a suo nome e un mutuo.»

Non volevo deprimerlo, ma sarebbe stato un casino. «Mi dispiace, amico, sai che farò tutto il possibile per darvi una mano.»

«Grazie. Lo apprezzo.»

«Dato che siamo soci, se hai bisogno di un prestito, posso fartelo, diciamo, a un tasso d'interesse del dieci o undici per cento.»

«Che amico.»

«Scherzi a parte, se hai bisogno di soldi, non devi fare altro che chiedere.»

«Potrei dover accettare la tua offerta, perché ci hanno detto che dovremmo cancellare le nostre carte di credito.»

«Che rottura di palle.»

«Lo so. Senti, sono quasi a casa di Barbara Quinn. Chiamo quando ho finito.»

«Okay. Io vado da Bill Miller.»

C'ERA una Chase Bank a meno di un miglio da Pine Ridge Estates. Mi fermai al bancomat e prelevai il mio limite di seicento dollari. Derrick ne avrebbe avuto bisogno, soprattutto nell'immediato.

Dove stavamo andando a finire in una società elettronica? A Derrick avevano prosciugato il conto in banca, non aveva carte di credito, e chissà cos'altro sarebbe saltato fuori.

Non c'era dubbio che il crimine e i criminali stessero entrando in una nuova era. Per i malviventi era molto più sicuro hackerare un conto che rapinare una banca. Il triste fatto era che i ladri informatici erano molto più scaltri delle forze dell'ordine locali. I federali avevano i mezzi, ma un individuo a cui veniva rubata l'identità era in fondo alla loro lista di priorità.

Parcheggiai e percorsi il vialetto mentre si apriva la porta di un garage. Miller si era tolto l'abito e stava salendo su un Navigator bianco.

«Mi scusi! Signor Miller!»

Miller si voltò e aggrottò la fronte. Si riprese rapidamente, stampandosi un sorriso in faccia. «Detective Luca. Cosa posso fare per lei?»

«Avrei un paio di domande veloci da farle.»

Lui si guardò l'orologio. Era spesso e d'oro. «Mi stanno aspettando al lavoro.»

Notai un paio di pale appese al muro. «Sarà una cosa veloce.»

«Va bene. Vuole accomodarsi sul retro?»

«Certo.»

Lo seguii lungo un sentiero di pietra, chiedendomi se avesse usato una di quelle pale per seppellire Kate Swift. Aveva giardinieri e soldi. Perché mai avrebbe avuto bisogno di una pala?

Ci accomodammo in un'area salotto in un angolo.

«Ha una vista magnifica da qui dietro.»

«Non stanca mai.» Congiunse le mani, recitando la parte del signore del Sud.

«Perché non mi ha detto di aver visto Kate Swift la mattina del giorno in cui è scomparsa?»

«Cosa intende dire?»

«Sta negando di aver parlato con lei a lato di Good-lette-Frank Road?»

«Non c'è bisogno di essere ostile, detective. Sto cercando di capire dove vuole andare a parare. Kate è stata a casa mia quel pomeriggio ed è scomparsa dopo essersene andata. Averla incontrata prima, quello stesso giorno, non mi sembra rilevante.»

«In un'indagine per omicidio, tutto è rilevante. Mi parli di quando l'ha vista, prima, quel giorno.»

«Non è stato niente. Stavamo tornando da una partita di golf e lei stava camminando. Ho accostato per chiederle se volesse un passaggio a casa.»

«È salita in macchina?»

«No. Ha detto che preferiva camminare. Eravamo vicino all'ingresso del suo quartiere.»

«Chi c'era in macchina con Lei?»

«Benny Alston. È un amico di famiglia di vecchia data. Era molto legato a mio padre e lavora per noi.»

«Dove è andato dopo aver parlato con la signorina Swift?»

«Ho lasciato Benny a casa sua; abita qui vicino, e poi sono tornato a casa.»

«Ha invitato la signorina Swift a casa sua quando le ha parlato?»

«No. Le ho detto che è venuta per restituire una racchetta da tennis che mia moglie le aveva prestato.»

«Perché era contrario a costruire il muro di contenimento che voleva sua moglie?»

«Il muro? Cosa c'entra con tutto questo?»

«Le domande le faccio io.»

Il suo viso si arrossò. «Non ne avevamo bisogno.» Lanciò un'occhiata alle porte scorrevoli. «Non mi andava di spendere diecimila dollari per un altro capriccio di Cathy.»

Poteva anche essere, ma non quadrava con ciò che aveva detto sua moglie. Lei aveva detto che erano anni che voleva costruirlo. Ebbi la sensazione che, se avessi continuato a insistere, avrebbe cercato un avvocato.

Feci un paio di domande generiche per allentare la tensione. Il suo volto si rilassò, e potei andarmene senza problemi.

Allontanandomi , ebbi la netta sensazione che Miller nascondesse qualcosa. Avrei indagato un po' prima della nostra prossima chiacchierata. Volevo anche parlare con Benny Alston.

ENTRAI DAL GARAGE. Non sentivo odore di cibo e mi chiesi se avrei dovuto prendere qualcosa da mangiare. Vidi Jessie e un'amica attraverso la porta scorrevole. Chiacchieravano a macchinetta mentre galleggiavano su delle chaise-longue in piscina.

Mary Ann dormiva sul divano. Sperai che non stesse soffrendo e feci scorrere l'anta della porta. «Ehi, ragazze. Com'è l'acqua?»

«Ciao, papà.»

«Salve, signor Luca.»

«La mamma sta bene?»

«Sì, ha detto che era stanca, tutto qui.»

«Va bene. Probabilmente stasera prenderemo la cena da asporto, quindi inizia a pensare a un posto.»

Mi cambiai e, quando tornai in soggiorno, Mary Ann si era alzata. «Ehi, ti senti bene?»

«Sì, solo un po' stanca.»

«Sei sicura?»

«Sì, non preoccuparti. Com'è andata la tua giornata?»

«Bene, ma Derrick e Lynn sono in un bel pasticcio.»

«Cos'è successo?»

«A Lynn hanno rubato l'identità e gli hanno prosciugato il conto.»

«Oh mio Dio. Faranno meglio a controllare il loro credito, vedere se sono stati richiesti prestiti a loro nome.» Si mise a sedere. «Devo chiamare Lynn.»

«Mi dispiace per loro.»

«Ci metteranno anni a sistemare questa faccenda. La loro reputazione creditizia sarà rovinata. Non riusciranno a ottenere una carta di credito.»

Faticò ad alzarsi.

«Rimani qui. Dov'è il tuo telefono?»

«Sul bancone.»

«D'accordo. Decidete cosa volete e io esco a prendere la cena.»

Le porsi il telefono e andai nello studio. Derrick sarebbe stato distratto. Se volevamo risolvere questo omicidio, non potevamo lasciarci sfuggire nulla. Aprii il fascicolo del caso irrisolto e cominciai a leggere.

18

Non c'era dubbio che quel detective fosse una bella gatta da pelare. Avrei dovuto assicurarmi che Greg e io fossimo perfettamente allineati. Se ci fosse stata una sola crepa nelle nostre versioni, ero certo che Luca ci si sarebbe infilato di prepotenza.

Volevo chiamare Weinstein perché facesse da intermediario, ma ero preoccupato di come Luca avrebbe potuto reagire alla notizia di dover passare per un avvocato. Avrebbe potuto provocarlo. Il mio piano era di gestire la cosa come avevo fatto negli ultimi dieci anni.

Tornando a casa in auto, mi chiesi se Mark avesse percepito il pericolo. Sembrava teso e oggi non era venuto in ufficio. L'avevo chiamato quattro volte, e mi aveva risposto con un messaggio dicendo che mi avrebbe richiamato quando avesse avuto tempo.

Il cellulare squillò mentre svoltavo da Pine Ridge Road. Era mia moglie. Di nuovo. A pochi minuti da casa, rifiutai la chiamata.

Mentre entravo nel garage, la porta di casa si aprì. Cathy era in piedi, con le mani sui fianchi. Non appena scesi dall'auto, disse: «Ti ho chiamato due volte».

«Scusa. Stavo tornando a casa. Che succede?»

«Te lo dico io che succede: è tuo fratello.»

«Mark?»

Aggrottò la fronte. «E chi sennò?»

«Cos'è successo?»

«Ha scuoiato un coniglio e l'ha portato in casa—»

«Un coniglio?»

«Era morto e il sangue ha gocciolato su tutto il pavimento.»

Sospirai. «Lascia che gli parli.»

«Parlargli non serve a niente.»

«Cosa vuoi che faccia?»

«Dovrebbe vivere da solo.»

Scossi la testa. «Non può ancora.»

«Ancora? E allora quando? Voglio sapere quando.»

«Calmati, Cathy. Ha un appartamento tutto suo.»

«Ah sì? Be', la prossima volta che porta dentro un animale morto, lo pulisci tu.»

«Lascia che gli parli.»

Mentre si allontanava infuriata, disse: «Auguri.»

Mark mi ascoltava, la maggior parte delle volte. Bisognava solo ricordarsi che glielo si doveva ripetere. Spesso. Salii le scale verso l'appartamento che avevamo costruito sopra il garage per lui.

Bussai e aprii la porta. «Mark? Sei qui?»

La TV era accesa, ma non rispose. «Mark?» Entrai. Sul tavolino c'era una pila di fumetti di *Wolverine*. Non ero sicuro che portarlo a vedere il primo film fosse stata una buona idea. Se a Mark piaceva qualcosa, ne diventava ossessionato.

Spensi la TV e presi in mano la console e il visore per la realtà virtuale che gli avevo comprato. Il mio obiettivo era tenerlo occupato, ma mentre passavo in rassegna la pila di videogiochi, ebbi dei dubbi sulla mia decisione. Mark giocava a titoli violenti come *Modern Warfare* e *Grand Theft Auto*.

Per quanto non ne avessi voglia, mi sembrava fosse ora di portarlo a giocare a golf. Un nuovo set di mazze avrebbe stuzzicato il suo interesse. Non volevo che il mio gioco ne risentisse, quindi forse un paio di lezioni con un professionista, e poi avrei chiesto a Benny di uscire con me un giorno a settimana.

Misi la testa dentro la sua camera da letto e feci un passo indietro. Sul comodino c'era una coda di scoiattolo. Entrai. Del sangue secco era rappreso all'estremità della coda. Mark aveva intrappolato due dozzine di scoiattoli e li aveva bruciati prima che io lo scoprissi. Ci era ricascato?

La porta dell'armadio era aperta. Aveva appeso i vestiti in ordine cromatico, come un arcobaleno. Erano anche ordinati per taglia. Ma sotto gli indumenti più corti c'era una pila di panni sporchi.

Chiedendomi dove fosse, scesi pesantemente le scale e uscii dalla porta finestra sul retro. Guardando verso il lago, lo vidi che puliva la barca.

«Ehi, Marco. Come stai?»

Lui girò la testa. «Ehi, Billy.»

«Cosa stai facendo?»

«Sto lucidando gli ottoni.»

«Bel lavoro.»

«No! Fa schifo. Non riesco a pulirlo meglio.»

«Hai usato la lucidatrice?»

«Quale lucidatrice?»

«Ne ho presa una. Vieni a casa, è in garage.»

Lui esitò.

«Ti faciliterà il lavoro.»

«Ma, ma—»

«Fidati di me.»

Si alzò in piedi e saltò sul molo. Gli chiesi: «Va tutto bene?»

Lui annuì.

«Hai fatto un po' arrabbiare Cathy a portare il coniglio in casa.»

«Non sapevo che si sarebbe arrabbiata.»

«Non fa niente. Ci penso io a lei, ma promettimi che non ucciderai più conigli.»

«Mi piace la loro pelliccia, è così soffice. Senti questa.»

Ficcò una mano in tasca e tirò fuori una zampa di coniglio.

«L'hai fatta tu?»

«Sì. Ho usato l'ascia.»

«Spero che fosse già morto.»

Mark si strinse nelle spalle.

«Puoi farmi un favore?»

«Sì, sì. Cosa?»

«Voglio portarti a comprare un nuovo set di mazze da golf.»

«Evviva.» Saltellò su e giù. «Quando possiamo andare?»

«Domani.»

«Perché non possiamo andare ora? Le voglio davvero, quelle nuove. Le mie vecchie mi fanno giocare male. Quando le avremo sarò bravo, bravissimo. Scommetto che riuscirò anche a batterti.»

«Ah sì? Io mi sono allenato.»

«Ti ricordi quella volta che ho imbucato quel putt da, tipo, trenta metri? Tu non ci saresti riuscito, ma io sì.»

«Sì, ma ora ho un putter nuovo e non si sa mai, potrei imbucarla, amico.»

«Voglio un putter nuovo anch'io. Possiamo andare adesso?»

«Non posso.»

«Perché? Perché no? Ho bisogno di mazze nuove.»

«Calma, tigre. Ho detto che ti ci porto e lo farò. Devi solo aspettare fino a domani.»

«Ma—»

«Mi dispiace. Cathy è arrabbiata per la storia del coniglio e, se ti ci porto, dirà che ti sto premiando o qualcosa del genere.»

«Questa è una cazz—»

Digitai il codice sul tastierino della porta del garage. «Shhh, lo so che è assurdo, ma sai come la gente fraintende le cose.»

«Possiamo andarci più tardi?»

Indicai la lucidatrice appesa alla parete. «Guarda che meraviglia. Te lo dico io, luciderà gli ottoni così a specchio che per guardarli ti serviranno gli occhiali da sole.»

Lui corse a staccarla dal gancio. «Forte.»

Mentre usciva di corsa dal garage, gli dissi: «Fai attenzione.»

Non mi piaceva come si stava comportando. Un passo falso e non si sarebbe più potuto tornare indietro, avrei perso tutto.

19

LUCA

Ero con un braccio fuori dalla giacca, quando squillò il telefono della mia scrivania.

«Omicidi, detective Luca.»

«Frank, quando ha tempo, dobbiamo parlare.»

«Posso salire da lei adesso.»

Lo sceriffo Remin agiva in un modo che sembrava mostrare più rispetto di Chester. Proprio come quando si fa una domanda a una persona di interesse, tutto stava nel modo in cui la si formulava. Era una cosa in cui mia madre era stata una maestra. Non mi diceva mai di fare qualcosa; la inseriva in una conversazione, dicendo che avrei potuto provare a fare così o a pensare a quello.

Era uno stile che si dimostrava estremamente efficace, ma ogni tanto avevo ancora bisogno che me lo ricordassero. Quando ebbi il mio primo subalterno, gli dicevo di fare questo o quello, ottenendo in cambio resistenza o scarso entusiasmo.

Non riuscivo a capirne il motivo, ma la mia prima moglie tirò fuori l'approccio di mia madre, e così iniziai a dire cose come: «Puoi aiutarmi con questa cosa?» oppure «Se solo potessimo fare questo in qualche modo.» Fu come una magia, e da allora raramente sono ricaduto in un atteggiamento autoritario.

Salutai due impiegati che aspettavano l'ascensore ed entrai nel vano scale. L'edificio aveva solo due piani. Non ero neanche lontanamente un fanatico della palestra, ma prendere l'ascensore per un solo piano mi sembrava da pigri.

«Ehi, Florence. Come stai?»

Remin aveva tenuto la segretaria di Chester. «Ciao, Frank. Tutto bene, e tu? Come sta Mary Ann?»

Anche se non era vero, dissi: «Sta abbastanza bene.»

«Dille che ho chiesto di lei. Puoi entrare.»

Bussai prima di entrare. «Sceriffo?»

Remin sbirciò da sopra gli occhiali da lettura. «Entri, Frank. Si sieda.»

Trovai rassicurante che la scrivania di Remin fosse ingombra di scartoffie. Presi posto mentre lo sceriffo finiva di leggere un documento. «Gli avvocati stanno prendendo il sopravvento.»

«So cosa vuole dire.»

«Cosa succede con il caso Swift?»

«È ancora presto, signore. Abbiamo un paio di piste che stiamo seguendo, incluse persone con accesso al luogo della sepoltura.»

«I Miller?»

«Non abbiamo nulla di concreto, ma c'è qualcosa in Bill Miller che non quadra.»

Remin si appoggiò allo schienale della sedia. «La famiglia è molto rispettata, ma se ha qualcosa, vada fino in fondo. Nessuno è al di sopra della legge.»

Stava dicendo tutte le cose giuste. «Grazie, signore. Non faremo alcuna mossa finché non saremo certi.»

«Qualcos'altro di interessante?»

«Come ho detto, è presto, ma stiamo indagando su un paio di insegnanti della ragazzina.»

«Entrambe le piste creeranno scompiglio.»

«Ma faremo le cose per bene. Abbiamo anche una persona che la bullizzava e che ha dei precedenti.»

«Sembrano progressi.»

«Sarebbe bello dare ai genitori un po' di giustizia.»

Lui annuì. «A proposito dei genitori, hanno chiamato per lamentarsi del suo comportamento alla commemorazione.»

Quindi, a parte lo stile, Remin non era molto diverso da Chester. «Ci avevano dato il permesso di partecipare, signore.»

«Ma mi è stato detto che lei ha promesso solo di osservare, non di interagire con gli ospiti presenti.»

«Ho parlato solo con una donna, una persona a cui avevo fatto visita il giorno prima. Non posso credere che—»

«Gli Swift stanno vivendo un incubo. Alzano la voce per la frustrazione. Gliel'ho detto solo per farle capire quanto sia delicato questo caso.»

«Non è stato niente.»

«Non c'è bisogno che si difenda. Quando lavoravo alla omicidi, avere a che fare con le famiglie era la parte più rognosa.»

«È impegnativo.»

«D'accordo, perché non torna a dare la caccia a chiunque sia stato?»

Remin sembrava solidale. Forse stava solo mettendo le mani avanti, ma la cosa mi infastidiva. Risolvere un caso di omicidio significava pestare qualche piede. Remin sapeva che fare il gentile era la garanzia di aggiungere un altro caso all'archivio dei casi irrisolti.

Scesi le scale con passo pesante, chiedendomi se avessi preso la decisione giusta tornando in servizio. Guardarsi indietro era una cosa che cercavo di non fare più. Non portava a nulla. Avevo un assassino da catturare, pensai, sbucando al piano terra.

Seduto alla mia scrivania, inserii il nome di Benny Alston nel sistema. L'unica cosa che la contea di Collier aveva su di lui era un incidente d'auto del 2012. Visualizzai la sua patente. Alston aveva sessantaquattro anni e il viso butterato.

Stavo per fare una ricerca nel database nazionale, quando entrò Derrick. «Ehi, Frank, penso che potremmo avere qualcosa con la pista degli insegnanti.»

«Che ha detto la Quinn?»

Gettando la giacca su una sedia, Derrick disse: «Non si è mai sentita a suo agio con Marconi o Schneider. Ha detto che Kate le aveva raccontato che Marconi l'aveva invitata a casa sua il sabato prima che scomparisse.»

«Da sola?»

«Così ha detto»

«Sappiamo se c'è andata?»

«Non lo sa.»

«Forse Marconi si è fatto insistente, la Swift l'ha respinto e lui ha pensato che lei avrebbe parlato.»

«O forse sono stati insieme e il giorno dopo lei se n'è pentita. Potrebbe avergli detto qualcosa e lui è andato fuori di testa.»

«Questo mi ricorda un altro caso irrisolto. Scoprimmo due insegnanti che adescavano ragazze del liceo. Mi fa venire la nausea.»

Derrick espirò. «Questa è una di quelle volte in cui vorrei che avessimo entrambi dei figli maschi.»

Annuii. «Se c'è qualcosa di vero in tutto questo, significherebbe che Kate Swift era attratta dagli uomini più grandi, e questo vuol dire che Miller è in gioco insieme a Marconi.»

«E a Schneider. La Quinn ha detto che una ragazza aveva sporto denuncia contro Schneider, sostenendo che avesse tentato di molestarla.»

«Quel verme insegna ancora. Come ne è uscito pulito?»

«Non lo so. Ma dieci anni fa non venivi considerato colpevole a prescindere come oggi.»

Scattai in piedi. A causa della chemio a cui mi ero sottoposto, la mia memoria non era più quella di una volta. «Il caso che ho menzionato. L'insegnante lavorava al Barron Collier.»

«Oh, mio Dio. Hanno la reputazione di fare quadrato per proteggersi a vicenda.»

«Che stronzata. Le istituzioni pensano che per nascondere un problema basti seppellirlo in modo che nessuno ne sappia niente.»

«Finché c'è qualcuno disposto a scavare, la verità verrà sempre a galla.»

«Amen.»

«Abbiamo un paio di piste da seguire. Da quale vuoi cominciare?»

«Cominciamo da Schneider.»

20

MILLER

Stavo controllando i numeri delle vendite di ieri quando Greg bussò alla porta dell'ufficio.

«Che c'è? Silvia ha detto che avevi bisogno di qualcosa.»

«Entra, chiudi la porta. Sto dando un'occhiata ai dati di ieri. I prezzi del legname sono alle stelle.»

«Se riusciamo ad averne una fornitura, la venderemo bene. I margini sono niente male.»

«La gente è solo contenta di accaparrarsi quello che può. Non durerà.»

«Oh, secondo me sì. Le segherie mi dicono che non hanno intenzione di aumentare la produzione. Perché dovrebbero? Tutti stanno facendo soldi.»

«Non è una buona cosa. Qualcosa cederà; i prezzi sono saliti troppo in fretta.»

«Forse erano troppo bassi, ma a chi importa? La roba sparisce dagli scaffali.» Fece un gesto con la mano come un aereo che decolla. Aveva le unghie troppo lunghe.

«Ci sarà un contraccolpo quando la domanda calerà e i prezzi crolleranno. La gente si sentirà presa in giro.»

«Non hanno scelta. Ma non possono dare la colpa a noi, è delle segherie.»

«Loro non sanno niente delle segherie. Sono venuti da Miller's e, se avranno la sensazione di aver pagato troppo, non saranno contenti.»

«Sei un pessimista. Non siamo gli unici. E poi non abbiamo scelta.»

«Non so. Sto pensando che dovremmo abbassare un po' i prezzi, fare una qualche promozione speciale o qualcosa del genere.»

«È una stupidaggine. Dobbiamo fare soldi quando possiamo.»

«Sai, papà mi ha raccontato che, alla fine degli anni Settanta, quando c'era Carter come presidente, c'era una brutta inflazione. Erano tutti in difficoltà, e lui disse di aver mantenuto i prezzi stabili, ricevendo un sacco di stampa favorevole. Diceva che era stato quello ad averlo aiutato a costruire l'azienda.»

Greg sbuffò. «Adesso sono tempi diversi.»

«Senza dubbio, ma la lealtà non passa mai di moda.»

«Tipico di papà, vecchia scuola.»

«Vale ancora oggi.»

«Mi hai fatto venire qui per farmi la predica?»

Provava ancora del risentimento per il fatto che fossi io il capo de facto dell'azienda. Greg era convinto che avrebbe saputo gestire il posto meglio di me. Aveva più talento nell'incantare i clienti commerciali, ma era troppo orientato al breve termine.

Capitolo 20

«Scusa se è sembrato così. Non era mia intenzione. Tutto a posto tra noi?»

«Sì.»

«Senti, sto iniziando a preoccuparmi per questo detective. Fa un sacco di domande, e ieri si è presentato di nuovo a casa.»

«Cosa vuoi che ci faccia?»

«Dobbiamo essere sulla stessa lunghezza d'onda, tutto qui.»

Scosse la testa. «Sai, non avremmo a che fare con questa stronzata se non fosse per te.»

«Ho fatto quello che andava fatto.»

«Oh, smettila con questa cazzata.»

«Cosa volevi che facessi?»

«Avresti dovuto dire la verità.»

«La verità?»

«Qual è il problema? Non è un'altra virtù come la lealtà?»

«Quella è—»

«Cosa avrebbe fatto papà? Avrebbe confessato tutto.»

Scossi la testa. «Tu non sai come gira il mondo. Papà non era un santo; faceva quello che doveva fare. Se non fosse stato per lui, non avremmo quello che abbiamo.»

«Sì, sì, sì. Devo andare.»

«Aspetta.»

«Non posso, quelli di Bonita Bay stanno arrivando.»

«Promettimi che se questo detective Luca vuole parlarti, me lo farai sapere prima.»

«Sto cominciando ad averne le palle piene di queste stronzate.» Si diresse verso la porta, dicendo: «Non avrei mai dovuto darti retta.»

Greg perdeva facilmente le staffe. E ciò aumentava il rischio. Dovevo pensare a come gestirlo. Dal momento che viveva al di sopra delle sue possibilità, i soldi sarebbero stati il modo più semplice per tenerlo a freno. Il modo meno doloroso per rimetterlo in riga sarebbe stato minacciare di ridurgli in qualche modo le entrate. Ma avrei avuto bisogno del sostegno di Mark, e questa era una dannata complicazione.

Cercai di pensare a un modo per comprarlo. Trovare un modo per dargli un bonus o creare una commissione sulle vendite per i nuovi affari. Quella delle vendite era una buona idea. Avrei preso due piccioni con una fava. Greg mi avrebbe seguito e sarebbe stato un bene per gli affari.

21

Luca

Non riuscimmo a trovare nulla su Richard Schneider. O era pulito oppure un esperto nel mettere a tacere le sue vittime. Era giunto il momento di indagare sulla terribile ipotesi che un insegnante avesse infranto il più sacro dei patti.

Derrick svoltò da Airport Pulling per immettersi su Cougar Drive. La strada d'accesso serviva sia la Barron Collier High School che la scuola elementare Osceola. Scacciai il pensiero che un insegnante potesse abusare di bambini ancora più piccoli di uno studente delle superiori.

La scuola era ben tenuta ma la parete di piastrelle blu marino dietro il suo nome la faceva risalire alla fine degli anni Settanta. Mi chiesi se la perenne presenza della scuola nella classifica nazionale dei migliori licei avesse spinto gli amministratori a mantenere dei segreti.

Non c'erano telecamere a sorvegliare l'ingresso principale. Stavo per suonare il campanello digitale quando Derrick disse: «Ma guarda un po'. La porta è aperta.»

«Che negligenza.» Suonai il campanello e ci annunciammo. Sentimmo un ronzio e lo scatto di una serratura.

Sorridente, un uomo dall'aria professorale, con un pizzetto bianco, aprì la porta. «Benvenuti alla Barron Collier High, signori. Sono Marcus Whitmore, il preside.»

Ci stringemmo la mano e lo seguimmo oltre delle teche piene di trofei e nastri. Ci condusse in una sala conferenze.

«Allora, come possiamo aiutarvi?»

Dissi: «È una questione delicata che coinvolge almeno uno degli insegnanti di qui.»

Con le sopracciglia alzate, disse: «Delicata? Può spiegarsi meglio?»

«Stiamo indagando sull'omicidio di una ex studentessa, Kate Swift.»

«Una cosa terribile, ma è successa prima del mio arrivo.»

Come previsto, voleva prendere le distanze. «Lo sappiamo.»

«Sospettate il coinvolgimento di un membro del personale?»

Derrick disse: «È possibile. Vorremmo tutti i documenti relativi al signor Richard Schneider e a Fred Marconi.»

Whitmore si sporse in avanti. «Pensate che abbiano agito insieme?»

«Non possiamo commentare un'indagine in corso.

Siamo a conoscenza di una denuncia presentata in passato contro il signor Schneider per un episodio inappropriato con una studentessa. Dobbiamo esaminare il fascicolo.»

Whitmore sbiancò in volto. «I-io, ehm, non credo di potervelo dare. Violerebbe i protocolli sulla privacy.»

Dissi: «Possiamo ottenere un mandato, ma questo aprirebbe la concreta possibilità che quest'indagine sulla Barron Collier diventi di dominio pubblico.»

«Sta minacciando questa scuola?»

«Niente affatto, signor Whitmore. È un dato di fatto; più persone verrebbero a saperlo, e quando si tratta di un liceo, be', lei sa come sono le persone, a loro piace parlare. Tutto quello che vogliamo è esaminare il fascicolo. Possiamo farlo proprio qui, sotto la sua supervisione.»

«Non ci ha mai dato problemi da quando sono qui. Non so a cosa si riferisca.»

Dissi: «Signor Whitmore, mentire per proteggere qualcuno può essere considerato intralcio alla giustizia. Prima che aggiunga altro, le suggerirei di andare a prendere il fascicolo.»

«Non sto proteggendo nessuno. Io—»

Picchiettai sull'orologio. «Abbiamo poco tempo.»

Si alzò di scatto dalla sedia. «Torno subito.»

Derrick sorrise. «Perché la gente fa tutte queste storie? Pensano che stiamo solo tirando a indovinare?»

«È la natura umana. Potremmo lavorare part-time se solo ci dessero risposte sincere la prima volta che chiediamo.»

Whitmore tornò con una cartella marrone con la

scritta "Riservato". La aprì e sfilò una cartellina blu. «Credo che sia questo ciò che cercate. È del 2011, anni prima che arrivassi io.»

Aprimmo la cartellina mentre Whitmore diceva: «Il nome della studentessa è stato omesso.»

«Lei ha letto il rapporto?»

«Ehm, no. Qualcuno me ne ha parlato.»

L'insegnante negò le accuse mosse da una studentessa, secondo la quale Schneider avrebbe tentato di baciarla e di palpeggiarla. Il verbale riportava che nessun altro studente, negli otto anni di servizio dell'insegnante presso la scuola, aveva mai lamentato comportamenti inappropriati di alcun tipo.

La Barron Collier High School voleva deferire la questione all'ufficio dello sceriffo, ma i genitori della ragazza si rifiutarono di sporgere denuncia e la cosa morì lì. Ci furono diversi interrogatori di altre parti, ma nessuna prova di riscontro.

Restituii il fascicolo a Whitmore. «Vorrei i recapiti del preside dell'epoca.»

Ce li diede e ce ne andammo. Aprimmo le portiere della macchina per far uscire il caldo, e Derrick disse: «Che ne pensi?»

Salii in macchina e misi l'aria condizionata al massimo. «Non mi piace lo schema comportamentale di Schneider.»

«E se andassimo a parlare con la ragazza?»

«Sarebbe complicato. Ci serve dell'altro prima di arrivare a tanto, e mi spiacerebbe farle rivangare quei ricordi.»

«Vuoi parlare con Schneider?»

«Chiamalo. La giornata scolastica è quasi finita. Digli di incontrarci da Noodles. Ci prenderemo un caffè.»

———

IL NOME, Noodles Italian Café and Sushi Bar, sembrava un tentativo di attirare la più ampia clientela possibile. Lo trovavo strano e non sapevo che dire del sushi, ma i piatti di pasta che avevo provato erano buoni.

Restammo in macchina finché non vedemmo Schneider dirigersi verso il ristorante. Sbirciò dentro il locale, che a quell'ora doveva essere tranquillo, e ispezionò il parcheggio. Le sue spalle si afflosciarono non appena ci vide.

Dissi: «Sediamoci laggiù.» C'era un bancone che serviva sia all'interno che all'esterno. Salii su uno sgabello, chiedendomi cosa di quel caso mi avesse portato di nuovo a far penzolare le gambe nel vuoto.

Schneider era nervoso mentre ordinavamo i caffè. Sperai che ne scegliesse uno decaffeinato, ma non lo fece. Disse: «Non capisco perché vogliate parlarmi di Kate Swift.»

Derrick disse: «Eravate molto legati.»

«No, non proprio.»

Mettendo una goccia di latte nel mio caffè, dissi: «Lei era alla commemorazione.»

«Cercavo solo di mostrare il mio rispetto.»

Disse Derrick: «Ci parli delle accuse che la riguardano insieme a una studentessa, circa dieci anni fa.»

«Oh, andiamo. È successo anni fa, ed era una stronzata.»

La mia inclinazione era di credergli. «Vorremmo sentire la sua versione dei fatti.»

«Sul serio, state scavando in una sciocchezza successa dieci anni fa?»

«Il fatto è che Kate Swift è scomparsa quasi un decennio fa. Questo la toglie dalla categoria delle sciocchezze.»

Schneider scosse la testa. «Guardate, Ka... non dirò nemmeno il nome della ragazzina, be', ora è una donna. Aveva una cotta per me e ha provato a baciarmi. Le ho detto di no e ci ha provato di nuovo. L'ho spinta via e le ho detto di andarsene. Visto che non se ne andava, sono andato in segreteria. Lei si è fatta prendere dal panico e ha rigirato la frittata, sostenendo che fossi io l'aggressore.»

«Come si è conclusa la vicenda?»

«La scuola le chiese di sporgere denuncia, ma lei non lo fece e finì tutto lì.»

«Perché si sarebbe incontrato da solo con una studentessa?»

«Di cosa sta parlando? Ci incontriamo con gli studenti in continuazione.»

«Sapeva che aveva una cotta per lei. Perché si è messo in una situazione del genere?»

Aggrottò la fronte. «È stato stupido, ma ero abituato a insegnare ai ragazzi delle medie.»

A meno che non fosse emerso qualcosa di concreto su Schneider, ero propenso a credere che fosse sincero. In fin dei conti, sembrava che avesse giudicato male il livello di estrogeni di un'adolescente. Era ora di cambiare direzione.

«Abbiamo prove inconfutabili che un contatto sessuale inappropriato tra una studentessa e un insegnante maschio abbia avuto luogo alla Barron Collier High.»

Derrick rischiò di strozzarsi con il caffè. Pensava che stessi mentendo, ma non avevo specificato un arco temporale, e avevo scoperto la trasgressione indagando sull'omicidio Boyle.

Schneider era talmente pallido che sembrava un disegno ancora da colorare. «Non sono stato io. Glielo giuro.»

«Secondo lei, chi è stato?»

«Non lo so. Davvero, non ne ho idea.»

«Pensiamo che possa essere Fred Marconi.»

«Non saprei dirlo.»

Non era la negazione netta che mi aspettavo. «Ma siete buoni amici. Lei dovrebbe saperlo.»

«Non siamo molto legati.»

«Andiamo, è venuto alla commemorazione con lui.»

«È stato lui a dirmi che avevano trovato Kate. Io non lo sapevo. Voleva venire in compagnia e io ho accettato.»

«Secondo lei, perché dieci anni fa piaceva a tutte le ragazze?»

«Era un bel ragazzo. Voglio dire, prima che ingrassasse e perdesse i capelli.»

«Gli piaceva flirtare con loro, vero?»

Fece spallucce. «Credo di sì.»

Disse Derrick: «Andiamo, ci dica quello che sa.»

22

MILLER

Stavo esaminando i conti per la costruzione di un nuovo negozio su Immokalee Road, a est di Collier Boulevard. Stavano sorgendo nuove aree residenziali e altre erano già state approvate dalla contea.

Secondo alcune stime, ci sarebbero state diecimila nuove case nel giro di un paio d'anni. Erano un sacco di clienti che avrebbero avuto bisogno di un posto come il nostro. Il problema era che essere i primi nella zona significava perdere soldi per almeno un anno o due. Mi stavo tormentando sulla decisione da prendere quando suonò l'interfono.

«Signor Miller?»

«Ti ho detto che non voglio essere disturbato.»

«Mi dispiace, signore. Ma la signora Miller ha chiamato due volte e, ehm, ha insistito perché le parlassi.»

«Okay. Passamela.»

Presi il telefono, chiedendomi in che guaio si fosse cacciato Mark. «Scusa, tesoro.»

«È stata qui la polizia.»

«Sono venuti a casa?»

«Sì. Il detective Luca e il suo partner.»

«Cosa volevano?»

«Volevano parlare con Mark.»

«Non gliel'hai permesso, vero?»

«Certo che no. Hai detto di non permetterglielo mai.»

«Bene. Grazie. Cosa gli hai detto?»

«Che non era in casa.»

«E lo era?»

«Era nel suo appartamento.»

Aveva mentito per me. «Okay. Chiamo Weinstein.»

«Mark è in qualche guaio?»

«No. Non ti preoccupare. Ci penserà Weinstein.»

«Sei sicuro?»

«Assolutamente. Se tornano, di' loro che devono passare per i nostri avvocati. Vedrai come smetteranno subito di darci fastidio.»

«Lo spero.»

«Devo scappare. Ci vediamo dopo.»

Riattaccando, mi resi conto che avrei voluto essere sicuro come ero sembrato. Aggirai la scrivania e presi a camminare avanti e indietro, chiedendomi se dovessi chiamare Weinstein. Avrebbe contattato l'ufficio dello sceriffo per informarli della sua rappresentanza legale. Questo avrebbe allentato la pressione immediata, ma sapevo che Luca l'avrebbe interpretato come un segnale che stavamo nascondendo qualcosa.

Mi avvicinai alla finestra che dava sul piano del negozio. Benny stava parlando con una madre e una ragazza dietro un carrello carico di fiori. Doveva occuparsi dell'esposizione sulle ristrutturazioni di cucine e bagni, non flirtare.

Premendo il pulsante dell'interfono, dissi: «Alice, usa l'altoparlante e di' a Benny che lo voglio vedere.»

Lo tenni d'occhio mentre veniva fatto l'annuncio. Stava ridendo e mi chiesi se avesse anche solo sentito chiamare il suo nome. Salutò le due donne e si diresse verso le scale.

Benny bussò alla mia porta aperta. «Che c'è, Bill?»

«Perché non sei all'esposizione sulle ristrutturazioni?»

«Se la cavano benissimo là.»

«Abbiamo speso una barca di soldi in pubblicità. Dobbiamo chiudere più contratti possibile.»

«Andrà tutto bene.»

«Non va tutto bene. Quel reparto è in perdita, è per questo che stiamo facendo la promozione.»

«Stia tranquillo. Si sistemerà tutto.»

«A starsene con le mani in mano non si combina nulla. Tutti devono darsi da fare, o Home Depot ci farà le scarpe.»

«Va bene, va bene. Vado subito di là.»

«E, Benny, come mai tutti questi giorni di permesso?»

«Uh, mia sorella non sta molto bene. E il viaggio fino a Orlando è un incubo con la Route Four.»

«Mi dispiace. Non mi avevi detto che stava male.»

«Si rimetterà.»

«Spero si rimetta presto. Cerca di avvisare quando devi andare da lei. Greg mi sta dando il tormento, dice che il personale si lamenta di favoritismi.»

«Non vorrei sembrarle presuntuoso, ma se suo padre

fosse ancora tra noi, non direbbe mai una cosa del genere.»

«Caspita, quanto mi manca.»

«Era unico. A mio parere, il suo secondo nome era Lealtà.»

«Verissimo. Dai, scendi di sotto prima che ci perdiamo qualche vendita.»

«Vado subito.»

Lo guardai uscire. Si muoveva e sembrava un uomo più giovane. Aveva l'energia per essere produttivo, ma era un fannullone, sempre pronto a fare il minimo indispensabile. Greg aveva ragione sul suo conto, ma liberarsene non sarebbe stato facile.

Scacciai il pensiero di Benny, tirai fuori il cellulare e cercai un numero nella rubrica.

«Parla Jeff Weinstein.»

«Salve, Jeff, sono Bill Miller.»

«Come sta, signor Miller?»

«Bene, ma ho bisogno che ti occupi di una cosa.»

«Kate Swift?»

«Sì, so che il corpo è stato trovato sulla mia proprietà, ma ho parlato diverse volte con un certo detective Luca.»

«Avrebbe dovuto chiamarmi prima di parlare con loro.»

«Lo so, ma non ho niente da nascondere.»

«Capisco, ma le consiglierei di astenersi da future comunicazioni.»

«È per questo che chiamo.»

«Vogliono interrogarla di nuovo?»

«Non ancora, ma oggi sono venuti a casa e volevano parlare con Mark.»

«Glielo ha permesso?»

«No, Cathy ha detto che non era in casa, ma c'era.»

«Va bene così. Chiamerò il detective Luca.»

«Lo conosci?»

«Sì, è un tipo tosto .»

Ugh. «Non possiamo permettere a Mark di parlargli. Si confonderebbe, e chissà cosa direbbe.»

«Informerò l'ufficio dello sceriffo che rappresento la famiglia. Dovranno passare attraverso il mio studio.»

«Non possono costringerlo a parlare, vero?»

«No. Nessuno può essere costretto; si è protetti dalla legge.»

«Bene, bene.»

«Come abbiamo fatto quando la signorina Swift è scomparsa, offriremo una dichiarazione scritta. A meno che non ci vengano presentate prove concrete che incriminino in qualche modo la famiglia, resteremo in silenzio.»

«Ma questo farà arrabbiare il detective. Hai detto che è un duro.»

«Lo è. Lasciamo le cose come ho detto. Se dovremo affrontare una circostanza particolare, lo faremo. Ma per il momento, tutto passa attraverso questo ufficio.»

«Bene. Lo farò sapere a Greg e a tutti.»

23

Luca

Derrick svoltò nel parcheggio della Route 41 e parcheggiò vicino all'edificio per uffici di Pelican Bay. Eravamo in anticipo di quindici minuti per il nostro colloquio. Mandai un messaggio a Mary Ann per chiederle come stava.

Derrick disse: «Credi che sia una questione genetica?»

«Cosa intendi?»

«Quante probabilità ci sono che la sorella di Marconi fosse sospettata dell'omicidio di quel ragazzo in Virginia?»

«Scarse, ma quello che mi preoccupa è che Marconi non ha voluto nemmeno parlarci senza un avvocato. Ha assoldato un legale prima ancora che gli chiedessimo il suo nome.»

«Lo conosci quest'avvocato?»

Scossi la testa. «Mai sentito nominare»

Due uomini in camicia stavano fumando fuori dall'ingresso. Gli girammo intorno e vedemmo Marconi che aspettava l'ascensore. «Andiamo.» Mi affrettai nell'atrio, deciso a prendere il suo stesso ascensore. Lui alzò lo sguardo, facendoci un piccolo cenno col capo.

Ci infilammo dentro dopo Marconi. Premette il pulsante del quinto piano. «Andiamo allo stesso piano, signor Marconi.»

Rimase a bocca aperta. «Voi... voi siete i detective?»

«Sì.»

Fissò il pavimento. Le porte si aprirono e lo seguimmo dentro lo Studio Legale di Martin Colbert. Rimasi il più vicino possibile a Marconi mentre si annunciava alla receptionist. Era un comportamento infantile, ma volevo metterlo a disagio. Le persone nervose commettono errori.

Passarono cinque minuti prima che ci facessero accomodare in una sala riunioni senza finestre. Sebbene ci fossero dieci sedie attorno al tavolo di mogano, dovetti reprimere la mia claustrofobia.

Marconi era seduto accanto a Martin Colbert, che si alzò in piedi mentre ci stringevamo la mano. Colbert mi guardò dritto negli occhi mentre lo faceva, una cosa che apprezzavo in un uomo. Mentre ci sedevamo, pensai a come questo contrastasse con il modo in cui Bill Miller aveva distolto lo sguardo quando ci eravamo conosciuti.

Colbert disse: «Spero che riusciremo a chiarire qualsiasi cosa stia stuzzicando il vostro interesse per il mio cliente. Vogliamo cominciare?»

Io dissi: «Signor Marconi, lei aveva una relazione con

Kate Swift. Per favore, mi spieghi la natura di tale relazione.»

Marconi guardò il suo avvocato, il quale annuì. «Beh, prima di tutto, non era una relazione.»

Colbert intervenne: «La parola mi va bene, in quanto implica solo una connessione tra due persone. E dato che era una studentessa in uno dei suoi corsi, lasciamo correre.»

«Kate era in uno dei miei corsi, ma è stato molto tempo fa.»

«Era in più di uno, non è vero?»

«Sì, credo di sì. Ma ho insegnato a centinaia di ragazzi.»

«Capisco, ma quanti di questi centinaia erano suoi assistenti all'insegnamento?»

«Ne avevo diversi ogni semestre.»

«Tutte femmine?»

Colbert mise una mano sull'avambraccio di Marconi. «Sarebbe utile se durante questa conversazione mantenessimo un'attenzione circoscritta.»

«Ha mai avuto assistenti maschi?»

«Nessuno dei ragazzi era interessato a fare l'assistente; volevano fare sport.»

«Dieci anni fa, lei aveva la reputazione di flirtare con le studentesse.»

«Non è vero.»

«Può dirci come mai la chiamavano Romeo?»

Le sue guance si arrossarono. «Era uno scherzo. Guardatemi. Credete che una ragazza giovane possa essere interessata a me?»

«Dieci anni fa non aveva lo stesso aspetto di adesso.»

«I ragazzi sono ragazzi. Che le posso dire? Si divertono a prendere in giro.»

Colbert disse: «Ha un'accusa specifica sulla quale vorrebbe interrogare il mio cliente?»

Era il momento di tirare fuori la triste storia del Barron Collier. «Sì, avvocato. Abbiamo prove inconfutabili di un contatto sessuale inappropriato tra una studentessa e un insegnante della Barron Collier High.»

Marconi sembrava aver ingoiato una palla da golf. «Non sono stato io.»

Colbert disse: «Ha delle prove che questo presunto contatto abbia coinvolto il mio cliente?»

«Per ora sono circostanziali, ma abbiamo appena iniziato a indagare. Consiglierei al suo cliente di essere collaborativo riguardo alla sua relazione con la signorina Swift. Sappiamo che era più di un semplice rapporto insegnante-studente.»

Colbert si rivolse a Marconi. «Non deve dire nulla. È del tutto volontario; ha il diritto di restare in silenzio.»

Qualcosa in Colbert non mi convinceva. Sebbene fosse intervenuto al momento giusto con il suo avvertimento, non parlava come un avvocato penalista. «L'avvocato Colbert ha ragione, ma restare in silenzio ci spingerà solo a scavare più a fondo.»

Derrick finalmente disse qualcosa. «Lei è andato alla sua commemorazione. Dopo dieci anni, se non avevate un rapporto speciale, cosa la spinse ad andarci?»

Ero indeciso sul significato della parola *speciale* quando Marconi disse: «Non c'era nulla di inappropriato nel nostro rapporto. Kate era una donna brillante, vivace, e ho cercato di aiutarla come meglio potevo.»

Ora dovevo elaborare il termine *vivace* e il fatto che l'avesse definita una donna, non una ragazza. Persino Colbert si scostò dal suo cliente.

Derrick chiese: «Oltre all'aiuto scolastico, in cos'altro l'ha aiutata?»

«Posso dirle che qualcosa la turbava nell'ultimo mese o due prima che... lei... scomparisse.»

«Come lo sapeva?»

«Percepii che Kate voleva parlare ma non riusciva ad aprirsi. Ho provato a farla parlare, ma disse che si sentiva in imbarazzo. Le dissi che poteva fidarsi di me e che non l'avrei giudicata.»

«Di cosa pensava che si trattasse?»

«Sono quasi certo che si trattasse di una faccenda sentimentale.»

«Come lo sa?»

«Solo una sensazione.»

«Cosa le ha dato quella sensazione?»

«Guardi, sto sempre in mezzo ai ragazzi. So quando sono, ehm, coinvolti con qualcun altro. Si capisce.»

«Chi pensa che frequentasse?»

«Onestamente non lo so, ma sono abbastanza sicuro che non fosse qualcuno che andava al Barron.»

«Crede che fosse qualcuno di più grande?»

«Potrebbe essere il motivo per cui ne sembrava imbarazzata.»

Trovai interessante che avesse lasciato aperta la questione. Se avesse cercato di allontanare i sospetti da sé, l'avrebbe chiusa subito. Mi fece pensare di nuovo a Bill Miller.

«Ha mai menzionato Bill Miller?»

«Bill Miller? Dove sono stati trovati i suoi resti?»

«Sì.»

«Lui no, ma suo fratello, quello che era rimasto ferito nell'incidente. Ricordo quando accadde.»

«Conosceva Mark Miller?»

«No. Sono quasi sicuro che andasse alla Seacrest.»

«Cosa diceva di lui?»

«Stavano insieme, poi lui si è fatto male e non è più stato lo stesso. Non lo conoscevo, ma mi dispiaceva per quel ragazzo, e poi suo padre si è tolto la vita. Sembrava una tragedia shakespeariana.»

Quando a scuola ero costretto a leggerlo, facevo il minimo indispensabile per passare, ma il nesso con la tragedia era evidente.

«Cosa può dirci di Amanda Pearson?»

Marconi si accigliò. «Non mi piace parlare di una mia ex studentessa. Tutti noi facciamo gli stupidi da ragazzi e probabilmente lei è cambiata.»

«A noi interessa capire che tipo di persona era allora. Che rapporti aveva con Kate. Stando a quanto sappiamo, non erano buoni.»

«Amanda era una classica bulla. Ce n'è sempre una in ogni classe. Era una ragazza robusta e credo si sentisse fuori posto. Era in quella fase difficile dell'adolescenza, non una bellezza, ma di ossatura grossa, e immagino pensasse che essere aggressiva avrebbe impedito agli altri ragazzi di prenderla in giro.»

Avevamo qualche pista da seguire, ma ero incerto se

Marconi fosse una di queste. Uscendo, vidi appesa al muro una copertina incorniciata della rivista *Gulfshore Business*. Colbert sorrideva sotto il titolo «Avvocato d'Affari dell'Anno.»

Marconi non aveva assunto un avvocato penalista. Non significava che non avesse nulla a che fare con la morte di Kate Swift, ma era strano. Perché assumere un avvocato se non si ha niente da nascondere?

24

Il parcheggio di Clam Pass Beach si stava svuotando. Controllai l'ora; Greg sarebbe dovuto arrivare venti minuti fa. Io stesso ero arrivato tardi, sapendo che mi avrebbe fatto aspettare, eppure non si era ancora fatto vivo.

Una coppia di anziani, con le sedie da spiaggia in mano, si diresse verso la propria auto. La Range Rover di Greg accostò. Scendemmo dalle macchine. Dissi: «Ehi, facciamo due passi.»

«Va bene, ma non ho molto tempo.»

«Hai visto la nuova passerella che abbiamo fornito?»

Lui scosse la testa. «Non ho avuto modo di passare da queste parti.»

«È venuta bene. Sono sorpreso che tu sia riuscito a convincere la contea a scegliere un legno esotico come l'Ipè.»

Mentre superavamo la fermata del tram, disse: «Un gioco da ragazzi. Era la cosa più logica; è più resistente della sequoia della California e dura vent'anni senza trattamenti.

«Conveniente.»

«Inoltre ha un aspetto un milione di volte migliore di qualsiasi prodotto in plastica, ed è naturale.»

«Come te la stai cavando con l'offerta per il molo?»

«Non prenderanno una decisione prima di altri novanta giorni. Ma porterò a casa il contratto, non preoccuparti.»

«Bene. Senti, ho assunto Weinstein. Quel detective è venuto a casa, voleva parlare con Mark.»

«Oh, Cristo. Questa storia deve finire.»

«Non ti preoccupare. Andrà tutto bene, finché resteremo uniti.»

«Sapevo che un giorno sarebbe scoppiato un casino. Lo sapevo e basta.»

Abbassai la voce mentre ci passava accanto un tram. «Non scoppierà nessun casino. Weinstein proteggerà Mark e la cosa si sgonfierà come l'altra volta.»

«Questa storia deve finire. Non posso più vivere così.»

«E allora, che vuoi fare? Vuoi iniziare a parlare?»

«Dobbiamo vuotare il sacco.»

«Sì, e cosa credi che succederà?»

«Io non ho fatto niente.»

«Hai mentito alla polizia.»

«Quello non è niente.»

«Sì, e cosa pensi che accadrà all'azienda?»

«E questo che c'entra?»

Entrando nella foresta di mangrovie, dissi: «Ti sei dimenticato del testamento? Papà ha dato a Mark la quota di maggioranza. Se va a fondo lui, l'azienda va a fondo con lui.»

«Ci inventeremo qualcosa.»

«Sai quanto verrà infangato il nome dei Miller? La stampa ci crocifiggerà per averlo protetto, per aver mentito, e probabilmente ci beccheremmo entrambi una condanna per intralcio alla giustizia.»

«È un casino, ed è colpa tua.»

«Andiamo, Greg. Stavo solo cercando di proteggere Mark, di proteggere la famiglia. Papà avrebbe fatto la stessa cosa.»

«Papà? Intendi quello che ha ucciso la mamma e si è fatto saltare le cervella?»

Lo afferrai per le spalle e lo feci voltare. «Bada a come parli. È stato un incidente, e lo sai. Si sentiva così in colpa che non riusciva a vivere. Quindi smettila con queste stronzate.»

Lui si scrollò di dosso la mia presa. «Toglimi le tue fottute mani di dosso.»

«Aspetta, Greg. Scusa. È che non sopporto quando qualcuno parla male di papà.»

«Ti sei spinto troppo oltre, amico. Ammettilo prima che sia troppo tardi.»

«È troppo tardi.»

«No, non è vero. Andrà sempre peggio. Chiediamo a Weinstein di trovare un accordo per noi. Diciamo la verità e ci andranno leggeri.»

«Il nostro nome finirà infangato sui giornali. Nessuno comprerà più da noi. Tu lo faresti?»

Lui fece spallucce.

«Perderemo tutto. E il personale? Pensi che non se la daranno a gambe appena scoppierà lo scandalo?»

«Troveremo un modo.»

«Ma su quale pianeta vivi? Perderemo tutto.»

«Il senso di colpa mi sta divorando.»

«Devi essere forte.»

Greg tacque mentre ci avvicinavamo alla fine della passerella di legno, lunga quasi un chilometro. Dissi: «Devi fidarti di me. Questa storia si calmerà presto. Adesso hanno trovato il corpo, e questo ha riportato tutto a galla.»

«Pensi?»

«La prima volta avevo ragione, no? I poliziotti facevano domande, ma non sono arrivati a niente, giusto?»

«Immagino di sì, ma è stato spaventoso. Non ho dormito per settimane.»

«Non agitarti. Lascia che ce ne occupiamo io e Weinstein e andrà tutto bene. Non parlare con nessuno, indirizzali semplicemente a Weinstein.»

«Okay, okay.»

Gli strinsi la spalla. «Bene. Torniamo indietro. Senti, io e Benny domani andiamo a fare una partita all'Old Collier. Perché non vieni anche tu ? Posso chiedere a Richie di unirsi a noi per fare un quartetto.»

«Benny? Mi sta dando davvero sui nervi. Non so come fai a frequentarlo.»

«Giochiamo a golf insieme da anni. È un tipo strambo, ma quando sono sul campo riesco a mettere tutto da parte .»

«Te l'ho detto, dobbiamo sbarazzarci di lui.»

«Hai ragione. Non sarà facile, ma appena questa storia si calmerà, lo liquiderò.»

«Bene. Sai, dovremmo promuovere Mario. Lasciamo che si occupi del poco che fa Benny, e potrà darci una mano con le operazioni. È un tipo davvero in gamba.»

Il telefono vibrò. Diedi una sbirciatina. Era Weinstein. Lasciai che scattasse la segreteria. «Mi sembra una buona idea. Mario mi è sempre piaciuto. Lavora sodo ed è piacevole averlo intorno.»

Raggiungemmo il parcheggio e ci salutammo. Saltai in macchina, premetti il tasto di richiamata e trattenni il respiro. Perché Weinstein mi stava chiamando?

25

LUCA

Io e Derrick eravamo in viaggio per andare da Amanda Pearson. Avevo dimenticato di controllare se avesse precedenti e avevo attribuito la cosa al fatto che Amanda si trovasse in basso nella lista dei sospettati. Sebbene avessi scartato come causa l'ipotesi del "cervello da chemio", l'omissione era perdonabile, almeno finché non scoprii che di precedenti ne aveva eccome. Per aggressione.

Dissi: «Gira a destra su Immokalee. È dopo la Settantacinque; poi devi girare a sinistra per Quail Creek.»

«So dov'è. Lynn ha un'amica che vive lì.»

«Sai, è più avanti di dove stiamo andando, ma nel 1985 c'è stato un duplice omicidio a Quail Creek, una famiglia ricca di nome Benson.»

«Davvero?»

«Sì, il figlio ha ucciso la madre e il fratello. Ha fatto saltare in aria la loro macchina. Quel malato li ha guardati mentre venivano fatti a pezzi.»

«Bastardo senza cuore».

«Hai proprio ragione. Avevano un patrimonio di centinaia di milioni. La famiglia aveva fatto i soldi con le sigarette.»

«Benson and Hedges?»

«È la stessa cosa che ho pensato io, ma si trattava di un'altra azienda, più grande di quella.»

«Tutti quei soldi, e a che gli sono serviti?»

«Amen. Senti, hai fatto progressi con l'avvocato finanziario?»

«Si occuperà lui di contattare le agenzie di credito, in modo che la situazione non peggiori. Ma ha detto che le banche faranno resistenza per i prestiti che hanno concesso.»

«Come possono farlo? È una truffa.»

«Ha detto che dobbiamo provarlo senza ombra di dubbio prima che siano disposti ad assorbire la perdita.»

«Quanto ci vorrà prima che la tua situazione creditizia sia sistemata?»

«Due, forse tre anni.»

«Che stronzata.»

«A chi lo dici.»

Mi squillò il cellulare. «È lo sceriffo.»

«Pronto, sceriffo.»

«Ehi, Frank. Dove sei?»

«Sono diretto da una persona di interesse nel caso Swift.»

«Qualcuno della famiglia Miller?»

«No, perché?»

«Ci hanno notificato che hanno assunto un legale. Se

vogliamo parlare con loro, dobbiamo passare da Jeffrey Weinstein. Non conosco questo avvocato, tu sì?»

«Sì, ha rappresentato un cliente in un caso di aggressione aggravata. È uno corretto, ma non capisco. Perché hanno assunto un avvocato?»

«Potrebbe esserci sotto qualcosa.»

«Riguarda l'intera famiglia?»

«Ha menzionato nello specifico William, Mark e Gregory Miller.»

«Il corpo è stato trovato sulla proprietà dei Miller, e non vogliono parlare?»

«Mi dispiace, Frank, ma dovrai passare per l'avvocato.»

«Se hanno avuto a che fare con la morte di questa ragazza , li incastrerò, con o senza avvocato.»

«Ne sono certo. Assicurati solo di non violare la notifica del legale, altrimenti qualsiasi cosa otterremo non sarà ammissibile in tribunale.»

«Capito, signore».

Riattaccai e riferii a Derrick ciò che aveva detto lo sceriffo. Lui disse: «Che diavolo sta succedendo? Marconi e adesso i Miller hanno assunto degli avvocati? È una grande cospirazione o cosa?»

Sapeva che non credevo alle cospirazioni, soprattutto perché dicevo sempre che l'unico modo in cui due persone potevano mantenere un segreto era che una delle due fosse morta. «Per me, c'è qualcosa che puzza. Chi spenderebbe soldi per un avvocato costoso se non ha fatto nulla di male?»

«Sono d'accordo con te, ma al giorno d'oggi gli avvocati hanno convinto tutti che non si può neanche andare in bagno senza di loro.»

Mentre entravamo a Longshore Lakes, dissi: «Deve c'entrare Mark Miller. Non appena ho provato a parlargli, hanno bloccato tutto.»

Derrick annuì e mostrò il distintivo alla guardia. Il cancello si aprì ed entrammo nel complesso residenziale. Disse: «È proprio questa la sensazione. Sai, probabilmente stiamo solo perdendo tempo con Amanda Pearson.»

«Se la scagioniamo, non sarà tempo perso. Aiuterà a focalizzare l'indagine. Se si scopre che sono stati i Miller, li prenderemo.»

Percorremmo le strade del complesso di villette unifamiliari. Le case sorgevano su lotti di terreno grandi per gli standard della Florida, e stimai il loro valore tra gli ottocentomila e il milione di dollari. L'atto di proprietà della casa a cui eravamo diretti era intestato ad Amanda Pearson e a sua madre. Dedussi che il padre fosse morto, lasciando loro in eredità la sua metà.

Dopo aver superato una serie di campi da tennis, svoltammo in Shearwater Drive. La casa di Amanda Pearson si trovava alla fine del vicolo cieco. Una Dodge Charger verde fluo era parcheggiata nel vialetto. Diedi un'occhiata al finestrino mentre lo percorrevamo. C'era una mazza da baseball nello spazio per i piedi del passeggero.

Quando aprì la porta, mi ritrovai a indietreggiare. Con indosso pantaloncini e una canottiera, la Pearson era un'amazzone. «Siete voi i detective?»

Derrick mostrò il distintivo. «Sì, signora.»

«Bene, entrate. Ero seduta fuori sul retro.»

La casa era eccessivamente ammobiliata, ma ordinata. La seguimmo in una veranda protetta da zanzariere. Quelle che io chiamavo gabbie sembravano essere in declino, ma quasi ogni casa con più di dieci anni ne aveva una.

Ci sedemmo attorno allo stesso tavolo di finta pietra che avevamo io e Mary Ann. Un lago stretto separava i retro delle case. Un paio di ragazzini sguazzavano in una piscina dall'altra parte, gridando: «Marco Polo, Marco Polo.»

Amanda disse: «Quei dannati ragazzini non stanno mai zitti.»

Dissi: «Sembra che si stiano divertendo.»

Lei scosse la testa. «Allora, è per Katie?»

«Sì. Lei e Katie non andavate d'accordo.»

«State cercando di incastrarmi?»

«Lei l'ha quasi investita con la sua auto.»

«Non è vero. Era lei a non prestare attenzione e io l'ho quasi colpita. È stata colpa sua.»

«Cheryl Sowski prestava attenzione quando l'ha colpita?»

I suoi occhi si strinsero. «Senta, amico. State tirando fuori vecchia merda.»

Derrick disse: «Tutti i testimoni hanno detto che lei ha colpito la Sowski intenzionalmente.»

«Volete arrestarmi? Dopo più di dieci anni? Non c'è una specie di prescrizione o qualcosa del genere?»

Avrei voluto dirle che per essere degli stronzi non c'è prescrizione. «Continua a fare la bulla con la gente?»

«Io non faccio la bulla con nessuno.»

«Tutti quelli con cui abbiamo parlato dicono di sì. È stata coinvolta in diverse risse al liceo e ogni volta è stata lei a provocarle.»

«Questa è una stronzata. Non riuscirete a incastrarmi per questo.»

«È stata arrestata per aggressione due volte.»

«Solo una volta; l'altra hanno ritirato le accuse.»

«È fortunata che il giudice ci sia andato leggero con lei. Invece dei servizi sociali e dei corsi di gestione della rabbia, avrebbe potuto passare un paio d'anni dietro le sbarre.»

«Sapeva che era una stronzata.»

Il giudice Rittenhouse era noto per concedere una seconda possibilità ai giovani. Il successo della sua clemenza era tutto da dimostrare. «Lei ha sbattuto la testa della vittima contro il bancone così tante volte da averla quasi uccisa.»

«Sta bene.»

«È fortunata che gli altri clienti del bar l'abbiano fermata, o adesso potrebbe trovarsi in un penitenziario federale.»

«Volete continuare a insistere con questa vecchia storia?»

«Dov'era il primo giugno del 2013?»

«Senta, l'ho detto ai poliziotti all'epoca, ero a casa.» Scosse la testa e aggiunse: «Con mia madre.»

Non mi piacque la sua esitazione prima di confermare dove si trovasse. Un familiare, specialmente una madre, era poco affidabile quando si trattava di alibi. L'istinto materno e l'emotività annebbiavano il giudizio anche nei migliori di noi. «È ciò che diceva il fascicolo del caso.»

«E allora perché è venuto qui a scocciarmi?»

Uno scocciatore. Non avrei potuto trovare un termine più adatto per quella donna difficile. «Facciamo solo il nostro lavoro, signora. Abbiamo finito. Grazie per il suo tempo.»

Derrick ebbe un attimo di sconcerto quando mi alzai. Non appena fummo in macchina, disse: «Perché hai interrotto l'interrogatorio? Non pensi che sia lei?»

«Non necessariamente. Non mi piace che si affidi a sua madre per l'alibi.»

«Neanche a me. Molte persone mentono per i propri figli. Come facciamo a verificare?»

«Nel fascicolo del caso non c'era nemmeno un'intervista ai vicini dei Miller.»

«Sì, hai ragione, ma non capisco il nesso.»

Ero contento che la memoria non mi avesse tradito. «Sarebbe piuttosto difficile non notare una donna della stazza della Pearson. Qualcuno nel quartiere potrebbe averla vista. Quando torniamo, cerca che auto avevano lei e i suoi genitori nel 2013.»

26

MILLER

Weinstein rispose al terzo squillo.

«Mi scusi, ero indisposto quando ha chiamato.»

«Non si preoccupi. Volevo informarla che il detective Luca ha contattato il mio studio.»

«Cosa vuole?»

«Un colloquio con suo fratello Mark.»

«Gli ha detto di no, vero?»

«Gli ho ricordato della ferita che ha subito e gli ho detto che lo avrei ricontattato dopo essermi consultato con la famiglia.»

«Consultarsi su cosa? Non voglio che parli con la polizia.»

«Potrebbe essere una buona idea intavolare un dialogo con loro.»

Gli avvocati facevano sempre quella porcheria; ti dicevano una cosa prima di assumerli e poi cambiavano le carte in tavola. «Aveva detto che non dovevamo parlare con loro se non volevamo.»

«Sì, è vero. Tuttavia, se proponiamo una risposta scritta alle loro domande, dimostreremo la nostra volontà di collaborare.»

«Ma l'ultima volta non abbiamo dovuto farlo.»

«Abbiamo presentato una dichiarazione e ciò li ha soddisfatti.»

«Perché non possiamo fare di nuovo così?»

«L'ho proposto, ma hanno rifiutato.»

«Perché? Cosa è cambiato?»

«La scoperta dei resti sulla sua proprietà ha cambiato notevolmente la situazione. Capisco perché siano interessati a suo fratello e a lei.»

«A me? Hanno fatto il mio nome? Specificamente?»

«Sì, anche se l'attenzione era principalmente su Mark.»

«Continuo a non essere d'accordo. A volte non c'è con la testa e verrebbe frainteso.»

«Ecco perché ho suggerito delle risposte scritte. Possiamo controllare cosa viene comunicato alla polizia.»

«Quali sono i contro?»

«Le risposte possono essere messe a verbale se si dovesse andare a processo.»

«Processo? Non ha fatto niente.»

«Non corriamo troppo. Non permetterei che incriminasse sé stesso o chiunque altro con le sue risposte.»

«Non ne vedo il senso.»

«La sua apprensione è comprensibile, ma questa è una risposta controllata. In circostanze come questa, con un individuo con facoltà menomate, dimostra la volontà di collaborare e molto probabilmente porrà una fine rapida al loro interesse per Mark.»

Probabilmente. Gestendo l'azienda, glielo avevo già sentito dire come rassicurazione, salvo poi rimangiarsi tutto. Me lo ricordavo ogni volta che passavo davanti a quel complesso residenziale su Airport Pulling Road. I Coconut Core Builders ci dovevano più di un milione ed erano in ritardo di mesi quando il mercato immobiliare si indebolì.

Weinstein disse che probabilmente avrebbero pagato se avessimo intentato causa. Invece, dichiararono bancarotta e ricevemmo solo cinquantasettemila. Ciò che mi faceva davvero incazzare era che lo stesso gruppo si era riorganizzato e aveva finito il complesso due anni dopo.

«Quanto ne è sicuro?»

«Queste cose sono difficili da prevedere.» Stava facendo marcia indietro come un atleta olimpico. «Ma fare ostruzionismo all'indagine non è una cosa che consiglio.»

Volevo dire di no, ma in fondo sapevo che un rifiuto avrebbe sollevato sospetti. «Va bene, ma a condizione che io possa rivedere ciò che viene inviato, prima che arrivi a loro.»

«Bene, ha preso la decisione giusta. Avviserò il detective Luca.»

Riattaccai, perplesso per la sua affermazione. L'idea di informare Greg degli sviluppi non mi entusiasmava. Sarebbe stato sollevato di sapere che Mark, tecnicamente, stava parlando, ma avrei omesso il dettaglio che lo stesse facendo per iscritto. Avrei dovuto inquadrare la cosa nel modo giusto, altrimenti avrebbe rischiato di vuotare il sacco.

QUANDO SONO ENTRATO IN CASA, Cathy era sul suo iPad. «Ehi, Cathy.»

«Com'è andata la giornata?»

«Abbastanza bene. E a te?»

«Sono andata a pranzo con Emily.»

«Come stanno?»

«Andranno in Italia per un mese. Abbiamo sempre detto che avremmo affittato una villa in Toscana. Possiamo farlo quest'anno?»

Prima avrei dovuto evitare di finire in prigione. «Se non quest'anno, in primavera. Perché non inizi a guardarti intorno, a cercare qualche posto?»

«Chiamerò Anna. Ci sono stati un sacco di volte.»

«Ottima idea. Mark oggi è andato via prima. Tutto bene?»

«Credo di sì. Prima era giù al molo.»

«A pulire la barca?»

«Già. Il signor Ossessivo.»

«Ti va di andare a cena da True Food?»

«Certo, muoio dalla voglia di mangiare quel piatto di cavolfiore che fanno.»

«Parlo un attimo con Mark e poi usciamo.»

Salendo le scale, il suono della musica acid rock si fece più forte. Bussai due volte alla porta prima di aprirla. Con le cuffie addosso, Mark era sul divano a giocare a un videogioco.

Gli diedi un colpetto sulla spalla e lui si abbassò le cuffie intorno al collo. «Mi hai spaventato.»

«Scusa. Come stai?»

«Tutto bene.»

«Stiamo andando a cena da True Food. Vuoi che ti prenda qualcosa?»

«Bleah. Lì hanno solo verdure e roba simile.»

«Hanno un sacco di cose diverse. Mangiare sano non ti ucciderà.»

«Neanche per sogno.»

«Oggi sei andato via prima. È successo qualcosa?»

«No, mi annoiavo e basta.»

«Domani puoi venire con me. Voglio perlustrare delle zone per un possibile nuovo negozio.»

«Non ci servono altri negozi. Dovremmo vendere videogiochi e roba simile. È lì che si fanno i soldi veri.»

«Siamo un'azienda di forniture per l'edilizia e la casa. I videogiochi non c'entrano niente.»

«Certo che c'entrano. La gente può venire, comprare qualche lampadina e roba da esterni e prendere un videogioco. Così non devono andare da Best Buy.»

«Ne parlerò con Greg. Senti, ehm, dovremo rispondere a delle domande per la polizia.»

«La polizia? Perché?»

«Non preoccuparti. Ricordi che l'abbiamo già fatto l'altra volta, quando Katie è scomparsa?»

Distolse lo sguardo ma non disse nulla.

«Dato che hanno trovato il suo corpo qui, hanno un paio di domande.»

I suoi occhi si riempirono di lacrime. Gli misi una

mano sulla spalla mentre la sua voce si spezzava: «Mi manca. Perché è dovuto succedere?»

«Presto sarà tutto finito.»

«No! No! Non finirà mai. Katie non c'è più. Per sempre.»

«Calmati, Mark. Supereremo anche questa.»

«Come?»

«Ricordi? Prima che trovassero il suo corpo, andava tutto bene, no?»

«Che vuoi dire?»

«Abbiamo preso la barca nuova. Forte, no?»

«Sì, è il massimo.»

«Beh, indovina un po'? Ho una sorpresa.»

Mark scattò in piedi. «Cosa? Cosa? Dimmi.»

«Hai presente quella barca che abbiamo visto al salone nautico? Quella con la capote blu che aveva i due motori fuoribordo?»

«Hanno detto che è la barca da lago più veloce di sempre. Del mondo.»

«Già. E indovina chi ne avrà una?»

«Chi?»

«Tu.»

«Fantastico! Non ci posso credere.»

«E invece credici.»

«Quando, quando la prendiamo?»

«Ti ricordi del signor Weinstein, l'avvocato?»

«La prende lui?»

«No, ma se qualcuno fa domande su Katie, gli diremo di chiamare il signor Weinstein. Capito?»

«Sì, sì.»

«Tu non dici una parola su Katie, e la barca è tua.»

«Quando la prenderò?»

«Molto presto. Che ne dici se andiamo dopodomani?»

«Non posso aspettare così tanto.»

«Va bene, andremo al Naples Boat Mart domani, dopo il lavoro.»

Odiavo corrompere Mark, ma era l'unica cosa che con lui funzionava.

27

Miller

Una delle cose che ho imparato da mio padre è stata l'importanza di tenere riunioni giornaliere. Non quelle generali, con tutta l'azienda, ma quelle per ogni singolo reparto. Era una cosa che diceva di aver imparato dal Ritz Carlton.

Quando i colossi della grande distribuzione come Home Depot e Lowes iniziarono a invadere il suo territorio, papà sapeva che competere sul prezzo sarebbe stata una corsa al ribasso. Aveva un amico che lavorava al Ritz di Vanderbilt Beach e gli chiese come facesse il Ritz a cavarsela con prezzi così alti. Il suo amico gli disse che era più per il livello del servizio che per le sistemazioni.

Mio padre adottò uno dei principi che usavano loro: indire riunioni giornaliere prima dell'apertura, con il personale di ogni reparto. Era essenzialmente un promemoria, ma coinvolgeva il nostro personale, e abbiamo vinto il premio come migliori della categoria per due decenni di fila.

Guardai l'insegna che aveva fatto mio padre. Diceva tutto: «Il servizio clienti non è altro che la consegna di un prodotto. Tutti sono in grado di farlo. Il nostro obiettivo è far sì che il cliente si senta soddisfatto di averlo acquistato da Miller's.»

L'interfono suonò. «Signor Miller, Charlie Riley di Boat Mart è sulla linea uno.»

Probabilmente voleva solo farsi sentire; ci aveva visti al salone nautico. Avrei voluto ignorare la telefonata, ma incoraggiavo sempre il follow-up con i clienti. «Ciao, Charlie. Come stai?»

«Bene, Bill. Tutto a posto?»

«Sì, tutto bene. Stavamo pensando di passare, per vedere cos'hai.»

«Ottimo, fammi sapere. Senti, ho appena ricevuto una chiamata da un concessionario della Contea di Broward e ho pensato che dovessi saperlo.»

«Di che si tratta?»

«Ha detto che la polizia sta cercando la Crownline che hai dato in permuta circa dieci anni fa.»

Mi irrigidii. «Strano. Perché ha chiamato te?»

«Il settore nautico è un mondo piccolo; ci conosciamo tutti. Ha pensato che mi avrebbe fatto piacere saperlo.»

«Grazie, ma qualunque cosa vogliano da quella barca, non ha niente a che fare con noi.»

Scossi la testa. Avevano localizzato la barca molto più in fretta di quanto mi aspettassi. Che cosa significava?

La scena di Mark che si avvicinava al molo, nove anni prima, mi riempì la testa. Dove sarà Katie, mi chiesi, scrutando il giardino.

La brezza tropicale si placò. Non so perché, ma in quel momento capii che qualcosa non andava. Qualcosa di molto storto.

Scesi dalla veranda, misi piede sull'erba e mi guardai intorno. Non un'anima in vista. Mark prese la pompa dell'acqua e cominciò a spruzzare la prua della barca. Era troppo metodico. Il getto d'acqua troppo sottile.

Avvicinò l'ugello alla superficie della barca, senza battere ciglio quando l'acqua gli rimbalzò addosso. Avrei dovuto procurargli un cambio di vestiti. Avrebbe dovuto spogliarsi nel garage. Dopo che si fossero asciugati, avrei messo i suoi vestiti in lavatrice, così Cathy non si sarebbe arrabbiata.

Rimasi lì per cinque minuti buoni, mentre lui tempestava la prua d'acqua. Non aveva senso; l'unica cosa di cui Mark era pignolo erano gli accessori in ottone. Li lucidava all'infinito, ignorando la melma del lago sulla vetroresina. Dovevo ricordargli io di sciacquare tutta la barca, altrimenti se ne sarebbe dimenticato.

Mentre inondava d'acqua il parabrezza, feci un paio di passi verso il lago. Un gruppo di alberi di mango ostruiva la vista, e speravo che Katie stesse cercando un frutto maturo. Non era lì.

Mi diressi verso il molo. Mark stava colpendo le sedie in pelle con l'acqua. Erano fatte per il mondo umido della nautica, non per essere sommerse. «Ehi, Mark!» Mi lanciò un'occhiata, ma tornò a inzuppare i cuscini.

«Com'era il lago?»

Scrollò le spalle.

«Dov'è andata Katie?»

Un altro scrollare di spalle.

Si era chiuso in se stesso. La conferma che qualcosa l'aveva fatto scattare. Mi affiancai a lui. «Tieni, dammi la canna dell'acqua. Pulisco io la poppa. Perché non togli gli sci e lucidi le bitte?»

Mi porse la canna ma non mi guardò negli occhi. «Hai litigato con Katie?»

Il suo cenno del capo accompagnato da un'alzata di spalle non fu eloquente quanto il modo in cui scagliò gli sci d'acqua sul pontile.

«Non puoi lanciarli in giro così. Si romperanno, e sarà difficile—»

Si accigliò e si incamminò verso casa. «Dove vai?»

Mollai la canna dell'acqua e lo seguii. «Mark, andiamo, su. Andrà tutto bene.»

Gli misi una mano sulla spalla e lui se la scrollò di dosso. «Non entrare in casa così. Zia Cathy darà di matto; sei fradicio fino all'osso.»

Era come se fosse sordo. Salì sulla veranda ed entrò in casa, gocciolando ovunque. Lo seguii, afferrando uno strofinaccio per asciugare dietro di lui.

Mentre saliva le scale sbattendo i piedi, dissi: «Fatti una doccia, io metto su un paio di hamburger, okay?»

La porta del suo appartamento si chiuse con un tonfo. Andai alla porta d'ingresso, sbirciando fuori dalla finestra. Niente Katie, nessuno. Tornai nella veranda, il terrore che mi cresceva dentro a ogni passo che facevo verso il lago.

Era una domenica tranquilla. Raggiunsi il pontile ed esaminai l'esterno della barca. Niente di strano. Saltai a bordo. Sembrava tutto in ordine. Vidi il boccaporto e trattenni il respiro mentre lo aprivo. Nient'altro che giubbotti di salvataggio.

Tirando un sospiro di sollievo, guardai il sedile a panca sul retro e deglutii. Sollevai il coperchio imbottito. Lo scomparto sottostante era vuoto. Dov'era l'ancora? Che fine aveva fatto?

Fui colpito da un orrore crescente. I miei pensieri si accavallarono mentre cercavo di razionalizzare la situazione. Volevo chiamare a casa di Katie per vedere se fosse lì, ma in fondo sapevo che non c'era. E una telefonata avrebbe lasciato una traccia sospetta.

Era stato il primo atto cosciente che avevo compiuto per gestire lo sfortunato evento. Aveva funzionato per un decennio. Dovevo solo mantenere il controllo finché questa tempesta non fosse passata.

28

LUCA

Ero al telefono con Mary Ann quando Derrick entrò in ufficio. Mi fece pollice in su con entrambe le mani e si piantò davanti alla mia scrivania.

«Sei sicura di stare bene?»

Mary Ann aveva dormito fino a tardi e a colazione si muoveva più lentamente del solito. Disse che stava bene, ma sapevo che non voleva farmi preoccupare. «Va bene, allora. Ci vediamo dopo.»

Riattaccai e Derrick chiese: «Sta bene?»

Feci spallucce. «Ha detto di sì, ma non saprei.»

«Perché non vai a casa?»

«Non posso. Che hai scoperto su Pearson?»

«Indovina chi ha visto il vicino di casa di Miller?»

A giudicare dai suoi modi, il mio socio aveva un futuro come presentatore di quiz per bambini. «Amanda?»

«Già.»

«La conosce?»

«No, ma si è ricordato di aver visto una ragazza robusta quel pomeriggio. Ha detto che si aggirava sgattaiolando.»

«Sgattaiolando?»

«Parole sue. Ho dovuto cercarlo sul dizionario. Significa tenersi nascosti o muoversi in modo furtivo.»

Non lo sapevo, ma annuii come se conoscessi il significato. «Che altro ha detto?»

«Niente. Ha detto che lui e sua moglie stavano uscendo e l'ha vista mentre usciva dal vialetto.»

«E nessuno ha parlato con quest'uomo?»

«No. Vuoi organizzare un confronto all'americana e vedere se la riconosce?»

«Sono passati circa dieci anni. A meno che non la conoscesse, non credo che riuscirebbe a identificarla.»

«No. Non conosceva la Pearson.»

«Ci serve una sua foto di nove anni fa.»

«Chiedo al liceo Barron Collier.»

«Perfetto.»

«Perché non te ne vai e ti assicuri che Mary Ann stia bene?»

«Prima devo fare un salto da un'altra parte. Voglio parlare con Benny Alston.»

IL PARCHEGGIO della Miller's Building Supply era affollato. Infilandomi in un posto accanto al deposito dei carrelli, entrai. Un'addetta del servizio clienti con gli orecchini più lunghi che avessi mai visto mi indicò un uomo che parlava con una donna. Era seduto su un trattorino tagliaerba e rideva.

«Mi scusi, signor Alston. Posso scambiare due parole con lei?»

Alston mi squadrò e si congedò. «Cosa posso fare per lei?»

Gli mostrai il distintivo e lui si irrigidì. «Vogliamo parlare fuori?»

Andammo nel parcheggio. Mentre inforcavamo gli occhiali da sole, Alston disse: «Bella giornata.»

«Ci vorrebbe un po' di pioggia.»

«A dar retta alle previsioni, dovrebbe piovere tutti i giorni.»

Aveva ragione. Le previsioni davano pioggia quasi ogni giorno. Sbagliavano più spesso di quanto ci azzeccassero. «Dio ha creato i meteorologi per far fare bella figura agli economisti.»

Lui sorrise. «Questa mi piace. Ci sono un paio di tavoli fuori dalla pizzeria.»

Ci sedemmo a un tavolo di ferro e lui chiese: «Perché vuole parlare con me?»

Era strano che avesse aspettato così tanto per chiedermi cosa volessi. «Kate Swift.»

Alston aggrottò la fronte. «Ah, sì, l'hanno trovata nella proprietà dei Miller.»

«Mi dica quanto bene la conosceva.»

«In realtà non la conoscevo. Sa, solo tramite i Miller. Erano molto legati a lei.»

«Mi parli del giorno in cui è scomparsa, il 1° giugno 2013.»

«Ehm, noi... io e Billy, abbiamo giocato a golf la mattina. Giochiamo ogni domenica da una vita. Poi mi ha riaccompagnato a casa e ho saputo che era scomparsa.»

«Non l'ha mai vista quel giorno?»

«No.»

Peccato che Alston indossasse gli occhiali da sole. Stava mentendo e la sua espressione facciale avrebbe potuto essere utile. «Ne è sicuro?»

«Ah, già, l'abbiamo vista tornando a casa. La ragazza stava camminando e Bill si è accostato per chiederle se volesse un passaggio.»

«Le avete dato un passaggio?»

«No. Era vicina a casa sua.»

«Ha detto che i Miller erano molto legati a Kate Swift. In che senso?»

«Era spesso da loro. Kate stava con Mark Miller prima dell'incidente.»

«Quello in cui è morta la madre di Miller?»

«Sì. È stato un disastro.»

«Era lei alla guida. Cos'è successo?»

«Un pazzo ha tagliato la strada e ho sterzato per evitarlo. Giuro, quel tizio doveva essere ubriaco.»

«L'altro conducente era un uomo?»

«Sì, credo di sì.»

«Che tipo di auto?»

«Oh, non mi ricordo. È successo dieci anni fa.»

«Una cosa così tragica non si dimentica.»

«Sì, è vero, ma è successo così in fretta ed era notte.»

«Come faceva a sapere che alla guida c'era un uomo, se era notte?»

«Non capisco. Perché tutte queste domande sull'incidente?»

«Riguarda una persona di interesse.»

«Oh, capisco, sta indagando su Mark. Giusto?»

«Cosa la porta a questa conclusione?»

«Sa che quel ragazzo non è a posto. L'impatto dell'incidente gli ha danneggiato il cervello.»

«Subire un trauma cranico non fa di una persona un assassino.»

«Lo so, ma è cambiato.»

«Come?»

«Non mi piace parlare di lui. Conosco la famiglia da molto tempo. Sono stati buoni con me.»

«Possiamo farlo qui, oppure posso portarla in centrale.»

«Andiamo, mi sento come se stessi facendo la spia.»

«Una ragazza è stata assassinata; dire quello che sa non è un tradimento, è il suo dovere civico.»

«Lo so, ma—»

«Sputi il rospo.»

Benny si sporse in avanti. «Come ho detto, Mark stava con Katie. Non so come abbia fatto a interessarla, ma tra loro due c'era qualcosa, sa.»

«La loro relazione era instabile?»

«Difficile a dirsi. Non ho mai visto niente, ma a dire il vero, era strano anche prima dell'incidente. Cioè, catturava conigli e li torturava.»

«L'ha visto farlo Lei?»

«No, me l'ha detto Billy. Però una volta ho visto uno scoiattolo che aveva inchiodato a un albero. Mi è quasi venuto da vomitare.»

La crudeltà verso gli animali era un chiaro preludio a un comportamento violento verso gli esseri umani. «Ed è sicuro che sia stato Mark Miller a farlo?»

«Sì. Quando l'ho detto a Billy, mi ha risposto che Mark lo faceva un sacco di volte.»

«Secondo Lei, Mark è diventato più violento dopo l'incidente?»

«Oh sì, senza dubbio. Aveva degli scatti d'ira pazzeschi. Una volta, al negozio, ha rovesciato due espositori perché non aveva ottenuto quello che voleva.»

«Per cosa?»

«Chi lo sa? Quel ragazzo perde le staffe ogni tanto.»

«Crede che possa aver fatto del male a Kate Swift?»

29

MILLER

Mark piombò nel mio ufficio. «Possiamo andare, adesso?»

Si dimenticava un sacco di cose, ma sapevo che non si sarebbe scordato della mia promessa di prendere la barca oggi. «Hai finito di archiviare tutte le cartelle?»

«Sì, andiamo. Dai.»

Chiusi il portatile e sorrisi. «Farà la sua bella figura, ormeggiata al molo.»

«Non ho chiuso occhio per tutta la notte.»

Mentre chiudevo a chiave la porta del mio ufficio, dissi: «Ricordami di dare dentro la barca vecchia come permuta.»

«Non possiamo tenerle entrambe?»

«No, non c'è motivo.»

«Ma—»

«Smettila, Mark. Una barca basta. Zia Cathy impazzirà se teniamo anche quella vecchia.»

Mise il broncio mentre scendevamo le scale. «Su con

il morale, amico. Scommetto che se tengo duro e rompo le palle al venditore, ce la consegneranno domani.»

Mentre ci dirigevamo verso la porta, disse: «Non possiamo portarla a casa oggi?»

«Non credo.»

«Non è giusto, non è giusto.»

Mi bloccai di colpo. Non era il suo capriccio. Era Benny. Stava parlando con il detective Luca.

Mark mi strattonò il braccio. «Dai, andiamo a prendere la barca.»

Non appena parcheggiammo nel piazzale del concessionario, Mark schizzò fuori dall'auto e corse verso lo showroom. Tirai fuori il telefono e chiamai Benny. Scattò subito la segreteria telefonica.

Stava ancora parlando con il detective? Un fiotto di bile mi risalì in gola al pensiero che fosse nella macchina di Luca, diretto alla centrale per vuotare il sacco. Avrei ucciso quel bastardo se ci avesse affondati.

Riuscivo a vedere Mark attraverso la vetrina. Era in piedi a bordo della barca che stavamo comprando. Il suo sorriso era largo come prima dell'incidente. Mi affrettai a entrare.

MENTRE RISALIVO il vialetto di casa, dissi: «Non dire niente a zia Cathy della barca.»

«Perché? Perché non posso?»

«Non gliel'ho detto e potrebbe arrabbiarsi.»

«Perché dovrebbe arrabbiarsi?»

«Perché quando sei sposato, dovresti dire a tua moglie se hai intenzione di spendere un sacco di soldi.»

«Ma sono soldi tuoi.»

«Lo sono, ma fammi un favore, va bene?»

«Ok, ok.» Si portò una mano sulla bocca.

«Grazie. Glielo dirò io. Tu vai a lavarti per cena.»

Entrammo in casa. Cathy era in salotto e trattenni il respiro quando Mark disse: «Ciao, zia Cathy.»

«Ciao, Mark.»

«Hai passato una bella giornata oggi?»

«Sì. È stata la migliore. La migliore in assoluto.»

Dissi: «Vai a lavarti, Mark.»

Salì di corsa le scale verso il suo appartamento. Cathy disse: «È di buon umore. Che hai fatto?»

«Abbiamo ordinato una barca nuova.»

«Perché? Quella che abbiamo va benissimo.»

«È vecchia. L'abbiamo presa nove anni fa. Quella nuova ti piacerà da morire.»

«Sai che le barche non mi piacciono.»

«Questa ti piacerà. E poi, a lui è piaciuta un sacco e anche a me.»

«Non puoi continuare ad assecondare ogni suo capriccio.»

«È stata una mia idea. Lui non ha mai chiesto né detto niente al riguardo.»

«Lo hai portato al salone nautico.»

«E allora? Andiamo sempre ai raduni di auto d'epoca e non gliene ho mai comprata una.»

«Ok. Mi arrendo.»

Le massaggiai le spalle. «Non è una lite, tesoro. È solo

una barca, tutto qui. Mi dispiace, avrei dovuto parlartene prima di dire qualcosa a lui.»

«Va tutto bene.» Sorrise. «Ma questa ti costerà cara.»

«Ehi, non è giusto.»

«Sto pensando che gli orecchini di perle nere che abbiamo visto da Saks siano uno scambio equo.» Cercai di ricordare il prezzo. «Orecchini?»

«Vai a cambiarti prima che aumentino il prezzo.»

Chiusi la porta della camera da letto e richiamai Benny. Scattò la segreteria. «Benny, chiamami. È urgente.»

———

APPENA PRIMA DI entrare nell'ufficio di Weinstein, dissi a Mark: «La barca è una figata, eh?»

«Oh sì, quando la portano?»

«Dopo che avremo finito qui.»

«Quanto ci vorrà?»

«Se darai risposte brevi, faremo in fretta.»

«Ok, ok.»

«Non dire altro se non che eri sul lago con Kate e che lei doveva tornare a casa. Hai attraccato la barca e lei è scesa. Giusto?»

«Ok, ok.»

«Lei se n'è andata e tu sei rimasto sulla barca.»

«Davvero?»

«Certo. Dovevi pulirla, no?»

«Già, si riempie tutta di spruzzi d'acqua del lago.»

«Esatto. Andiamo, entriamo.»

Ci sedemmo intorno a un tavolo ovale nella sala

riunioni, arredata con opere d'arte costose. Weinstein sorrise a Mark. «Ha un bell'aspetto, giovanotto.»

«Anche tu.»

«Grazie. Dunque, ho esaminato le domande presentate dal dipartimento dello sceriffo e non c'è nulla di cui preoccuparsi. Gliele leggerò una per una, e lei ci pensi bene prima di rispondere. Se vuole ritrattare, ehm, rimangiarsi qualcosa che ha detto, lo faremo. Io lavoro per lei, e qualunque cosa mi dica, non posso riferirla a nessuno senza il suo esplicito consenso.»

Mark mi guardò.

«Va tutto bene. Ci aiuterà e poi andremo sulla barca nuova.»

«Sai, abbiamo preso una barca nuova. Vuoi venire?»

«Oggi sono molto impegnato, ma forse un'altra volta. Cominciamo.»

Le prime cinque domande furono facili, confermando chi fosse, dove vivesse e se conoscesse Kate Swift. Trattenni il respiro quando Weinstein chiese: «Qual era la natura del suo rapporto con Kate Swift.»

«Stavamo per sposarci.»

Dissi: «Eravate amici, giusto?»

«Sì. Migliori amici per sempre.»

«Limitiamoci ad amici. Da quanto tempo la conoscevi?»

«Da tutta la vita.»

Intervenni: «Non esattamente. Mark aveva circa dieci anni quando si sono conosciuti.»

«Okay. Vogliono sapere cosa è successo il primo giugno 2013.»

Risposi: «Non è successo niente. Kate è passata, e lei e

Mark hanno fatto un giro in barca. Poi se n'è andata a casa.»

Guardai Mark, che disse: «È quello che abbiamo fatto.»

«D'accordo. Ha visto Ms. Swift dopo il giro in barca?»

«Chi?»

«Kate Swift. L'hai vista dopo che voi due siete andati a fare quel giro in barca?»

«No, no. Non l'ho vista. Lo giuro.»

«Okay. Preparerò la risposta e gliela manderò per approvazione.»

Mi alzai prima che finisse. «Perfetto. Andiamo.»

Uscimmo e, mentre mi stavo complimentando con Mark, squillò il telefono. Era Benny.

30

MILLER

Risposi alla chiamata, dicendo: «Aspetta un minuto.» Coprii il telefono e dissi: «Mark, aspetta in macchina».

«Ma dobbiamo andare. Voglio andare in barca.»

«Ci andrai! Ora, sali in macchina prima che dica a quell'uomo di riprendersi la barca.»

«Tu—»

«Sali in macchina! Questa è una telefonata importante.»

«Okay, okay. Sbrigati.»

Dato che sembrava sul punto di piangere, dissi: «Faccio in fretta, poi facciamo un giro in barca.» Si affrettò a salire, la portiera sbatté e io ripresi a parlare al telefono: «Benny. Perché diavolo non mi hai richiamato?»

«Ho perso il telefono. Cioè, l'ho ritrovato, ma—»

«Ti ho visto. Stavi parlando con il detective Luca. Perché? Perché non me l'hai detto?»

«Si è presentato al negozio. Che dovevo fare?»

«Cosa voleva?»

«Voleva sapere di Kate. Mi ha chiesto del giorno in cui è scomparsa e di Mark.»

«Mark? Cosa gli hai detto?»

«Non molto. Solo, sai, che l'avevamo vista, ma non l'ho detto subito; lui sapeva che l'avevamo vista tornare a casa.»

«Ne sei sicuro?»

«Sì, di cosa ti preoccupi?»

«Non voglio che nessuno parli con la polizia. Sento che stanno cercando di incastrare Mark o qualcosa del genere.»

«Pensi? Non ho avuto questa impressione dal detective.»

Non avevo intenzione di rispondere alle sue sensazioni. «Non voglio che tu parli con loro».

«Cosa dovrei fare? Non posso mica mandarli a quel paese.»

«Lascia che parli con il nostro avvocato, Weinstein. Vedo se può rappresentare anche te. Questi poliziotti stanno cercando di affibbiare la colpa a qualcuno, e non sarà un Miller.»

«Sei sicuro che Mark non c'entri niente?»

«Ma di cosa parli? Mark non ha fatto niente. Lui e Katie erano legatissimi.»

«Sto solo dicendo, sai, dopo l'incidente non è più lo stesso.»

«Mark sta bene. Se la prendono con lui perché è un bersaglio facile. Non gli importa a chi dare la colpa, basta che possano chiudere il caso.»

«Immagino di sì.»

«Devo andare. Se la polizia ti contatta, voglio saperlo.»

«Okay.»

«Ti farò sapere cosa dice Weinstein. Ma nel frattempo, non parlare con loro.»

«E se si fanno rivedere? Cosa dico?»

«Che sei impegnato e che hai un avvocato. Non possono costringerti a parlare; hai i tuoi diritti.»

Riattaccai e avrei voluto chiamare Weinstein, ma Mark aveva aperto la portiera. «Sto arrivando. Andiamo a vedere la nostra nuova barca.»

Mentre guidavo, pensai a Benny. Greg aveva ragione; di Benny non ci si poteva fidare. Per tutti questi anni papà lo aveva protetto. Come diavolo aveva potuto parlare con la polizia senza dirmelo?

Ero stato uno stupido a continuare a lasciar correre con quel fannullone. Era un peso morto. Volevo iniziare a mettere le distanze tra noi. Avrei dovuto trovare qualcun altro per completare il quartetto e inventarmi una buona scusa. Giocava a golf decentemente, ma era solo un compagnone che pensava a divertirsi, e nient'altro.

Probabilmente nel suo fascicolo personale c'era abbastanza per giustificare il suo licenziamento, ma avrei controllato. Non ce lo vedevo Benny a presentare un reclamo all'ispettorato del lavoro, ma se c'era una cosa che sapeva fare era sfruttare il sistema.

Un colpo di clacson, e Mark che mi diceva che il semaforo era verde, mi riscossero dal pensiero che Benny potesse in qualche modo fregarci. Non gli avevo mai detto niente, ma era troppo legato a Mark. Mettendo insieme i pezzi, capii che Mark doveva avergli detto qualcosa. Era colpa mia. Avevo usato Benny per tenere occupato Mark quando avevo bisogno di tempo per me.

Insomma, quanto ci si può aspettare che faccia una persona sola? Gestivo una grande azienda e non passavo abbastanza tempo con mia moglie per colpa di Mark. Qualcuno doveva tenerlo d'occhio e il compito era ricaduto su di me. Proprio come salvare e mandare avanti l'azienda. Era tutto sulle mie spalle, pensai mentre imboccavamo il viale di casa.

«Eccolo! Ferma la macchina. Devo scendere.»

«Va bene. Vai pure, ti raggiungo al molo.»

Mark corse verso il lago e io parcheggiai in garage. Rimasi in macchina e feci una telefonata.

«Signor Weinstein, sono Bill Miller.»

«Come sta?»

«Bene, ma volevo farle sapere che quel detective è andato a trovare un amico di famiglia e dipendente di nome Benny Alston.»

«Immagino che sia in relazione al caso Swift?»

«Sì. Non possiamo fare qualcosa?»

«La polizia ha tutto il diritto di interrogarlo, se conosceva la vittima.»

«Infatti, ma vorrei che lo rappresentasse lei, che ogni cosa passasse attraverso il suo studio.»

«Non sono sicuro che questo mandi il messaggio giusto agli investigatori. Potrebbe suggerire una cospirazione. Di cosa si preoccupa?»

«Di niente. Non mi piace che diano fastidio ai nostri dipendenti.»

«È la prassi. Tentare di interferire potrebbe ritorcersi

contro, intensificando il loro esame sulla sua famiglia. Il mio consiglio spassionato è di non farsi coinvolgere. Se il signor Alston decidesse di ingaggiare un legale, posso offrire diverse raccomandazioni.»

«Le farò sapere. Grazie.»

Mentre scendevo verso il lago, decisi di non prendere un avvocato per Benny. Oltre all'obbligo di un legale di proteggere Benny, ciò avrebbe diminuito la mia influenza su di lui. Dovevo tenermelo stretto, assicurarmi che rigasse dritto.

31

Luca

Lengendo gli interrogatori condotti dopo la scomparsa di Kate Swift, facevo fatica a trattenermi dal criticare. Avevo imparato che era facile, col senno di poi, guardare indietro e vedere dove un collega si era dimenticato qualcosa o aveva trascurato una prova.

Prima o poi sarebbe successo anche a me e fare a pezzi un collega che disponeva solo di metà dei fatti non portava a nulla. Anzi, era controproducente e indeboliva lo spirito di collaborazione che era il tratto distintivo della maggior parte delle indagini.

I film e i programmi televisivi erano pieni di polizieschi con agenti e funzionari di polizia corrotti e incompetenti. La realtà era molto diversa; mi ero imbattuto in soli due poliziotti non all'altezza del loro lavoro: uno che piazzava prove false e un altro che aveva estorto denaro a uno spacciatore. Questo, su centinaia e centinaia di colleghi.

Entrambi gli interrogatori di Bill Miller erano all'insegna della difensiva. Ammise a malapena di conoscere Kate Swift. E non menzionò mai di averla incontrata mentre tornava a casa, offrendole un passaggio che lei avrebbe rifiutato.

Non mi piaceva che le sue risposte fossero repliche esatte, nonostante i due interrogatori fossero avvenuti a nove giorni di distanza l'uno dall'altro. Per me, era un segno che se le fosse preparate.

Minimizzare la sua interazione era sembrato placare il detective all'epoca, ma lui non sapeva che il corpo sarebbe stato ritrovato sulla proprietà di Miller o che Miller aveva visto la Swift quel giorno.

Aggiungere il fatto che avesse cercato di impedire la costruzione di un muro proprio dove il corpo era stato sepolto, aumentava i sospetti su di lui. D'altra parte, Bill Miller era un importante uomo d'affari, sposato, con molto da perdere se si fosse invischiato con un'adolescente.

In apparenza, non aveva senso. Ma avevo visto molti uomini smarrire la retta via, sia in una relazione consensuale sia per pura lussuria. Non conoscevo Kate Swift, ma sono sicuro che fosse impressionabile come la maggior parte delle adolescenti, e Miller aveva tutte le carte in regola per fare colpo.

Sapendo che scoprire una trasgressione sessuale di Bill Miller, con chiunque, lo avrebbe catapultato in cima alla lista dei sospettati, voltai pagina per passare a Greg Miller. Scorsi rapidamente le formalità all'inizio dell'interrogatorio del fratello di Bill Miller.

Greg non era stato a casa il giorno in cui Kate Swift era scomparsa, e il primo interrogatorio fu breve e improduttivo. Tuttavia, la seconda volta che parlò con il detective, affermò di aver visto Kate camminare su Goodlette-Frank Road alle quattro del pomeriggio.

La tempistica di quell'avvistamento doveva essere il motivo per cui il detective non si era concentrato su Bill o Mark Miller. Controllai la data del secondo interrogatorio: 11 giugno. Tornai al secondo interrogatorio di Bill Miller. Era stato condotto il 10 giugno. Avevano inventato l'avvistamento di Kate da parte di Greg?

Rilessi la trascrizione. Greg Miller era stato ad Atlanta per il fine settimana. Aveva parcheggiato l'auto nel parcheggio per soste brevi del Regional Southwest Airport e aveva detto di aver notato Kate mentre tornava a casa.

Controllando il suo indirizzo, vidi che Greg viveva vicino al Royal Poinciana Golf Club. Perché non avrebbe preso l'uscita di Pine Ridge Road se veniva dall'aeroporto? Scorsi il testo. Veniva menzionata la Delta Airlines. Erano passati nove anni e, mandato o no, chissà che tipo di dati erano ancora conservati dalla compagnia aerea o dal parcheggio.

Mentre riflettevo su un metodo di verifica, Derrick entrò nella stanza come una furia, dicendo: «Il vicino ha identificato la Pearson.»

«Se la ricorda con certezza?»

«Ha detto che non ci sono dubbi. Ha detto che gli ricordava sua nipote. Ha persino tirato fuori una foto della ragazza, e in effetti assomiglia alla Pearson.»

«Mmh, quindi sappiamo che Amanda Pearson era lì quel pomeriggio.»

«E che si aggirava sgattaiolando furtivamente.»

«Ti piace quella parola, eh?»

Derrick sorrise. «Sì. Mia madre diceva sempre di usare una parola nuova il più spesso possibile per non dimenticarla.»

«Ha ragione.»

«A proposito, come sta Mary Ann?»

«Un po' meglio, grazie.»

«Hai avuto notizie su quel nuovo farmaco?»

«Andiamo martedì.»

«Fantastico.»

«Sì, sto aspettando una risposta dalla casa farmaceutica per uno sconto. L'assicurazione non lo copre.»

«Bastardi.»

«Non importa. Spero solo che funzioni. Se dovesse funzionare, troveremo un modo. Torniamo al caso.»

«Cosa vuoi fare con la Pearson? La portiamo dentro?»

«È una tosta ed è già stata arrestata. Non credo che cederà, a meno di non avere qualcosa di concreto.»

«Che ne dici di mettere sotto pressione alcuni dei suoi amici?»

«Buona idea, ma inizia da chi ha già avuto guai con la legge o ha un'udienza in sospeso. Magari se n'è vantata con loro e, se siamo fortunati, la persona a cui l'ha detto potrebbe essere disposta a patteggiare.»

«Vado da Sanchez e chiedo ai suoi di pedinarla, per vedere dove bazzica.»

«Bene. Senti, la situazione dei Miller si sta scaldando.»

«Cosa sta succedendo?»

«Un paio di cose. Stavo per dire a Remin che siamo

pronti a portare dentro Mark Miller, ma c'è una cosa in un vecchio interrogatorio da controllare.»

«Di cosa hai bisogno?»

«Greg Miller ha confermato la versione di suo fratello secondo cui la Swift aveva lasciato casa loro. Ha affermato di aver visto la ragazza su Goodlette-Frank, mentre tornava a casa a piedi verso le quattro. Mi sembra una coincidenza troppo comoda. Non ne aveva mai parlato nel primo interrogatorio.»

«Era via, mi pare ad Atlanta.»

«È quello che ha detto. Quindi dobbiamo verificare con la Delta. Per ora non servono le liste passeggeri, ma controlla gli orari di partenza e di arrivo a Fort Myers dei voli che avevano allora, il primo giugno.»

«Me ne occupo io.»

«Grazie. Io vado da Remin.»

Mi precipitai giù per le scale dopo aver parlato con lo sceriffo. Quello che Benny Alston aveva detto su Mark Miller aveva convinto Remin a portare dentro Mark. Tenendo la giacca addosso, chiamai Weinstein e gli dissi che il suo cliente doveva presentarsi da noi.

Weinstein reagì con professionalità, sorprendendomi. Fissammo l'interrogatorio per la mattina seguente.

32

_____

MILLER

Il mio telefono vibrò. Era Weinstein. Mi alzai da tavola. «Scusa, tesoro, devo rispondere. Siamo nei guai con il Collier Group; minacciano di ritirare il contratto.»

«Vai pure. Pulisco io.»

Uscii sul terrazzo. «Che sta succedendo?»

«Ho fissato un incontro con il detective Luca.»

«Hai perso la testa?»

«Vogliono interrogare Mark.»

«Assolutamente no.»

«Calmati, Bill. Andrà tutto bene.»

«Chi lo dice? Mark non è in grado. Dirà qualcosa e saremo fottuti.»

«Non dirmi i dettagli, ma stai nascondendo il suo coinvolgimento?»

«No, no. Temo che dirà qualche stupidaggine e che la polizia ci costruirà sopra un caso.»

«Possiamo appellarci al Quinto Emendamento, rifiutandoci di rispondere a domande con cui Mark potrebbe autoincriminarsi.»

«Quindi, non deve rispondere a niente?»

«No, il Quinto Emendamento non offre protezione dall'interrogatorio, solo un rimedio contro l'autoincriminazione.»

«E se dovesse dire qualcosa su, uhm, Greg o me che ci faccia sembrare coinvolti?»

«A quello dovrebbe rispondere.»

«Questa cosa non mi piace. Lui è, uhm, non proprio stabile, se capisci cosa intendo.»

«Allora suggerirei di valutare la possibilità di far decidere a un giudice la sua capacità di intendere e di volere.»

«E cosa comporterebbe?»

«Mark dovrebbe sottoporsi a una perizia psichiatrica per determinare se abbia sufficiente capacità di osservare, ricordare e narrare gli eventi, oltre che di comprendere il suo dovere di dire la verità.»

«Ugh, detesterei sottoporlo a tutto questo.»

«Capisco. Devi anche essere consapevole che la cosa non è priva di conseguenze.»

«Cosa può succedere?».

«Aumenterà i loro sospetti e, se c'è sotto qualcosa, continueranno a scavare finché non lo troveranno. Non lo protegge da un'azione penale.»

«Cosa suggerisci?»

«Credo che dovremmo procedere con l'interrogatorio. Stabilirò io le regole su come verrà condotto. Deciderò a quali domande risponderà e lo interromperò se riterrò che stia portando all'incriminazione.»

«Possiamo farlo a casa mia?»

«L'interrogatorio?»

«Sì. Mark sarà meno, uhm, agitato.»

«Non sarebbe nei canoni . Se lo facciamo nei nostri uffici, invece, credo che saranno favorevoli al cambio di sede.»

Ero combattuto tra la familiarità di casa nostra e la percezione di un'invasione del suo spazio sicuro. «Okay. Organizza tu.»

———

L'UFFICIO di Weinstein si trovava al piano terra di un edificio di vetro all'angolo tra la Route Forty-One e Neapolitan Way. Accostai in un parcheggio e, prima di spegnere il motore, mi voltai verso Mark. «Allora, ti ricordi quello di cui abbiamo parlato?»

«Lo so, lo so. Ascolta il signor Weinstein.»

«E non dire niente di quello che è successo a Kate. Tutto quello che sai è che è passata da noi e avete fatto un giro in barca. Giusto?»

Mark annuì. «Uhm.»

«Dopo il giro, lei se n'è andata e tu sei rimasto sulla barca a pulirla.»

«Come faccio sempre, no?»

«Esatto.»

«Se ti chiedono cos'è successo, tu di' che non lo sai. Okay?»

«Sì.»

«Quando sarà tutto finito, andremo da Dick's Sporting Goods a comprare degli sci d'acqua nuovi.»

«Davvero?»

«Assolutamente. Assicurati solo di non dire nient'altro se non che hai portato Kate a fare un giro in barca, che poi se n'è andata e che tu hai lavato la barca.»

«Bisogna pulirla, la barca; l'acqua del lago la sporca.»

«È vero. D'accordo, finiamola in fretta.»

Weinstein ci accolse nel suo ufficio. Dopo averci salutati, disse: «Stanno aspettando nella sala riunioni. Mark, deve dare risposte brevi. Per molte domande basterà un semplice sì o no. Se dovessi ritenere che la risposta che sta dando è problematica, le metterò una mano sull'avambraccio. Quando lo farò, dovrà smettere di parlare. Ha capito?»

«Sì, d'accordo.»

«Se non è sicuro di come rispondere a una domanda, chieda una pausa. Sono obbligati a concederci di conferire.»

«E se mi scappa da pisciare?»

«Basta che ce lo faccia sapere e sospenderemo la seduta.»

Mi piaceva il modo in cui Weinstein aveva preso il comando, ma dissi: «Ricorda, hai portato Kate a fare un giro in barca e, quando se n'è andata, sei rimasto al molo a pulire la barca.»

Mark annuì e Weinstein, con le sopracciglia ancora alzate, disse: «Vogliamo andare?»

Fui sorpreso di vedere che il detective Luca era solo. Si alzò in piedi e ci stringemmo la mano. Sorrise a Mark. «Non c'è nulla di cui avere paura. Ho solo un paio di domande da farle, tutto qui.»

Stava facendo la parte del poliziotto buono, sperando

di conquistare la fiducia di mio fratello **per incastrarci**. Toccai il braccio di Mark, guidandolo verso **una sedia tra** me e Weinstein.

Luca fece scivolare un registratore al centro del tavolo e, dopo aver premuto il tasto di registrazione, recitò le formalità di rito. Le prime due domande furono semplici. Mi irrigidii quando Luca chiese: «A che ora è venuta a casa vostra Kate Swift?»

Mark mi guardò. Dissi: «Intorno alle due.»

Luca mi fulminò con lo sguardo. «Se non ha intenzione di lasciarlo rispondere, sarò costretto a chiederle di lasciare la stanza.»

«Che c'è che non va, Billy?»

«Niente, Mark. Va tutto bene.»

Luca disse: «Chi c'era in casa quando è passata Kate?»

«Ehm, io e Billy.»

«Cos'ha fatto con Kate?»

«Siamo andati in barca. Le ho fatto fare un giro; andavamo sempre a fare dei giri. Le piaceva—»

Diedi un calcio alla gamba di Mark e lui mi guardò. Weinstein disse: «Prossima domanda.»

Luca si schiarì la gola. «Quanto è durato il giro in barca?»

«Ehm, non lo so. Il tempo normale, direi.»

«Dove siete andati sul lago?»

«Un po' ovunque, come facevamo sempre.»

«Come ha deciso di terminare il giro in barca?»

«Ehm, non lo so; abbiamo semplicemente finito.»

Sentivo il telefono del detective vibrare mentre chiedeva: «Ha discusso o litigato con Kate mentre eravate in barca?»

«Ehm, volevo che guidasse lei, come faceva una volta, ma non ha voluto. Ho continuato a chiederglielo, ma non ne voleva sapere.»

«Era arrabbiato con lei?»

Mark si strinse nelle spalle. «Non lo so.»

«Ha provato a forzarla?»

«Non voleva prendere il timone. Ho continuato a chiederglielo.»

«Ha colpito Kate quando si è rifiutata di guidare?»

Quando Mark disse: «In barca?», saltai in piedi, afferrando l'avambraccio di Mark. «È ora di fare una pausa.»

Luca strinse gli occhi ma rimase in silenzio. Lanciò un'occhiata al suo telefono mentre Weinstein diceva: «La prego, ci dia un momento. Posso portarle qualcosa?»

«No.»

Ci ritirammo nell'ufficio di Weinstein, lasciando Mark con la sua segretaria. Weinstein chiuse la porta, dicendo: «Hai sbagliato a interrompere l'interrogatorio.»

«Avevi detto che avresti controllato tu la situazione. Non hai fatto niente.»

«Mark non si sarebbe incriminato da solo. Anche se l'avesse forzata o addirittura colpita, non dimostra che l'abbia uccisa.»

«Sei pazzo? Se scoprono che ha fatto qualcosa, non molleranno la presa.»

«Non sono d'accordo. È scesa dalla barca e ha lasciato la tua proprietà. L'hai vista andarsene. Tuo fratello Greg l'ha vista un'ora dopo, vicino a casa sua. Qualunque cosa sia successa sulla barca non ha portato alla sua morte.»

Lui non sapeva che io non avevo mai visto Kate

lasciare casa mia o che Greg aveva mentito per coprirmi. «Non lo so.»

«Mi hai assunto per rappresentarti e il mio consiglio è di lasciarmi gestire la cosa.»

«Sei sicuro?»

«Sì.»

«Va bene.»

Quando entrammo nella sala riunioni, Luca era al telefono. Riattaccò e disse: «È sorto un imprevisto. Dovremo continuare un'altra volta.»

Guardare il detective andarsene mi confermò che interrompere l'interrogatorio era stata la mossa giusta. Chissà cosa avrebbe detto Mark, se avessimo seguito il modo in cui Weinstein voleva gestire la situazione.

33

LUCA

Con il telefono in mano, mi affrettai verso la macchina, chiamando. Derrick rispose al primo squillo. «Ehi, ho finito l'interrogatorio. Nascondono qualcosa, ma aggiornami su quello che abbiamo.»

«Donna, quarantotto anni, trovata morta a colpi d'arma da fuoco nella sua veranda a Park Shore. Si chiama Sylvia Taras.»

«Chi ha trovato il cadavere?»

«Il marito, Paul Taras.»

Il fatto che fosse metà pomeriggio era un campanello d'allarme. «Sappiamo che lavoro fa?»

«Non ancora. Perché?»

«Se fa un lavoro dalle nove alle cinque, è meglio che abbia una buona scusa per essere a casa alle due del pomeriggio.»

«Già, ed è sempre il coniuge.»

«Iniziamo da lui. Hai chiamato Bilotti?»

«Sì, sta arrivando.»

«Sono a pochi minuti da Park Shore. Qual è l'indirizzo?»

«Diciassette Turtle Hatch Road.»

«Ci vediamo lì.»

Feci un'inversione a U sulla 41 e mi diressi verso la scena del crimine, pensando ai Miller. Il ragazzo aveva qualcosa che non andava, ma sembrava abbastanza sveglio e competente da non dover essere gestito da suo fratello Bill.

Non c'erano dubbi. Bill Miller stava proteggendo qualcuno. La domanda era se si trattasse di suo fratello o se fosse lui il responsabile della morte di Kate. Bill Miller aveva paura di quello che avrebbe potuto dire Mark, ma davo un cinquanta e cinquanta alla possibilità che fosse preoccupato di autoincriminarsi.

Mi chiesi se la scientifica sarebbe riuscita a ricavare delle prove dalla barca. Era stata esposta alle intemperie e Bilotti aveva detto che sarebbe stato più facile arrivare su Saturno. Ma mi era venuta un'idea.

Svoltai in Neapolitan Way, intravedendo l'insegna di Hogfish Harry's. Adoravo il piatto di cernia che facevano con cavoletti di Bruxelles e porri. Presi nota mentalmente di dire a Mary Ann che volevo andarci per il mio compleanno e girai a sinistra in Belair Lane.

Park Shore era un quartiere nel bel mezzo di una completa ristrutturazione. Case modeste venivano sostituite da abitazioni contemporanee troppo grandi per i lotti. Mi chiesi se la scena del crimine di Turtle Hatch si trovasse sul lato ovest, con affaccio su Venetian Bay. Quelle case erano sempre state costose, ma di questi tempi un paio di milioni sarebbero bastati solo per il terreno.

La casa dei Taras non era sul lato della baia, ma era comunque imponente. I prezzi erano saliti così in fretta che era difficile dare un valore a quella costruzione in stile costiero, ma era più di quanto avrei potuto permettermi spaccandomi la schiena per tre vite intere.

Due auto di pattuglia bloccavano il vialetto pavimentato in grigio. Accostai dietro al SUV di Derrick. Stava parlando con un agente in uniforme all'ingresso.

Mi venne incontro. «Ehi, Frank. Sono arrivato per secondo e non ho toccato niente.»

«Bene. Sembra una rapina finita male?»

«Non credo. Ho controllato e non c'è niente di evidente che suggerisca un'effrazione o un'intrusione.»

«Il marito?»

«È seduto nell'auto di Leonetti. Vuoi parlargli?»

«Non prima di aver visto la scena.»

«Andiamo, allora.»

Firmai il registro ed entrammo in casa dopo aver indossato guanti e calzari.

Derrick disse: «Niente male questo posto.»

Ci trovavamo nell'atrio a doppia altezza. «Bello. Sembra ristrutturato.»

«Dev'essere costato una fortuna.»

Il mio sguardo sorvolò la zona giorno principale. Un'isola in marmo con finitura a cascata faceva da fulcro a una cucina aperta sul soggiorno. La luce entrava a fiotti da una parete di porte scorrevoli in vetro sul retro della casa. «Questa gente non beve il nostro stesso caffè.»

«Cosa? Oh, ho capito.»

«Dov'è il corpo?»

«Fuori, vicino alla cucina esterna.»

Le case a Park Shore erano fitte ma la vegetazione garantiva più privacy di quanto mi aspettassi. Un vantaggio per i proprietari, ma un problema per me.

Accasciata, la vittima giaceva su una chaise longue. Il suo top beige, fradicio di sangue, mostrava due fori di proiettile di piccolo calibro nella parte alta del torace. Mi inginocchiai e le toccai un braccio; il rigor mortis aveva cominciato a farsi sentire.

Controllai il terreno in cerca di bossoli, ma non trovai nulla. «Guardati intorno. Vedi se trovi qualche bossolo.» Lo schienale della chaise longue era intatto. Sembrava che i proiettili fossero rimasti nel corpo della vittima.

Poggiai il dorso della mano sul bicchiere d'acqua posato sul tavolino. Era tiepido. «Bilotti confermerà, ma sembra che sia morta da circa tre ore.»

«Quindi, la sparatoria sarebbe avvenuta intorno alle undici.»

«Chiama Sanchez. Chiedigli di mandare un paio di agenti a fare il porta a porta, per vedere se i vicini hanno sentito o visto qualcosa verso quell'ora.»

Girai intorno al corpo. Era una donna ben curata, dimostrava meno della sua età. Un tascabile, con un uomo a torso nudo in copertina, le era caduto in grembo. Non c'erano occhiali.

«Prendi nota di controllare se portava lenti a contatto.»

«Ricevuto. È arrivato Gianelli. E il dottore è subito dietro di lui.»

«Bene. Documentiamo la scena prima che il dottore faccia il suo lavoro.»

Derrick scortò il fotografo fino al cadavere, e io raggiunsi Bilotti in cucina. «Salve, dottore.»

«Salve, Frank. Che cosa abbiamo?»

«Sembra un omicidio. Due colpi di pistola al petto.»

«Era da un po' che non ne avevamo uno.»

«Lo so. Pessimo tempismo, però. Siamo vicini a chiudere quel caso irrisolto.»

«I resti della donna trovati nella proprietà dei Miller?»

«Sì. Se è come sembra, sarà una bella soddisfazione risolverlo.»

«Un punto per i buoni.»

«Sa, dottore, con tutti i progressi della scientifica e telecamere ovunque, si potrebbe pensare che siamo in grado di risolvere più omicidi che mai, e invece la percentuale di casi irrisolti è passata dal venti al quaranta per cento negli ultimi due decenni.»

«Questa è una statistica nazionale, e i laboratori sono sommersi di campioni.»

«Lo so, non aiuta.»

«Dovrebbero mettere lei al comando; ridurrebbe di sicuro quei numeri.»

«Grazie, dottore, ma con tutti gli omicidi legati alle gang e i serial killer, non vorrei quel lavoro nemmeno se esistesse.»

Bilotti sorrise. «Sembra che Gianelli abbia finito.»

«Bene. Conto su di lei per rendermi questo caso facile.»

Il medico legale mise piede nella veranda e ispezionò

la scena. Era una delle cose che mi piacevano e, allo stesso tempo, non mi piacevano della sua metodologia. La approcciava con la metodicità di un detective della omicidi, mentre io ero impaziente e volevo mettermi subito alla caccia del colpevole, non guardarlo perdere tempo.

Bilotti si muoveva lentamente, come una persona che avesse il doppio dei suoi quarantacinque anni. Sussurrai all'orecchio di Derrick che il rigor mortis doveva essere contagioso e lui si mise a ridacchiare. Dandogli una gomitata, gli passai davanti mentre Bilotti misurava la temperatura del cadavere.

Dissi: «Penso che o conoscesse l'assassino o sia stata del tutto presa di sorpresa».

Bilotti annuì. «Nessuna ferita da difesa, e non sembra che abbia tentato di alzarsi.»

«Andremo a parlare con il marito; è stato lui a trovarla.»

34

MILLER

Mi vestii per andare al lavoro sentendomi riposato. Era la prima notte dopo tanto tempo in cui ero riuscito a dormire come si deve. Non avevamo avuto notizie dalla polizia, ma era impossibile non sapere della sparatoria a Park Shore.

Infilai una cialda Nespresso nella macchinetta e sorrisi. Poteva sembrare folle, ma ero grato; l'omicidio era diventato una priorità per l'ufficio dello sceriffo. L'avrei negato, ma speravo che ci fosse un serial killer a piede libero.

I detective che avevano indagato sulla scomparsa di Katie erano più fiduciosi del detective Luca. Rispettavano il nome dei Miller, che papà si era impegnato tanto a costruire. Luca aveva l'accento di uno di New York, ed ero preoccupato che non avrebbe mollato facilmente come gli altri.

Uscii nella lanai. La TV era accesa. Cathy stava

sorseggiando un caffè e guardando il telegiornale. «Buongiorno. Hai dormito fino a tardi.»

Le diedi un bacio sulla guancia. «Finalmente ho dormito bene. »

«Lo so, russavi come una segheria.».

«Scusa.».

«È una mattinata splendida.»

«Lo so. Pensavo di prendere la cabriolet per andare al lavoro.»

«È una giornata da capote abbassata. Farai meglio ad approfittarne; è previsto l'arrivo di una tempesta tropicale per domani notte.»

«Un po' di pioggia ci farebbe bene. Tu che cosa fai oggi?»

«Vado a pranzo con Evelyn. Vogliamo provare quel posto nuovo sulla Fifth.»

«Quale ristorante?»

«Credo si chiami Maritime o qualcosa del genere. Hanno rilevato il locale che prima era di Annabelle's, e poi è stato il Café Lurcat.»

«Ah, giusto, lo sapevo che stavano per aprire. Credo che Roger ci abbia messo dei soldi. Se è buono, ci andiamo la settimana prossima.»

«D'accordo. Ma andiamoci da soli. Sono stanca di avere tuo fratello sempre tra i piedi.»

Non mi piacque il modo in cui disse "tuo fratello", ma aveva ragione. Avevamo bisogno di tempo per noi. Avrei chiesto a Benny di passare a controllare Mark. «Mi sembra un'ottima idea. Prenderò dei tacos per lui. Ci vediamo dopo. Salutami Evey.»

GREG DISSE: «Non mi piace che l'ingresso sia fuori centro.» Indicò i disegni del nuovo negozio che stavamo esaminando. «O lo metti perfettamente al centro o tutto a sinistra. La gente è abituata ad andare a destra.»

«Giusta osservazione. Lascia 'orfana' la sezione stagionale. Ed è lì che ci sono i margini di guadagno più alti.»

«Vogliamo che i clienti ci passino attraverso. Vedranno qualcosa che normalmente aspetterebbero a comprare.»

Il mio cellulare vibrò. «Scusa un attimo. È Weinstein.»

«Pronto, sono Bill».

«Buongiorno, signor Miller. Come sta?»

«Bene. Siamo nel bel mezzo di una riunione. Possiamo rimandare?»

«Non proprio.»

Mi lasciai cadere sulla sedia. «Cosa succede?»

«Ho ricevuto una telefonata dal detective Luca. Sta facendo delle indagini riguardo alla barca che lei aveva all'epoca della scomparsa di Kate Swift.»

«Che cosa vuole sapere?»

«A chi è stata venduta o ceduta.»

«Sono passati nove anni.»

«Non si ottiene nulla a non essere collaborativi.»

«Dannazione, Weinstein, ho forse detto che non intendo collaborare?»

«Se vuole, può chiamarmi quando, uhm, ha tempo.»

«Lo farò. Arrivederci.»

Greg disse: «Non mi sembra una buona notizia. Che succede?»

Feci un respiro profondo, imponendomi di calmarmi. «Ha ricevuto una chiamata dal detective che cercava informazioni sulla barca che avevamo all'epoca della scomparsa di Katie.»

«Merda! Sa qualcosa.»

«Calmati, Greg.»

«Sa che è successo sulla barca. Hai detto che il detective ha chiesto a Mark se l'avesse colpita sulla barca.»

«Stava solo sondando il terreno.»

«Starà cercando sangue, DNA o qualcosa del genere.»

«Sono passati nove anni. Che diavolo potrebbero trovare?»

«L'hai data in permuta, vero?»

«Sì, l'ha presa il Boat Mart. Chissà dov'è ora? Potrebbe essere ovunque, alle Keys, a Miami—»

«Oppure proprio qui.»

«Non importa. Che la controllino pure, se vogliono.»

«Oh no. È grave. Possono trovare tracce di DNA anche dopo anni. E il sangue, spruzzano quella roba e salta fuori, non importa quanto sia vecchio.»

«Guardi troppa TV. Non è facile come lo fanno sembrare. E allora, se trovano il suo DNA sulla barca? E il sangue? Qualsiasi cosa ci fosse si è mischiata con sangue di pesce, pastura e chissà cos'altro.»

«Ok, ok, ma non è un buon segno. Questo detective non si fermerà finché non avrà capito.»

«Non farà nulla. Proprio come i vecchi investigatori, lascerà perdere, vedrai.»

«Non lo so, dovremmo confessare, dire loro quello

che sappiamo. Mark ha dei problemi, ci andranno piano con lui.»

Mi feci sotto al suo viso. «Vuoi che finisca in qualche manicomio infernale? Lo riempiranno di farmaci a tal punto che si ritroverà a sbavare. È questo che vuoi?»

«No, ma deve esserci un modo per porre fine a questa merda. Parliamo con Weinstein, vediamo che tipo di accordo può ottenere.»

Anche se non l'avevo fatto, dissi: «L'ho già fatto. Potrebbero accusare entrambi di intralcio alla giustizia e spergiuro.»

«Possiamo inserire l'immunità nell'accordo.»

«La nostra reputazione, il nome dei Miller, sarebbe rovinata per sempre.»

«Sì? Beh, io non passerò il resto della mia vita dietro le sbarre come favoreggiatore.»

Greg si diresse verso la porta.

«Aspetta. Calmiamoci. Non è cambiato nulla. Quindi non fare niente di stupido. Se vuoi, sonderò di nuovo il terreno con Weinstein, ok?»

Lui annuì. «Lo farai?»

«Sì.»

«Credo sia la cosa giusta da fare.»

«Vedremo cosa dice. Nel frattempo, torniamo ai disegni, va bene?»

«Ok.»

Mentre tornavamo al tavolo, dissi: «Favoreggiamento? Non hai parlato con un avvocato, vero?»

«No, ieri sera stavo guardando *Bosch* e l'hanno detto lì.»

Ero sollevato, ma la mia mente continuava a correre.

Sarebbe stato difficile tenere a bada Greg se le cose si fossero scaldate, e pensavo che sarebbe successo. Ci avrei pensato bene prima di chiamare Weinstein.

Ora, ero propenso a fornirgli le informazioni sulla permuta che volevano. Il rombo di un tuono lontano mi ricordò della tempesta in arrivo. Un altro forte acquazzone non avrebbe fatto altro che diluire le eventuali prove, ammesso che ce ne fossero.

35

Luca

Paul Taras aveva un'abbronzatura da uomo agiato. I suoi capelli erano tinti da un professionista e non aveva un grammo di grasso in più. Non sorrideva, ma quando ci presentarono, notai che i suoi denti erano troppo perfetti per essere naturali.

In equilibrio sugli avampiedi, Taras mi guardò dritto negli occhi mentre ci stringevamo la mano. «Non posso crederci. È una follia.»

«Mi dica cos'è successo.»

«Non è successo niente. Sono tornato a casa e l'ho trovata, uhm, non rispondeva. Ho provato a sentirle il polso e ho chiamato il nove-uno-uno.»

«A che ora è tornato a casa?».

«Intorno a mezzogiorno. Potete controllare l'ora della chiamata. Ero qui solo da un paio di minuti, al massimo.»

«Lei lavora?»

«Sì. Come crede che paghi per tutto questo?»

«Cosa fa?»

«Cosa c'entra con quello che è successo?»

«Domande di routine. Abbiamo bisogno di un quadro generale per poter condurre un'indagine.»

«Non è legato al lavoro. Sono il socio amministratore di Krypto Might. Vendiamo e gestiamo portafogli digitali.»

«Per criptovalute?»

«Sì. Non vedo la pertinenza.»

«Cosa ci faceva a casa in piena giornata?»

«I miei orari sono flessibili e lavoro da remoto, minimo due giorni a settimana.»

«Ha notato se manca qualcosa in casa?»

«Non ho controllato, a dire il vero. Non sono nemmeno entrato in camera mia.»

«Facciamo un giro della casa.»

Ci fece strada, ma esitò prima di entrare nell'atrio. Passammo di stanza in stanza. Nulla sembrava fuori posto. Quando aprì il cassetto dei gioielli della moglie, fummo abbagliati dai diamanti.

«Sembra che ci sia tutto.»

Derrick domandò: «Possiede un'arma da fuoco?»

«Sì.»

«Che tipo di pistola è?.»

«Una pistola.»

«Calibro?»

«I-io non lo so. Credo sia una trentotto.»

Era un piccolo calibro, come quello che aveva ucciso sua moglie. «Dovremo portarla con noi.»

«Cosa? Pensa che sia stato io?»

«È il protocollo, signor Taras».

Entrò nella sua cabina armadio e aprì un cassetto. Fui

contento di vedere che la teneva in una cassetta di sicurezza per armi. Taras appoggiò il dito sul lettore e questa si aprì. Era una Colt, una trentotto.

Derrick tirò fuori un sacchetto di plastica per le prove e io sollevai la pistola. Prima di infilarla nel sacchetto, ne annusai la canna. Aveva sparato di recente. Taras mi stava fissando. «È stata usata. Siamo stati al poligono Alamo. Io e un gruppo di amici un paio di giorni fa.»

E non conoscevi il calibro della pistola? «Serata tra uomini?»

«Più o meno. Senta, glielo dico chiaramente, non c'entro niente con quello che è successo a Sylvia. Sta sprecando il suo tempo. Il vero assassino è là fuori, quindi si concentri sul trovarlo.»

Era inutile cercare di verificare la sua storia. Se avessimo scoperto che quella era l'arma del delitto, sarebbe stato fritto, che la sua versione reggesse o meno.

«Vuole raccogliere qualche effetto personale, un cambio di vestiti? La casa sarà inaccessibile per un giorno o due per permettere alla squadra della scientifica di esaminarla.»

«Oh, sì, certo. Prendo una borsa per la notte.»

Derrick rimase con Taras, e io andai a vedere cosa stesse combinando Bilotti.

Il medico legale le stava passando al setaccio i capelli. Chiesi: «Trovato qualcosa?»

«Niente che si possa vedere qui.»

«Nessun segno di attività sessuale o di abusi?»

«Niente di evidente. I suoi pantaloncini da tennis non sembrano essere stati rimossi. Faremo i tamponi in laboratorio.»

Laboratorio? Non era proprio il termine che avrei usato per una sala autopsie. «E fate gli esami del sangue.» Non appena lo dissi, seppi che Bilotti l'avrebbe considerata un'offesa.

Inarcando le sopracciglia, mi guardò da sopra gli occhiali. «Altro, dottore?»

«Sì, il nome e l'indirizzo di chi ha sparato non sarebbero male.»

«Ti suggerisco di andartene prima che venga commesso un errore e tu finisca in un sacco per cadaveri.»

Sorrisi. «Grazie, dottore. Non volevo intromettermi, ma—»

«Ma è quello che fai, no, Frank?»

«Sono solo un po' ansioso di prendere l'assassino.»

«Ciao, Frank.»

«Ci si vede, dottore.»

Tornai in cucina. Taras stava uscendo dalla suite padronale con un trolley. Derrick mi fece cenno con la mano. «Frank, il signor Taras ha menzionato una cosa che devi sapere.»

Ci incontrammo in soggiorno. «Che succede?»

«Ho chiesto al signor Taras se conoscesse qualcuno che potesse fare una cosa del genere. Ha detto di no, ma poi... perché non glielo dice lei?»

Taras disse: «Beh, ci siamo trasferiti qui meno di due mesi fa; per l'esattezza, sei settimane e un giorno.»

«Sembra che viviate qui da sempre.»

«Siamo un po' maniaci del controllo, più io di Sylvia, e poi ci siamo affidati a una ditta di traslochi coi guanti bianchi, il che ha aiutato molto.»

Avrei voluto chiedere quanto fosse costato, ma dissi: «Cos'ha detto al detective Dickson?»

«Quando mi ha domandato se avessimo dei nemici, ho risposto di no, ma poi ho iniziato a pensare, passando in rassegna tutti i nostri contatti, e mi è venuto in mente che forse si è trattato di uno scambio di persona.»

Questo tizio si stava dando un gran da fare per sviare l'attenzione da sé. «Dunque?»

«Tre sere fa, eravamo appena andati a letto. Stavo per spegnere la mia lampada quando è suonato il campanello.»

«A che ora?»

«Poco dopo le undici. È stato strano. Ho persino chiesto a Syl se me l'ero immaginato. Ma l'aveva sentito anche lei. Sono andato alla porta, e c'erano due uomini.»

Se mi avesse detto di aver aperto la porta, la sua credibilità ne avrebbe risentito. «Cosa volevano?»

«Francamente, avevo paura ad aprire, quindi ho chiesto attraverso la porta cosa volessero. Continuavano a chiedere di una certa Olga. Ho detto loro che qui non viveva nessuno con quel nome, ma hanno continuato a insistere. Alla fine, ho detto che ci eravamo appena trasferiti e che se non se ne fossero andati, avrei chiamato la polizia.»

«Se ne sono andati?»

«Ha visto la loro auto?»

«Mi dispiace. Erano parcheggiati lungo il marciapiede e ho avuto l'impressione che avessero sbagliato casa, tutto qui.»

«La precedente proprietaria si chiamava Olga?»

«Non lo so; la casa era intestata a un trust.»

«Che aspetto avevano questi uomini?»

«A me sono sembrati dell'Est Europa.»

Beh, questo restringe di molto il campo. «Avevano un accento?»

«Ha parlato solo uno di loro. Era il più grosso, indossava una tuta scura. L'altro uomo continuava a guardare dalla finestra a lato della porta. È stato un po' inquietante, a essere sincero.»

«Peli sul viso, tatuaggi?»

«Quello grosso aveva la barba. L'altro era sbarbato.»

«Loro o qualcun altro sono più tornati?»

«No. Solo quella volta.»

«Dia al detective Dickson i contatti dell'agente immobiliare e dell'avvocato che hanno gestito la vendita di questa casa.»

36

Luca

Formai il numero di Derrick non appena misi in moto la macchina. Mentre alzavo l'aria condizionata, lui rispose: «Ehi, Frank. Tutto a posto?»

«Ho appena finito con Alston. Ha detto che Mark Miller può essere violento e pensa che possa aver avuto a che fare con la morte della Swift.»

«Ecco perché non ci lasciano parlare con lui.»

«A quanto pare, ma inizieremo con le solite scartoffie e poi vedremo il da farsi. Tu dove sei?»

«Sono appena uscito dalla Fifth Third Bank. Ci ho aperto un nuovo conto, ma ci sono solo cento dollari.»

«Domani ti do un assegno da mille. Bastano?»

«Oh, cavolo. State facendo troppo per noi.»

«Non ti preoccupare. Quando ti sarai rimesso in sesto, verrò a riscuotere da quel culo di scansafatiche che sei.»

«Sul serio, sei sicuro? Non ne avete bisogno voi?»

«No, noi stiamo a posto. Hai trovato una foto di Pearson da bambino?»

«Sì, due. Domattina le mostro al vicino.»

«Bene. Sto tornando a casa.»

———

LA CASA ERA SILENZIOSA, cosa che mi mise in agitazione. L'allarme-pipì mi scattò in testa. Di nuovo. Avevo superato di due ore il tempo massimo per liberarmi. Corsi in cucina. Attraverso le porte scorrevoli vidi Mary Ann e Jessie sdraiate a bordo piscina su delle chaise longue. Feci loro un cenno con la mano ed entrai in bagno.

Mi sedetti sul water. Ci vollero solo dieci secondi per avviare il flusso. Ma fu doloroso. Non potevo continuare a ignorare gli ordini del medico, o sarei finito in ospedale a farmi sistemare le tubature. Di nuovo.

Mary Ann era fuori, cosa che interpretai come un segno che si sentiva abbastanza bene. Fu una sensazione migliore di quella di fare pipì. Mentre mi lavavo, squillò il telefono. Era il dottor Bilotti.

«Ehi, dottore, come sta?»

«Bene, Frank. Ha un momento?»

«Certo. Che succede?»

«Quando mi ha parlato delle riacutizzazioni che sta avendo Mary Ann, mi sono preso la libertà di contattare un paio di colleghi.»

«Davvero?»

«Sì. C'è un farmaco promettente; al momento è ancora sperimentale, ma potrebbe essere qualcosa da prendere in considerazione.»

«Questa è una buona notizia, dottore. Di cosa si tratta?»

«In sostanza agisce sulla riduzione dell'infiammazione. È piuttosto tecnico ma, in breve, è un agente anticorpale.»

«Sembra interessante.»

«Potrebbe non funzionare, ma vale la pena approfondire. Mi è stato detto che circa il trenta percento dei pazienti risponde favorevolmente, con una riduzione dei sintomi e un rallentamento della progressione.»

C'era una possibilità su tre che aiutasse Mary Ann. Probabilità non eccezionali. «Dobbiamo provare.»

«Sono d'accordo, ma è costoso.»

«Non m'interessa.»

«Capisco, ma deve essere consapevole che il costo è di quattromila dollari a iniezione.»

«Quattromila? È una follia. Come diavolo hanno il coraggio di chiedere—»

«Un attimo, Frank. L'azienda farmaceutica sviluppa questo farmaco da sei anni. Credo che abbiano investito ottocento milioni nel progetto, e gli ultimi due tentativi non sono andati a buon fine.»

«Perché costa così tanto?»

«È una lunga storia, ma ci sono voluti anni di ricerca per identificare i composti e poi trial clinici su larga scala per dimostrarne l'efficacia. Richiede tempo e denaro.»

Sospirai. «So che costa una fortuna. Come facciamo a ottenerlo per Mary Ann?»

Bilotti mi diede le informazioni di cui avevamo bisogno. Lo ringraziai e corsi fuori in veranda.

«Il dottor Bilotti mi ha appena parlato di un nuovo farmaco per la SM.»

«La mamma può prenderlo?»

«Sì. È ancora in fase sperimentale, ma ci sono buone probabilità che funzioni.»

Disse Mary Ann: «Sperimentale? E gli effetti collaterali?»

Ero così accecato dalla speranza che non avevo nemmeno chiesto. «Dipende dalla persona. I medici ti spiegheranno tutto.»

«Mamma, è una notizia fantastica. Sono così felice.»

«Scommetto che non è coperto dall'assicurazione.»

«Non preoccuparti di questo, per ora. Vediamo prima se funziona.»

Riattaccato il telefono, gettai sulla credenza il documento che mi aveva mandato l'avvocato dei Miller. Prima di andare dallo sceriffo, lasciai l'assegno da mille dollari sulla scrivania di Derrick.

La porta dello sceriffo era aperta. Bussai e Remin mi fece cenno di entrare. «Entra, Frank. Vuoi un caffè?»

«No, grazie. Ne ho già bevute tre tazze.»

«Tutto bene?»

«Sì, signore. Perché?»

«Ho sentito che Mary Ann sta, uhm, avendo delle difficoltà.»

I pettegolezzi nelle organizzazioni si diffondevano più velocemente di una malattia venerea. «Ha avuto un paio di episodi, ma starà bene. È una tosta.»

«Non ne esistono di più forti di lei. Ricordo quando rimase su quel caso di rapina finché non incastrò fino all'ultimo di quei delinquenti.»

Risi. «Come può immaginare, non me ne fa passare una.»

Remin sorrise. «Portale i miei saluti. Se hai bisogno di un po' di ferie, chiudere il caso Swift ti libererebbe l'agenda.»

E io che avevo permesso al pensiero che Remin non fosse un animale politico di insinuarsi nella mia valutazione. «È per l'indagine sulla Swift che voleva vedermi?»

«Sì, ma non ha niente a che vedere con Mary Ann. La famiglia viene prima.»

Volevo ricordargli che aveva appena collegato le due cose, ma mi morsi la lingua. Ero preoccupato per la salute di Mary Ann, e chissà cosa ci riservava il futuro? Invece, annuii.

«Volevo farti sapere che il "Project Help" ha richiesto un permesso per tenere una manifestazione a Cambier Park a sostegno della famiglia Swift.»

«Il "Project Help"? La loro attività è incentrata sulle vittime di violenza sessuale.»

«Principalmente, ma hanno un gruppo di sostegno per la perdita dei propri cari. Potrebbe esserci un legame familiare che spiega il loro coinvolgimento, ma non mi piace. Attira troppa attenzione sul dipartimento.»

«Hanno organizzato qualcosa quando la ragazza è scomparsa?»

«Non lo so, ma è una buona domanda. La miglior risposta è risolvere il caso.»

Noi? «Stiamo lavorando su un paio di piste credibili.

Una di queste coinvolge Mark Miller. Era vicino alla vittima e una delle ultime persone ad averla vista. Qualcuno vicino alla famiglia sta puntando il dito contro di lui.»

«Quanto vicino?»

«Il rapporto risale al vecchio Miller. Roba di un paio di decenni. Penso che ci sia sotto qualcosa, ed è per questo che hanno ingaggiato Weinstein. Abbiamo ricevuto le loro risposte, ma erano asettiche come un reparto di terapia intensiva pediatrica.»

«Portalo qui. Chiama Weinstein e digli che vogliamo interrogarlo.»

37

Luca

Mentre aspettavamo, mi stavo scambiando messaggi senza sosta con Derrick. Mary Ann disse: «Non dovevi venire. Hai troppe cose per la testa.»

«Non fa niente.»

«Non devi preoccuparti per me, starò bene.»

«Te? Non sono preoccupato per te. Sono qui solo per vedere che aspetto ha un'iniezione da quattromila dollari.»

Mi diede una gomitata. «Molto divertente. Quando ti risponderà l'azienda farmaceutica?»

Feci spallucce. «Hanno detto entro una settimana. Sottoporranno il caso a una commissione che decide sulle richieste di sovvenzione.»

«Spero che facciano qualcosa, non possiamo continuare a pagarla di tasca nostra ogni due settimane.»

«Se serve, troverò un modo. Se ci vengono incontro e l'assicurazione ne copre una parte, ce la caveremo.»

«Jessica vuole seguire dei corsi di design alla Parsons.»

«A New York?»

«Sono online. Ma non sono economici. Vuole accumulare crediti per il college.»

«Quanto ci costerà?»

«Circa duemila dollari a credito.»

«Cosa? Per un corso online? È una truffa bella e buona. Dovremmo arrestarli per furto aggravato.»

«Signora Luca? Siamo pronti per lei.»

Ci fecero entrare in un minuscolo ambulatorio. Mary Ann mi prese la mano. Gliela accarezzai. Era una roccia, ma mi si stringeva il cuore per lei. Stavo per rassicurarla quando bussarono brevemente e la porta si spalancò. Una donna alta in camice bianco tese la mano a Mary Ann.

«Sono Felice, l'assistente medico che le farà l'iniezione.»

Per quattromila dollari non ci mandano un medico? Dissi: «Siamo preoccupati per gli effetti collaterali.»

«Come per tutti i farmaci, c'è la possibilità di una reazione avversa. La maggior parte delle persone non ha problemi, ma alcune accusano mal di testa, spossatezza e nausea.»

Mary Ann disse: «Ok, mi aspettavo qualcosa del genere. Tutto qui?»

«In rari casi, si sono verificati problemi di coagulazione e lesioni»

«Quanto rari?»

«Meno del cinque percento dei pazienti.»

Mary Ann annuì mentre io calcolavo che mia moglie

aveva una possibilità su venti di sviluppare una patologia grave. «Pronta?»

Mary Ann disse di sì. Ricacciai le mie obiezioni in gola.

L'iniezione durò dieci secondi. Nemmeno Warren Buffet guadagnava quattrocento dollari al secondo. O forse sì?

Ce ne andammo con il portafoglio più leggero, una libbra di scartoffie e una tonnellata di speranza.

Dopo aver lasciato Mary Ann a casa, mi diressi a tutta velocità in ufficio. Appesi la giacca e mi sedetti alla scrivania. Derrick mi aveva lasciato un post-it sulla scrivania; lo sceriffo Remin voleva vedermi.

Aveva chiamato mentre eravamo nell'ambulatorio e mi ero dimenticato di richiamarlo. Presi la giacca e feci le scale per andare da lui.

Remin guardò l'orologio e mi indicò una sedia con un cenno del mento.

«Mi scusi. Ero, uhm, con Mary Ann dal medico.»

«Tutto a posto?»

«Sì. Sta bene. Speriamo che questo nuovo farmaco aiuti.»

«In bocca al lupo.»

«Grazie. Di cosa aveva bisogno?».

«Non ha presentato un rapporto sulla sparatoria di Park Shore. Devo rilasciare una dichiarazione. Mi metta al corrente.»

«Mi scusi, avevo molta documentazione da archiviare per il caso Swift.»

«È un caso di nove anni fa. Park Shore ha la priorità.»

«Lo so, signore. Ma, giusto perché lo sappia, stiamo stringendo il cerchio sull'assassino della Swift.»

«Bene. Park Shore?»

«Sylvia Taras, moglie del proprietario di un'azienda tecnologica, è stata colpita al petto due volte con un'arma da fuoco di piccolo calibro. Abbiamo sequestrato una pistola calibro trentotto che apparteneva al marito. Il dottor Bilotti sta eseguendo l'autopsia proprio in questo momento.»

«Dickson sta assistendo?»

«Ehm, no. Sta raccogliendo informazioni sul marito.»

«Capisco.»

«Non c'erano segni di effrazione e la vittima non sembra aver assunto una posizione di difesa.»

Annuì.

«È stato il marito a trovarla. Ha chiamato i soccorsi.»

«Non ho bisogno di dirglielo, devo chiudere questa faccenda in fretta. L'Associazione di Park Shore chiede pattugliamenti aggiuntivi. Il loro avvocato ha suggerito che la contea trovi un modo per recintare il quartiere. Ci crede?»

«È una reazione esagerata.»

«Lo è, ed è per questo che è così importante che questo ufficio possa rilasciare una dichiarazione adeguata e tempestiva per rassicurare la comunità.»

«Capisco. Conosce le statistiche sul coinvolgimento dei coniugi negli omicidi. Se è come sembra, sarà in grado di—»

«Si assicuri di tenermi aggiornato. La tempistica di questo omicidio è terribile. Quel gruppo sta organizzando un'altra veglia per la Swift. Speravo che potessimo dichiarare il caso risolto.»

«Ci stiamo avvicinando. Il detective Dickson e io lavoreremo su entrambi i casi contemporaneamente.»

«Anche lui è impegnato. Dickson ha avuto a che fare con il furto d'identità.»

La malattia di Mary Ann era una preoccupazione? «Se la sta cavando bene. Abbiamo la situazione sotto controllo, signore.»

«Mi hanno detto che ha anche chiesto dei giorni liberi.»

«È un viaggio veloce a Tallahassee; ci sono un sacco di scartoffie che lo Stato richiede per la frode commessa a loro nome.»

«Avrà bisogno di aiuto. Sto pensando di riassegnare Hubert per aiutarla con il caso Swift.»

«Non è necessario, signore. Abbiamo la situazione sotto controllo.»

«Dickson ha anche delle ferie programmate.»

«Quelle sono per la settimana successiva. Vanno a Baltimora a trovare la madre di Lynn; temono che stia mostrando segni di demenza.»

«Che sfortuna.»

Non ero sicuro se si riferisse alla tempistica o alle condizioni di sua suocera.

Remin si alzò. «Ho una giornata impegnativa.»

Scesi le scale lentamente, ripensando alla conversazione. Lo sceriffo stava crollando sotto la pressione del primo omicidio sotto la sua supervisione? Il corpo era freddo da neanche un giorno. Cosa si aspettava?

Il caso Swift era rimasto irrisolto per quasi un

decennio prima che i resti riaprissero le indagini. Non aveva senso. Remin mi voleva di nuovo in servizio e ora voleva togliermi un caso? Era stato un detective della Omicidi prima di passare a un ruolo dirigenziale.

Collier non aveva molti omicidi, il che ci permetteva di concentrarci su un caso alla volta. Ma quello era un lusso, e a volte non solo dovevamo occuparci di un altro omicidio, ma lavoravamo contemporaneamente anche su furti e traffico di droga.

Remin si era forse dimenticato che sapevamo gestire più casi contemporaneamente?

38

Luca

«Come ti senti?»

Mary Ann disse: «Sto bene.»

«Non senti niente di strano?»

«No, come prima dell'iniezione.»

«Bene.»

«Dicono che ci vogliono un paio di iniezioni per vedere se funziona.»

Certo. Volevano che spendessi sedicimila o ventimila dollari prima di sapere se funzionava. «Lo so, ma ricorda che hanno detto che anche gli effetti collaterali possono essere cumulativi. Quindi, se senti qualcosa che non va, dobbiamo andare dal medico.»

«Lo so. Fammi un favore e smettila di preoccuparti così tanto. Starò bene.»

«Mi dispiace. Non posso farne a meno. Continuo a chiedermi, se ti succedesse qualcosa, chi mi preparerebbe le lasagne?»

«Faresti meglio a stare attento, spiritosone, o entrerò

in sciopero e ti toccherà mangiare panini al burro d'arachidi e marmellata.»

Risi. «Al bambino che è in me mancano. Ehi, ho un'altra chiamata. Ci vediamo dopo.»

«Omicidi, Detective Luca.»

«Salve. Sono l'agente Reno dell'ufficio dello sceriffo della contea di Broward.»

«Salve, cosa posso fare per Lei?»

«Abbiamo dato seguito alla Sua richiesta riguardo a una barca Crownline del 2010, numero di scafo OOB31981102010. Che vuole che ne facciamo?»

«È collegata a un omicidio avvenuto circa dieci anni fa. Non credo che la scientifica possa ricavarne qualcosa, ma le chiedo due cose, se può.»

«Chieda pure, Detective.»

«Faccia controllare se c'è sangue umano, ma dica loro di non esagerare.»

«D'accordo, e l'altra cosa?»

«Faccia un paio di foto della barca. Si assicuri di riprendere il nome sulla poppa e il numero di scafo.»

«Quando l'abbiamo catalogata, abbiamo scattato un sacco di foto. Mi dia la sua email e gliele mando.»

«Grazie. Se dovesse aver bisogno di qualcosa nella nostra zona, mi faccia uno squillo. Sarà un piacere ricambiare il favore, agente Reno.»

Riattaccai e ridacchiai tra me e me mentre Derrick entrava. «Cosa c'è di così divertente?»

«Hanno localizzato la vecchia barca dei Miller.»

«Ma avevi detto che non c'era alcuna possibilità di trovare DNA utilizzabile dopo nove anni in acqua.»

«Lo so, ma il mio obiettivo era far andare fuori di

testa Bill Miller. Quando scoprirà che ce l'abbiamo, perderà un po' il sonno, se nasconde qualcosa.»

«Hai intenzione di far finta che abbiamo ottenuto del DNA utilizzabile da lì?»

«Non ho ancora deciso.»

Lui scivolò dietro la sua scrivania, dicendo: «Sei diabolico.»

Sorrisi. «A volte, il male si combatte con il male.»

Derrick ticchettò sulla tastiera. «Come sta reagendo Mary Ann al nuovo farmaco?»

«Le ho appena parlato; per ora, nessun effetto collaterale.»

«Bene. Speriamo che aiuti.»

«Anch'io. Mi spiace dirlo, ma ne varrà la pena se riuscirà a rallentare la progressione di un decennio o due.»

«Lo farà, amico. Sono fiducioso.»

Sbuffai. «Sono contento che tu l'abbia.»

«Ehi, ho ricevuto un'email dalla Delta. Avevano due voli da Atlanta per RSW nel 2013. Uno è arrivato alle tredici e sette e l'altro poco dopo le sei di sera.»

«È l'orario di arrivo previsto o quello effettivo?»

«Sono quelli effettivi.»

Presi il fascicolo dell'omicidio e lo sfogliai fino all'interrogatorio di Greg Miller. «Greg Miller ha detto di aver visto Kate Swift alle quattro del pomeriggio, mentre tornava a casa dall'aeroporto.»

«A meno che non gli abbiano perso il bagaglio o non gli si sia rotta la macchina, avrebbe dovuto essere a casa non più tardi delle due.»

«Se non prima. Quella famiglia probabilmente viaggia

in prima classe, e scommetto che non ha imbarcato bagagli. Ha detto che era un viaggio di una notte.»

«Sta mentendo.»

«E non ha menzionato l'avvistamento fino al giorno dopo. Sta coprendo i suoi fratelli. Questo corrobora la versione di Bill Miller, che ha detto di averla vista lasciare la casa.»

«Stanno cercando di prendere le distanze.»

«È curioso, nella migliore delle ipotesi, che nessuno l'abbia vista lasciare la casa dei Miller tranne Bill e, presumibilmente, Greg Miller. Neanche una persona ha visto la ragazza tornare a casa a piedi. Goodlette-Frank non è la strada più trafficata della città, specialmente di domenica, ma si penserebbe che qualcuno si sarebbe fatto avanti per confermare ciò che i fratelli Miller vogliono farci credere.»

«Dobbiamo mettere sulla graticola Greg Miller.»

Annuii mentre lui allungava la mano verso il telefono che squillava sulla sua scrivania. Rispose e disse: «È il dottor Bilotti»

Presi la chiamata, dicendomi di essere particolarmente gentile. «Ehi, Doc. Come stai?»

«Bene, Frank, ho completato l'autopsia di Park Shore e ti ho appena inviato il referto preliminare.»

«Cos'hai scoperto?»

«È morta per una ferita da proiettile che le ha lesionato l'aorta. All'altro sparo sarebbe potuta sopravvivere.»

«Hai recuperato i proiettili?»

«Sì, erano entrambi calibro trentotto.»

«Compatibili con la pistola che abbiamo sequestrato al marito.»

«I proiettili sono stati inviati al laboratorio e ho richiesto un pannello completo di analisi del sangue.»

«Grazie. Farò fare una prova di sparo con la pistola nella vasca balistica. Vedremo se le perizie corrispondono a quello che hai estratto dalla vittima.»

«Potresti essere fortunato, e questo caso si risolverà in fretta come volevi.»

«Più che altro, ne ho bisogno, ma non gufarmela, Doc.»

«Ce la farai, Frank, ce la fai sempre. Come sta Mary Ann?»

«Bene, nessuna reazione ma neanche nessun risultato.»

«Sai che ci vorrà del tempo per determinare l'efficacia per lei.»

«Tempo e soldi.»

«L'azienda è riuscita a concederti un qualche tipo di agevolazione?»

«Dicono che ci stanno lavorando, ma il massimo che faranno è uno sconto del venti percento.»

«Hmm, comunque costoso.»

«Senza dubbio. A loro non lo direi, ma pagherei il prezzo pieno se la aiutasse.»

«Sai, ho sempre pensato che tu avessi fatto jackpot con Mary Ann, ma ora mi sembra che siate stati fortunati entrambi a trovarvi.»

«Come sai, richiede impegno, ma non sono mai stato più felice.»

«Questa è una cosa che dobbiamo festeggiare. Ho una magnum di Conterno Barolo Riserva del 2010 che non aspetta altro che una scusa per essere aperta.»

«Non so molto sui Barolo, se non che sono costosi e che bisogna aspettare prima di berli.»

«Questo ti piacerà. Comincia a essere pronto da bere. Tu dimmi quando e lo decanterò un paio d'ore prima.»

«Sai, Doc, se non fossi già sposato... Scherzi a parte, apprezzo l'offerta e intendo accettarla come esercizio accademico per ampliare la mia cultura.»

Bilotti rise. «Basta una parola.»

Riattaccato, chiesi a Derrick di recuperare la pistola di Taras dall'armadietto delle prove e di portarla nel seminterrato per una perizia balistica. Se ne andò subito e io stampai una copia del referto dell'autopsia.

Lessi la sintesi. I proiettili erano l'informazione più utile, ma l'ora del decesso, che Bilotti aveva fissato tra le dieci e mezza e le undici e mezza, avrebbe giocato un ruolo importante se i proiettili non fossero corrisposti alla pistola trovata in casa.

Chiusi gli occhi e pensai al marito della vittima. Era intelligente e aveva soldi. Quella combinazione aveva spesso portato le persone, in particolare gli uomini, a pensare di poter superare in astuzia le forze dell'ordine. Lo squillo del telefono sulla mia scrivania mi riscosse. Era Sanchez. Uno dei suoi agenti di pattuglia aveva appena parlato con una donna che voleva vedermi.

39

MILLER

Arrivai in anticipo all'ufficio di Weinstein. Greg credeva che avessi una visita medica e che lo avrei raggiunto lì. Il rimpianto montava più rapido di un acquazzone in un pomeriggio d'estate.

Ero indeciso se assumere un altro avvocato. Weinstein stava frustrando i miei tentativi di dettare la linea. Lo pagavo, ma non mi ascoltava; aveva le sue idee su come interagire con la polizia. Mi sarei preso a calci per essermi lasciato convincere.

Ma la verità era che il detective Luca voleva parlare con Greg, e lui aveva acconsentito. Volevo impedirlo e glielo chiesi con la massima delicatezza possibile, ma lui si oppose. La mia migliore possibilità era Weinstein, ma lui pensava che parlare con un familiare che non aveva nulla da nascondere avrebbe ridimensionato la teoria della grande cospirazione.

Contestare quella logica avrebbe sollevato altre domande. Non ne ero più così sicuro.

«Come sta, signor Miller?»

«Bene. Un po' nervoso.»

«Non c'è nulla di cui preoccuparsi.»

Se solo avesse saputo. «Sa, non pensavo fosse una buona idea, ma lei è stato molto persuasivo.»

«È la mossa giusta.»

«Temo che aumenteranno i controlli sulla mia famiglia. Se questa storia viene fuori, i nostri affari ne risentiranno. Sa come sono le persone, amano sparlare.»

«Siamo sulla buona strada per lasciarci questa faccenda alle spalle una volta per tutte.»

«Continuo a non capire cosa vogliano da Greg. Non era nemmeno lì quella domenica.»

«Come già discusso, ha rilasciato una dichiarazione in cui affermava di aver visto la defunta nel tardo pomeriggio del giorno in cui è scomparsa. Il detective Luca, essendo nuovo sul caso, è naturalmente interessato a sentire i dettagli dell'avvistamento.»

«Partirà da lì, ma poi si lancerà in una caccia alle streghe. Deve tenerlo a freno.»

«Farà delle esplorazioni; è ciò che fa un investigatore. Ma è per questo che ha me. Proteggerò Greg.»

Greg? Non era lui ad aver bisogno di protezione. «Le sarei grato se non gli permettesse di imbarcarsi in una caccia inutile.»

«Lei è eccessivamente preoccupato. C'è qualcosa che vorrebbe dirmi?»

«Sono responsabile di Mark e dell'attività. Non mi fido della polizia. Hanno un'enorme pressione addosso per risolvere questo caso e l'omicidio di Park Shore. Ha visto cosa ha detto lo sceriffo? Ha promesso che avrebbe fatto giustizia per la famiglia Swift.»

«È una dichiarazione di prassi.»

«Beh, non voglio che Mark venga incastrato per questo.»

«Se non ha avuto alcun coinvolgimento nella sua morte o scomparsa, non ha nulla da temere.»

La segretaria di Weinstein annunciò l'arrivo di Greg e del detective Luca. Li incontrammo nell'atrio e ci ritirammo nella sala riunioni. Luca mi guardò con sospetto mentre sussurravo a Greg di essere breve.

Il detective Luca mise un registratore sul tavolo. «Questo colloquio viene registrato per la protezione di tutti.»

Quando Weinstein disse: «Non abbiamo obiezioni», avrei voluto pestargli un piede.

Luca enunciò i nostri nomi, l'ora e il luogo, e iniziò, chiedendo a Greg: «Voglio parlarle degli eventi del primo giugno 2013.»

Greg disse: «Tanto per essere chiari, quello è il giorno in cui Katie Swift è scomparsa, giusto?»

«Sì. Era una domenica.»

«Sì, ricordo che stavo tornando da un breve viaggio ad Atlanta.»

«Il tre giugno lei ha contattato il detective Thomas, che conduceva le indagini, e ha riferito di aver visto Kate Swift su Goodlette-Frank nel pomeriggio del primo giugno, il giorno in cui è scomparsa.»

Trattenni il respiro mentre Greg rispondeva: «Sì, è esatto. Stavo tornando a casa in auto e l'ho vista camminare.»

«All'epoca, ha detto che l'avvistamento era avvenuto verso le quattro del pomeriggio.»

«Direi di sì.»

«Direbbe? O l'ora che ha riferito è precisa?»

«Erano circa le quattro del pomeriggio.»

«E cosa stava facendo su Goodlette-Frank a quell'ora?»

«Stavo tornando a casa dall'aeroporto.»

«Capisco. Quindi si trovava sulla corsia in direzione sud di Goodlette-Frank. È corretto?»

«Sì.»

«Nella sua deposizione, ha detto che la signorina Swift era sul lato nord di Goodlette-Frank.»

Quel dettaglio mi aveva infastidito all'epoca, ma nessuno l'aveva messo in dubbio. Mi torturavo un'unghia mentre Luca chiedeva: «A che velocità viaggiava quando l'ha vista?»

«Non supero i limiti, ma non sono nemmeno un vecchio, quindi, diciamo, sulle quarantacinque miglia orarie.»

«È il limite massimo di velocità. Andando a quella velocità, identificare qualcuno dall'altra parte della strada è un'impresa.»

«Era lei; ne sono certo.»

«Ha dichiarato che si trovava sul marciapiede in direzione nord?»

«Esatto».

«Anche se si fosse trovato nella corsia di sorpasso, con lo spartitraffico e due corsie a separarvi dal marciapiede, si tratta di più di dodici metri di distanza. E stava andando veloce. È assolutamente sicuro che fosse lei?»

«Sì, ci vedo bene»

«Il detective Thomas l'ha interrogato il due giugno, ma lei non ha mai menzionato di aver visto la signorina Swift. Non capisco perché non gliel'abbia detto.»

«Non lo so. Semplicemente non pensavo fosse importante.»

«Lei non ha figli, vero?»

«Nessuno.»

«Una ragazzina era scomparsa, i suoi genitori erano disperati nel tentativo di trovarla, e lei non lo considerava importante?»

Intervenne Weinstein. «Stiamo collaborando, detective. Non ci guadagna nulla a tormentare il signor Miller.»

«Giusto, avvocato. Sto solo cercando di capire perché il suo cliente abbia omesso un'informazione cruciale mentre era in corso la ricerca di un'adolescente.»

«Mi dispiace, d'accordo? Mi sono reso conto del mio errore e l'ho chiamato il giorno dopo. Mi dispiace davvero, ma non ha avuto niente a che fare con quello che è successo a Katie.»

Il mio umore migliorò sentendo la risposta di Greg. Era esattamente quello che avrei detto io.

«Penso che lei abbia ragione. Non ha avuto niente a che fare con la scomparsa di Kate Swift.»

Ciò che disse Luca mi sbalordì. Weinstein disse: «Siamo lieti che lo riconosca. Abbiamo finito?»

«No. Il suo cliente non ha mai visto la signorina Swift.»

«Mi scusi?»

«Il signor Miller ha preso un volo da Atlanta. Il volo è

arrivato verso mezzogiorno. A meno che il suo cliente non sia tornato a piedi, sarebbe stato a casa per l'una, non per le quattro.»

Sbottai: «Non puoi dargli del bugiardo.»

«Ha inventato la storia per corroborare la tua versione. Qualcuno nasconde qualcosa, e io scoprirò chi e perché.»

Disse Weinstein: «Facciamo un passo indietro e calmiamoci.»

Luca allungò la mano e spense il registratore. «Grazie, signori.»

40

Luca

Rita Corso viveva nella casa di fronte a quella dei Taras, in diagonale. Parcheggiai davanti a un'abitazione con così tanti ornamenti in cemento armato da sembrare essere stata progettata da Gaudí. Girando intorno a una fontana enorme, mi diressi verso l'ingresso. Mentre il campanello suonava all'infinito, allungai il collo per sbirciare sopra la porta color miele.

Mi aprì una donna dall'aspetto simile a un uccellino. «Detective Luca?»

«Sì, signora.»

Mi porse la mano. «Rita Corso, piacere di conoscerla. Entri pure.»

L'interno sembrava arredato da Liberace in persona. I miei occhi non sapevano su cosa posarsi: un pianoforte a gran coda da concerto, il lampadario, la parete di specchi con cornici dorate, o la sfilza di porte scorrevoli che davano su una piscina fiancheggiata da statue.

«Bella casa, signora.»

«Grazie. La prego, mi chiami Rita. Come le dicevo, sto per uscire; mia figlia e la sua famiglia sono in città e pranzeremo al Ritz.»

Naturalmente. «Va benissimo. Cosa voleva dirmi?»

«Beh, non sono una che ama sparlare della gente; ognuno vive come vuole, sa. Io non giudico.»

«Capisco. Vada pure.»

«Sylvia si è trasferita qui solo un paio di settimane fa, e io do sempre personalmente il benvenuto ai nuovi vicini portando loro una bottiglia di champagne.»

«È molto gentile da parte sua.»

«Sapevo che qualcosa non quadrava. Se sei sposata da quarantatré anni, sviluppi un certo istinto per queste cose. Capisce?»

Annuii, e lei continuò: «Quella prima volta non disse molto, ma percepii qualcosa e due giorni dopo andai a suonarle di nuovo il campanello. Si capiva che aveva problemi con lui.»

«Con chi?»

«Paul.»

Dal modo in cui lo disse, era come se avesse appena pestato una cacca di cane.

«Cosa le ha detto che stava succedendo?»

Strinse le labbra. «La tradiva.»

«Sa con chi?»

«Disse che si chiamava Cissy, ma non so il cognome o, francamente, se sia un soprannome.»

«Ha idea da quanto andasse avanti la relazione?»

«Sylvia ha fatto capire che andava avanti da diversi mesi, forse anche un anno. Lei lo sapeva?»

«No. Grazie per avermelo detto.»

Lei sorrise. «Lo sapevo. Sa, a volte si ha quella sensazione, che anche se non si vuole fare una cosa, si deve semplicemente farla.»

Sempre. «So cosa intende. Terremo conto di questa informazione durante le indagini. Non la conosceva da molto, ma c'è qualcuno che secondo lei avrebbe potuto farlo?»

«No. Non sto dicendo che sia stato 'lui', ma è una serpe.»

Annuii. «Cosa può dirmi dei proprietari precedenti?»

Fece una smorfia. «Non mi piacevano per niente. Se ne stavano per conto loro, ma erano molto appariscenti, un po' come i tipi di Miami.»

Avrei voluto chiederle quale fosse la differenza tra sfarzoso e appariscente, ma la capii. «La casa era di proprietà di un fondo fiduciario. Per caso conosce i nomi delle persone che ci vivevano?»

«Erano ispanici. Sapevamo solo i loro nomi: Caesar e Lorena. Come ho detto, erano persone riservate. Quando ho portato loro lo champagne, non mi hanno nemmeno fatto entrare in casa. È stato un gesto maleducato, non l'ho mai dimenticato. Non hanno mai mandato neanche un biglietto di ringraziamento. Riesce a crederci? Proprio senza un briciolo di educazione.»

Era una rivelazione interessante, per quanto non inaspettata. Poteva fornire il movente per cui Taras aveva ucciso la moglie. Se l'esame balistico avesse confermato che i proiettili mortali erano stati sparati dalla pistola di Taras, il caso era chiuso.

Tornai in macchina, sapendo che i pubblici ministeri sarebbero stati felicissimi di vedersi presentare movente, opportunità e arma del delitto. E per me significava potermi dedicare di nuovo a tempo pieno al caso dei Miller.

C'era il sole, ma il cielo si stava scurendo verso est. Quando imboccai la Route 41, gocce di pioggia enormi cominciarono a battere sul parabrezza. Due minuti dopo, passando davanti al Ristorante Bellini, il sole spuntò di nuovo e la pioggia cessò. Per un attimo pensai che fosse un omaggio alle mie origini italiane, ma sapevo che si trattava solo del tipico clima tropicale del sud-ovest della Florida.

Sapevo bene di non dover contare sulla corrispondenza balistica, ma era una buona scusa per tornare al caso Swift. Chiamai in ufficio: nessun messaggio, né dall'agente immobiliare né dall'avvocato di cui i Taras si erano serviti per comprare la casa. Mi sembrava strano, ma alla gente non piaceva mai parlare con un poliziotto. Premetti l'acceleratore e sfrecciai verso la centrale.

Scivolai dietro la scrivania e inserii l'indirizzo dei Taras nel registro immobiliare della Contea di Collier. Il proprietario precedente era The Inter-Coastal Trust. Già solo il nome mi urlava East Coast.

Cercando nel database dei registri pubblici, trovai il fiduciario del The Inter-Coastal Trust: Blaine Blanco. Pronunciai il nome ad alta voce. Due volte. Sembrava un nome d'arte. L'indirizzo indicato era su South Miami Avenue.

Lo inserii nella ricerca per indirizzi. Era un palazzo di uffici in una zona del centro di Miami nota come Brickell. Blaine Blanco non aveva precedenti penali, il che non era sorprendente, come non lo era il fatto che fosse un avvocato. Dopotutto, era un attore.

Il mio cellulare vibrò: era Derrick. «Ehi, dove sei?»

«Sto giusto arrivando a Orlando. Traffico da pazzi, paraurti contro paraurti.»

«Avresti dovuto prendere la tre-zero-uno.»

«Waze mi ha fatto prendere la Route Four. Comunque, che si dice?»

«Aspetto i risultati della balistica. Nel frattempo, sto scavando sul trust da cui i Taras hanno comprato la casa. Il fiduciario è un avvocato di Miami che si chiama Blanco.»

«Hai dei contatti a Miami-Dade, vero?»

«Sì, un paio di buoni contatti. Stavo per fare una chiamata quando hai scritto.»

«Vorrei essere lì ad aiutarti, socio.»

«Pensa a sbrigare quella faccenda dell'identità. Il lavoro sarà ancora qui quando tornerai.»

«Mi annoio da morire.»

«Guida con prudenza. Devo andare, sta squillando il telefono.»

Era il laboratorio. Avevano i risultati della balistica. Afferrai la giacca e mi diressi verso la porta.

41

MILLER

Rimasi a bocca aperta mentre il detective Luca usciva. Aveva un'aria compiaciuta, ma ne aveva ben donde. Weinstein lo seguiva a ruota, e i suoi convenevoli si affievolivano. Mi voltai verso Greg; stava scuotendo la testa.

Prima che potessi ricompormi, iniziò a borbottare: «Lo sapevo. Lo sapevo.»

Mi chinai verso di lui, sussurrando: «Andrà tutto bene.»

«No, non andrà bene un cazzo.»

«Stai calmo; ne parleremo quando usciremo di qui.»

«Non avrei mai dovuto darti retta. Hai solo peggiorato le cose.»

«Ho fatto quello che dovevo. Per Mark, per tutti noi.»

«Smettila! Basta con queste stronzate!»

«Andiamo, Greg. Non fare una scenata.»

«Voglio vuotare il sacco.»

«Non puoi metterti a cambiare la tua versione, sembrerà—»

«Non posso continuare così. Comunque non importa. Sanno che ho mentito sul fatto di averla vista».

Aveva ragione. Forse confessare su quel punto sarebbe stato d'aiuto. «Parliamo con Weinstein. Sentiamo cosa dice». Abbassai la voce: «Ma solo della parte in cui l'hai vista tu.»

«Non lo so. Dovremmo dire qualcosa su Mark.»

«Cosa? Cosa vuoi dire?»

«Che è stato lui.»

«Sei impazzito? Vuoi che finisca in galera?»

«Scopriranno che è stato lui»

«E che tu hai mentito per proteggerlo. Saresti un complice o qualcosa del genere. Vuoi andare in galera con lui?»

«No, ma—»

Weinstein rientrò e chiuse la porta. «Beh, non è andata come previsto. C'è qualcosa di cui dobbiamo discutere?»

Dissi: «Forse Greg ha fatto un po' di confusione con le date e tutto il resto.»

Greg disse: «Credo di aver confuso le date. Probabilmente il detective Luca ha ragione. Penso che fosse il fine settimana prima. Ecco perché non ho detto nulla la prima volta che ho parlato con loro.»

«Se vuole ritrattare la sua deposizione, dobbiamo essere chiari sulle circostanze che hanno portato all'equivoco.»

Dissi: «Greg mi ha detto di aver sognato di vedere Katie la notte in cui è scomparsa. Te lo ricordi, Greg?»

«Uh, sì. Quando ho saputo che era scomparsa e ho

parlato con il poliziotto, non riuscivo a smettere di pensarci. Mi sentivo in colpa; la conoscevamo da tanto tempo. Quando sono andato a dormire, ho sognato di vederla e nella mia testa si è confuso tutto.»

Lo sguardo di Weinstein si spostava da mio fratello a me. «Quindi, l'ha vista, ma in sogno?»

«Sì, sembrava reale. Ho confuso le cose. Mi è già successo—»

«Dobbiamo essere certi quando modifichiamo la deposizione. È sicuro di questa, uhm, nuova rivelazione?»

«Sì. È andata così. Non posso finire nei guai per quello che ho detto nove anni fa, vero?»

«Se possono provare che l'ha detto per proteggere qualcuno, verrebbe classificato come intralcio—»

«Ma è stato un errore, un errore in buona fede. Ho solo confuso le cose.»

Lo sguardo scettico sul volto di Weinstein era comprensibile. Volevo solo andarmene da lì. Avevo bisogno di tempo per pensare alle ramificazioni di tutto questo. Weinstein disse: «Se trovano prove che lei stava tentando un depistaggio, le autorità faranno pressione per scoprire la verità.»

Dissi: «Perché non ci prendiamo una pausa? È stressante per tutti e fare un passo indietro farebbe bene.»

«Preferirei giocare d'anticipo. Prima rettifichiamo la versione dei fatti, migliore sarà l'immagine di Greg e del resto della famiglia.»

Greg disse: «Okay. Per me va bene farlo adesso. Prima ce la togliamo di torno, meglio è.»

Dovetti dire: «Okay. Però devo andare in bagno.» Guardai Greg. «Qualcun altro deve andare?»

Greg si alzò e mi seguì nel bagno degli uomini. Mi chinai per guardare sotto l'unica cabina mentre Greg stava davanti a un orinatoio. Presi quello accanto. «Manteniamo le cose semplici. Digli che l'equivoco è stato causato da un sogno.»

Lui scosse la testa. «Non posso credere che te ne sei uscito con una cosa del genere. Volevo dire la verità. Sono stufo di queste stronzate.»

«È perfetto. Tieni duro ancora un po'. Ce ne andremo di qui in un lampo.»

«Non lo so. Weinstein non se la beve.»

«Non importa quello che crede; è pagato per rappresentarci.»

«Non mi piace. Sarebbe mentire di nuovo. Lo scopriranno e finirò davvero nei guai, e io non ho fatto un cazzo.»

«Non lo scopriranno mai.»

«Questo l'hanno scoperto.»

«Era un sogno. Se non cambi versione, non possono provare che non hai sognato Kate.»

Mi guardò e si tirò su la cerniera. Sapevo di averlo in pugno. Sarebbe stato al gioco.

Weinstein rilesse la dichiarazione di Greg. «È questo il suo ricordo dei fatti?»

«Sì. È quello che è successo.»

«Farò stampare delle copie da farle firmare.» Usò l'interfono e un tuono spostò la conversazione sul tempo, finché non entrò una donna con un tailleur pantalone blu. Consegnò al suo capo una manciata di fogli.

Weinstein confrontò i fogli e lesse la prima copia. Fece scivolare le copie sulla scrivania. «Lo legga pure e firmi in fondo.»

Greg firmò tre copie e gliele restituì. L'avvocato controfirmò la sua firma come testimone e disse: «Farò recapitare questa al detective Luca tramite corriere.»

Mi alzai. «Apprezziamo il suo aiuto nel chiarire la faccenda.»

«Un momento, prego.» Weinstein mi guardò dritto negli occhi. «È estremamente difficile proteggervi se non conosco i fatti.» Aprii la bocca, ma lui alzò una mano. «Tenete a mente che qualsiasi cosa mi diciate è vincolata dal segreto professionale. Non possiamo continuare a modificare le dichiarazioni senza conseguenze negative.»

«Ce ne rendiamo conto e capiamo l'immagine che questo, uhm, episodio dà della mia famiglia. È imbarazzante.»

«Comprendo la sua responsabilità di proteggere la sua famiglia, ma in queste circostanze potrebbe non essere la posizione più prudente da assumere.»

«Cosa dovrebbe significare?»

«Siamo nelle prime fasi dell'indagine. L'ufficio dello sceriffo non ha ancora impiegato risorse considerevoli sul caso. Questo rappresenta un'opportunità per esplorare un accordo.»

«Un accordo? Assolutamente no. Non abbiamo niente—»

«Mi scusi, signor Miller. È mio dovere informarla delle sue opzioni legali. Nelle prime fasi di un'indagine, negoziare un patteggiamento a condizioni favorevoli è più facile. Ma la finestra di opportunità si sta chiudendo.»

«Grazie. Apprezziamo il consiglio, ma non si applica al nostro caso.»

42

Uscendo dal parcheggio, premetti il pulsante per la chiamata vocale. «Chiama Vinny Longo.» Era una funzione che usavo di rado e, dopo altri tre tentativi, capii perché. Accostai e composi il numero.

Io e Longo ci conoscevamo dai tempi del John Jay College. Dopo l'accademia, aveva lavorato nel quartiere di Hell's Kitchen a New York. Non so se fare il poliziotto nel Jersey fosse più facile o se avesse capito l'antifona prima di me, ma Longo si era trasferito a Miami dopo solo due anni.

«Tenente Longo.»

«Tenente? Sei un pezzo grosso, adesso.»

«Chi parla?»

«Frank, Frank Luca.»

«Ehi, Frankie. Come stai?»

«Bene. Tutto a posto, amico mio.»

«Come sta tua figlia?»

«Jessie non è più una bambina. Ha diciassette anni, si sta preparando per il college.»

«Porca miseria.»

«A chi lo dici. Come te la passi, vecchio mio ?» Non appena mi uscì di bocca, mi resi conto di quanto facilmente adattassimo il nostro modo di parlare a seconda delle relazioni.

«Vinny Junior ha quattordici anni, adesso.»

Non riuscivo a ricordare il nome di sua moglie. «E la signora, come sta?»

«Natalie sta bene. Lavora nel settore immobiliare.»

«Tempismo perfetto.»

«Guadagna molto più di me.»

«Faresti meglio a metterne un po' da parte.»

«È quello che stiamo facendo. Cosa succede?»

«Sto cercando informazioni su un certo Blaine Blanco.»

«L'avvocato?»

«Esatto. Lo conosci?»

«Aveva un fottuto cartellone sulla centonovantacinque. Ho visto la sua faccia ogni mattina per i primi due anni che ho passato qui.»

«Cosa sai di lui? Qualche legame losco con gente facoltosa?»

«È di sicuro il legale della malavita, ma lascia che faccia un paio di chiamate. Ti faccio avere tutte le informazioni sugli agganci che ha.»

«Grazie, amico .»

Chiamai Derrick. «Come va il viaggio?»

«Non me lo chiedere. Si procede a singhiozzo. Devo solo uscire da Orlando. Che c'è?»

Pensai di fare il gioco degli indovinelli a cui Derrick sembrava divertirsi tanto. «Ho ricevuto i risultati della balistica.»

«E?»

«Nessuna corrispondenza.»

«Stai scherzando?»

«Sarebbe stato troppo facile.»

«Non l'ho ancora detto allo sceriffo.»

«Vuoi che lo chiami io?»

«È meglio che per questa cosa lo chiami io. Volevo solo fartelo sapere.»

«Grazie. E adesso?»

«Sto andando da Taras. Vediamo cosa ha da dire sul fatto che tradiva sua moglie. Ho anche contattato il mio amico Longo; lavora a Miami-Dade. Farà ricerche sull'avvocato dietro al fondo fiduciario.»

ENTRANDO nella nuova area industriale vicino alla Old 41, diedi un'occhiata al parcheggio della Crypto Might. C'erano solo una manciata di auto, ed era pieno giorno. Mi chiesi come facesse a pagare per la casa multimilionaria di Turtle Hatch.

Spingendo la porta a vetri, mi divertì il riferimento a Superman che avevano usato nel logo. Poi mi venne in mente; credevo avesse detto che si occupavano di portafogli digitali. Ricordavo bene, o era un altro degli scherzi del mio cervello da chemio?

La porta non era chiusa a chiave e non avevo notato nessuna telecamera di sorveglianza all'esterno. Mi fermai a un bancone, salutando con la mano una donna che indossava delle cuffie blu neon. Era incollata allo schermo e le ci volle un minuto buono per notarmi.

Abbassando le cuffie, disse: «Posso aiutarla in qualcosa?»

«Vorrei vedere il signor Taras.»

«E Lei è...?»

«Il detective Luca, dell'ufficio dello sceriffo di Collier.»

Aggrottò la fronte. «È stato terribile quello che è successo.»

Annuii. «È qui?»

«Sì, vado a chiamarlo.»

C'erano altre cinque persone in ufficio. Era silenzioso. Tutti indossavano delle cuffie. Nessuno aveva telefoni sulla scrivania. Taras entrò nell'area comune, facendomi cenno con la mano. Mi diressi verso l'ufficio in cui era scomparso.

Avvicinandomi, lo sentii parlare. Di spalle alla porta, Taras guardava fuori dalla finestra, parlando con le sue cuffie. Usava così tanti acronimi che era difficile capire cosa dicesse. Girandosi, si tolse le cuffie.

«Mi scusi. Stiamo aggiornando la crittografia dell'intera suite e le divergenze di opinione tra i programmatori non mancano.»

«Questa storia dei portafogli digitali mi sembra troppo tecnica.»

«Sarei felice di farle un'introduzione.»

«No, grazie.» Mi diedi una pacca sulla tasca posteriore. «Continuerò a usare quello tradizionale.»

«Non so per quanto tempo ancora potrà farlo. Prevediamo un'adozione del cinquanta percento nei prossimi cinque anni e livelli di penetrazione che si avvicinano all'ottanta percento in dieci.»

«Davvero? Immagino che qualche informazione non potrebbe farmi male. Ma mi dia la versione in due parole.»

«"Portafoglio digitale" suona intimidatorio, ma in parole povere è solo uno strumento di pagamento che memorizza le informazioni delle carte di credito e di debito, eliminando la necessità di inserire i dati di una carta, strisciarla o persino portarla con sé per completare una transazione.»

«Il mio portafoglio contiene molto più che carte di credito.»

«I portafogli digitali contengono anche informazioni per convalidare l'identità di una persona.»

L'idea di andare in giro senza portafoglio era spaventosa, ma sarebbe stato bello liberarsi dei cinque centimetri su cui mi sedevo. «Interessante. Mi aspettavo di vedere più persone lavorare qui.»

«Abbiamo oltre cento collaboratori che lavorano da remoto negli Stati Uniti e altri duecento in giro per il mondo. Io sono qui perché voglio esserci. Sono fortunato a vivere e lavorare qui.»

Avevamo qualcosa in comune. «Vorrei farle un paio di domande su sua moglie e su quello che è successo.»

«Tutto quello che posso fare. Ma, prima di iniziare, ha idea di quando potrò rientrare a casa mia?»

«Verificherò con la squadra della Scientifica, ma penso che a questo punto abbiano finito.»

«Bene. Non sono particolarmente ansioso di stare

dove Sylvia è stata aggredita, ma per quanto sia bello il Ritz, vorrei essere a casa.»

«Capisco. Ha conosciuto i precedenti proprietari della casa di Turtle Hatch?»

«No. Non ho mai incontrato nessuno della parte venditrice. Il nostro agente immobiliare e l'avvocato si sono occupati di tutto.»

«Ok, verificherò quando potrà rientrare non appena avremo finito qui.»

Annuì. «Avete qualche pista su chi sia stato?»

«Niente di concreto.»

«Pensa che siano stati quegli uomini che sono venuti a casa?»

«Stiamo indagando.»

«È pericoloso tornare a casa?»

«Non crediamo.»

«E per quanto riguarda la mia pistola? Quando potrò riaverla?»

«Le restituiremo anche la sua arma. Ha superato il test balistico.»

Aveva un'espressione compiaciuta sul volto. «Capisco che sia naturale sospettare del marito, ma con me sta sprecando il suo tempo.»

L'avevo sentita più volte di quante qualcuno dicesse di dover usare il bagno. «Da quanto tempo eravate sposati?»

«Quasi dodici anni.»

«Niente figli?»

Scosse la testa. «È stata colpa mia. Sentivo di essere troppo sommerso dal lavoro per essere un buon padre.»

«Com'era il matrimonio? Il suo rapporto con Sylvia?»

«In realtà era ottimo. Abbiamo avuto i nostri alti e bassi, ma andava bene, specialmente da quando ci siamo trasferiti a Park Shore. La voleva davvero, quella casa.»

«Avventure extraconiugali?»

«Sylvia? Mai. O almeno spero di no.»

«E lei?»

«Senta, non ne vado fiero. Ho avuto una scappatella, ma è finita.»

«Con chi?»

«Oh, andiamo. Era già finita quando Sylvia è stata assassinata. Non voglio coinvolgerla, non sarebbe giusto nei suoi confronti.»

Era forse giusto che tu tradissi tua moglie? «Quanto tempo fa è finita la relazione?»

«Ehm, subito prima che ci trasferissimo.»

«E questo è stato appena un mese fa.»

«Più o meno.»

«Come si chiama?»

«Devo proprio?»

«Sì.»

«Si chiama Cecilia Newly, ma tutti la chiamano Cissy.»

43

MILLER

Parcheggiai e aprii la porta dell'ingresso dei dipendenti. «Buon pomeriggio, signor Miller.»

Era uno dei ragazzi disabili che avevamo assunto con il programma di reinserimento avviato tre anni prima. «Buon pomeriggio, John.» Mi fermai prima di entrare nel negozio. «Ehi, John. Mi sono arrivate delle ottime voci su di te. Continua così.»

«Glielo prometto. Glielo prometto davvero.»

«So che lo farai. Senti, vieni a trovarmi la settimana prossima. Penso che sia ora che tu abbia un aumento.»

«Cosa?»

«Shhh, non dirlo a nessuno. Bussa alla mia porta e basta.»

«Quando?»

«Che ne dici di lunedì?»

«È sicuro?»

«Sì, buona giornata.»

Camminando per il reparto idraulica, intravidi Mark.

Stava sistemando l'esposizione dei lavandini. Lo osservai per un paio di secondi. Stava facendo delle microregolazioni a un lavabo a colonna. Repressi l'impulso di dirgli che stava facendo un buon lavoro e tagliai per il reparto vernici.

Il pensiero che Mark potesse finire in un istituto, per non parlare di una prigione, mi buttò giù di morale. Mi chiesi cosa potesse sapere Weinstein. Il modo in cui aveva parlato, quasi sfidandomi, era preoccupante.

Gli avrei chiesto cosa sapesse, ma c'era Greg e non potevo rischiare che si mettesse a straparlare.

Sprofondando sulla sedia del mio ufficio, sapevo nel profondo di non voler sentire cos'avevano in mano. Sapevano che Greg aveva mentito, il che significava che non c'era nessuno a sostenere la mia versione, ovvero di aver visto Katie uscire di casa. La situazione era grave perché, senza una prova convincente che se ne fosse andata, avrebbero naturalmente puntato il dito contro Mark o contro di me.

Era la mia parola contro la loro, e io ero quello che definivano un membro rispettabile della comunità. Ma era chiaro che avrei potuto inventare tutto per proteggere me stesso o mio fratello. Se quel dannato corpo, o ciò che ne restava, non fosse stato trovato sulla mia proprietà, saremmo stati fuori dai guai.

Ero certo che avesse zavorrato il corpo, facendolo affondare nel fango sul fondo del lago. Dopo aver visto un film in cui i gas di un cadavere lo spingevano in superficie, avevo fatto delle ricerche. Servivano circa ventidue chili per ogni quarantacinque chili di peso. Cercai il peso dell'ancora. Non era abbastanza, ma la catena era sparita. Doveva avergliela avvolta attorno. Ricordai di aver cercato il peso delle catene e mi appoggiai allo schienale della sedia.

Il pensiero che potessero trovare le mie ricerche controllando la cronologia del mio browser mi fece mettere la testa tra le mani. Per quanto tempo conservavano quell'informazione? Avevo sentito dire che da internet non si cancella mai nulla.

Una volta trovata la mia cronologia di navigazione, si sarebbero concentrati su di me invece che su Mark. Mi squillò il cellulare. Era Benny. Rifiutai la chiamata. Arrivò un messaggio. Benny diceva che doveva vedermi. Che era importante. Perché non stava lavorando?

Gli mandai un messaggio dicendogli che ero in ufficio. Tre minuti dopo, bussò alla mia porta.

«Ehi, Bill.»

«Che succede?»

«Ho ricevuto un'altra chiamata dal detective Luca. Vuole parlarmi.»

«E tu che gli hai detto?»

«Beh, ho ignorato la prima telefonata, ma ha appena richiamato, così gli ho detto che stavo lavorando.»

«Maledizione. Perché non ci lascia in pace?»

«Sta rompendo le scatole anche a te?»

Annuii. «Anche a Mark e Greg.»

«Lo immaginavo. Non sei più te stesso da un paio di settimane.»

«Scusa. È lo stress.»

«Non devi scusarti con me, amico.»

«Grazie. Sono preoccupato che la polizia stia cercando di incastrare Mark per l'omicidio di Katie.»

«Cosa hanno contro di lui?»

«Non lo so con esattezza, ma è stato l'ultimo a vederla viva.»

«Capisco perché hai detto di averla vista andare via.»

«Cosa avrei dovuto dire?»

«Avresti potuto chiedermelo. Sarei potuto venire a casa tua e dire quello che serviva.»

Ci avevo pensato, ma non era uno di famiglia. «Grazie, ma ho pensato che la faccenda fosse sistemata.»

Si accomodò su una sedia. «Sei come tuo padre; senti di dover gestire tutto tu.»

«Chi altro dovrebbe farlo?»

«È una brutta situazione in cui trovarsi.»

«A chi lo dici. Apprezzo che tu capisca cosa sto affrontando.»

«Ma, sai, non puoi controllare tutto. Ti logora.»

«Non è stato facile.»

«A volte bisogna lasciare che le cose facciano il loro corso. E mi sembra che questo sia uno di quei casi.»

«Cosa vuoi dire?»

«So che stai cercando di proteggere Mark e tutto il resto, ma sto solo dicendo che non puoi sistemare ogni cosa.»

«Mark?»

«Andiamo, Billy. Ci conosciamo da sempre. E sono molto legato a Mark. So leggere tra le righe.»

Non mi piaceva dove stava andando a parare. «Comunque, lascia perdere. Andrà tutto bene.»

«Sai, Mark mi ha detto alcune cose su quello che è successo.»

Trasalii. «Di cosa stai parlando?»

«Andiamo, Bill. Riguardo a quello che è successo a Katie.»

«Cosa ti ha detto?»

Trattenni il respiro mentre diceva:

«Il giorno dopo la sua scomparsa, mi ha detto che avevano litigato e che aveva fatto cose che avrebbe preferito non fare.»

Ero combattuto tra il voler sapere cosa avesse detto e il voler troncare quella conversazione. «Hanno avuto una piccola discussione; credo riguardasse il fatto che stessero correndo troppo.»

«Ha detto che era per il matrimonio.»

«Matrimonio? All'epoca non avevano neanche diciott'anni.»

«Mark ha detto altro?»

«Non direttamente.»

«E cosa vorrebbe dire?»

«Capivo che nascondeva qualcosa.»

«Adesso fai lo psichiatra?»

«No, ma era evasivo. Quando insistevo per avere dettagli si impappinava.»

Mi alzai. «Insistevi? Chi ti credi di essere per fare pressioni su mio fratello? Non sta bene, e lo sai.»

«Scusa, amico. Non l'ho pressato, è la parola sbagliata. Stavo solo cercando di avere informazioni.»

«Informazioni per fare cosa?»

«Non lo so. Senti, la stai prendendo nel modo sbagliato. Non farei mai nulla per fargli del male. Io e Mark siamo molto legati, lo sai.»

Avrei voluto licenziarlo su due piedi. Feci due respiri

e dissi: «Apprezzerei davvero se non parlassi con quel detective.»

«Cosa dovrei dirgli?»

«Vuoi un avvocato? Lo pago io.»

«No, non è necessario. Posso parlargli e non dirgli niente. Non farò parola di quello di cui abbiamo appena parlato.»

«Preferirei che non gli parlassi.»

«Lo eviterò per un po', vedremo cosa succede. Se continua a starmi addosso, gli parlerò ma non gli dirò niente.»

«Sei sicuro che non dirai nulla?»

«Al cento per cento.»

«Bene, grazie. Senti, ho una giornata impegnativa davanti.»

Non appena Benny se ne fu andato, chiusi la porta e mi sedetti. Mi strappai la cravatta. Benny era un fidato amico di famiglia che aveva evitato a mio padre la prigione per omicidio stradale. Aveva mantenuto il segreto per più di dieci anni, e se la sarebbe cavata a parlare con la polizia, se fosse stato necessario.

Tuttavia, ero nervoso. Benny non era l'unico a sembrare di sapere qualcosa; anche Weinstein dava la stessa impressione. Sentivo che il detective Luca si stava avvicinando. Premetti il pulsante dell'interfono e dissi di non passarmi nessuna chiamata. Avevo bisogno di tempo per pensare.

44

Tornai in ufficio. Derrick disse: «Che succede? Lo sceriffo ti ha fatto storie?»

«Sta mettendo fretta per una svolta sul caso di Turtle Hatch. Era un detective della Omicidi: il caso non ha neanche una settimana, dovrebbe saperlo.»

«Scommetto che è stato per quell'articolo sul *Daily News*. Lo hai visto?»

«Cosa diceva?»

«Il titolo era plateale, qualcosa tipo: Omicidio blocca le vendite di case a Park Shore e Moorings.»

«Blocca?»

«Era una stronzata. Hanno citato un agente immobiliare che diceva che un cliente aveva firmato un contratto prima dell'omicidio e stava pensando di tirarsi indietro.»

«È incredibile il modo in cui i giornali sensazionalizzano le cose. Sai, credo che la cognata di Remin sia un'agente immobiliare.»

«Non capisco perché un agente immobiliare dovrebbe ingigantire la cosa. È un danno per loro.»

Sorrisi. «Magari ha delle proprietà in centro da piazzare.»

«Forse. Che ha detto Remin?»

«Vuole che mettiamo da parte il caso di Kate Swift e ci concentriamo su Taras.»

«Ha senso.»

«Lo so, ma possiamo occuparci di entrambi.»

«Sicuro.»

Squillò il telefono e Derrick rispose. «È il tuo amico Longo.»

«Ehi, Vinny. Come va?»

«Bene. Ho fatto qualche controllo sul tuo amico Blanco. È invischiato fino al collo con alcuni dei bastardi più pericolosi in circolazione.»

«Di che tipo di feccia stiamo parlando?»

«Rappresenta un grosso fornitore di droga, un tizio di nome Frisco Runyon. Lo chiamano Frisco la Padella, perché non gli si attacca mai niente.»

«Ha precedenti per omicidi su commissione?»

«Frisco è a capo di una gang che è stata collegata a diversi omicidi. Due dei suoi uomini erano sul punto di essere arrestati e sono spariti. Crediamo siano fuggiti in Colombia.»

«Sembra che abbiano una talpa che passa loro le informazioni.»

«Gli Affari Interni ci sono sopra; stanno rompendo i coglioni da mesi.»

«Puoi mandarmi le foto dei soci conosciuti di Frisco?»

«Tutti?»

«Non i pesci piccoli. I tizi che cerchiamo hanno soldi.»

«Ricevuto.»

«E, uhm, se conosci qualche scagnozzo di una gang rivale, manda anche quelli.»

«Abbiamo una scorta infinita di delinquentelli. Dammi un'ora. Vado su a parlare con la task force.»

«Grazie, amico. Ti devo un favore.»

«Nessun problema. Stavamo pensando di fare un salto da quelle parti uno di questi weekend. Ti faccio sapere, e potrai offrirmi la cena in uno di quei ristoranti chic che avete lì.»

«Ci sto. McDonald's o Wendy's, a te la scelta.»

«Sei sempre il solito, Frank. Ci sentiamo presto.»

Riattaccando, dissi: «Longo ci manderà le foto di alcuni membri della gang che Blanco rappresenta e di un paio di sicari rivali.»

«Se qualche vicino dice che erano loro a vivere lì, potremmo avere qualcosa in mano.»

«Già, e se Taras riuscirà a identificare gli uomini che ha detto essere venuti a casa—»

«Ma perché uccidere la moglie? Se volevano colpire il proprietario, la cosa non quadra.»

«Potrebbero essere venuti aspettandosi di trovare lui, o magari volevano mandare un messaggio.»

«Dannatamente spietati.»

«Senza dubbio. Intanto, l'amichetta di Taras sta per staccare dal lavoro. Vediamo cosa ha da dire.»

«Mi dispiace andarmene proprio ora. Ho la sensazione che le cose stiano per esplodere da un momento all'altro.»

«La famiglia prima di tutto. Vai e fai quello che devi. Starai via solo per una settimana o giù di lì. Ho tutto sotto controllo.»

———

CECILIA NEWLY VIVEVA in un quartiere residenziale di lusso chiamato Grey Oaks. Non avevo cercato l'indirizzo su Google, aspettandomi che vivesse in uno dei condomini più economici. Il cancello mi condusse a un'enclave di ville unifamiliari che circondavano un lago. Quando accostai davanti a una villa costruita su misura, mi chiesi come facesse a viverci un'addetta al servizio clienti della Hertz.

Non potevo immaginare che quel posto valesse meno di un milione e mezzo. Avrei dovuto controllare a chi fosse intestato l'atto di proprietà. La mia scommessa era che le tasse le pagasse Paul Taras.

La porta di mogano doveva essere alta tre metri e aveva la sommità arrotondata. Suonai il campanello e osservai tutto quello che potevo.

Una voce dolce gridò: «Arrivo subito».

Mentre dicevo: «Faccia con comodo», la porta si aprì.

«Mi scusi». Cecilia Newly era alta esattamente un metro e settantasette, come riportava la sua patente. I capelli biondi e corti le incorniciavano labbra imbronciate.

Tirai fuori il distintivo, ma lei non lo guardò. «Nessun problema».

«Be', entri pure».

Aveva un fisico atletico. Il suo busto a V la indicava come una nuotatrice. «Bel posto. Da quanto tempo è qui?» L'arredamento non era di lusso e i quadri appesi erano dello stesso tipo di roba che avevamo noi.

«Da circa otto mesi». Mi condusse in una cucina tutta bianca. Indicò l'isola. «Le dispiace sedersi al bancone? Vorrei iniziare a preparare la cena. Ho lezione di yoga tra un'ora».

«Va benissimo». Presi uno sgabello rivolto verso il giardino. «Da qui sembra che il lago e la piscina siano collegati».

«Sì, hanno fatto un buon lavoro con il bordo a sfioro».

«Sa, l'amico di un amico sta cercando di affittare una casa come questa. Si affitta qui?»

«Ehm, sì, è quello che sto facendo io».

«Chi è il padrone di casa? Paul Taras?»

«A dire il vero, è lui. Perché?»

«Semplice curiosità, dato che mi risulta che voi due aveste una relazione».

«Ce l'abbiamo ancora».

«Non è quello che ha detto lui».

«Deve aver capito male».

«Da quanto va avanti la vostra relazione?»

«A fasi alterne da circa tre anni».

Mi ero dimenticato di mettere la vibrazione al telefono e squillò. «Scusi». Lo tirai fuori per silenziarlo. La chiamata era di Benny Alston. Che cosa voleva? La rifiutai, ma continuava a pesarmi.

«Conosceva la defunta?»

Sorrise. Era un bel sorriso; capii cosa avesse attratto Taras in lei. «Non proprio, ma era lei a conoscere me».

«Paul Taras Le ha mai detto che avrebbe lasciato sua moglie?»

«Il loro matrimonio era finito da un pezzo. Lei non voleva concedergli il divorzio».

Quello era un punto da approfondire. «Le ha mai dato l'impressione di volersela togliere di mezzo?»

«Intende dire, ucciderla?»

«Sì».

«No, non farebbe mai una cosa del genere».

«Ne è sicura? Non lo protegga, perché se l'ha fatto a una donna, lo rifarebbe».

Fece una risatina prima di dire: «Paul non ha le palle per fare una cosa del genere».

Fu una delle risposte più strane che avessi mai sentito. «Avrebbe il fegato di ingaggiare qualcuno per fare il lavoro sporco?»

«Forse». E di nuovo quel sorriso.

«Dov'era la mattina in cui Sylvia Taras è stata uccisa?»

«Ero al lavoro».

«Alla Hertz?»

«Sì. So che pensa che Paul paghi per tutto, ma io sono molto indipendente».

A quel punto, non c'era molto altro che mi servisse da lei. Avrei verificato il suo alibi e se Paul Taras avesse voluto il divorzio. Ero ansioso di richiamare Benny Alston.

45

Luca

Con lo sguardo fisso sulle mini-ville mentre scendevo lungo il viale d'accesso, ripensai a ciò che aveva detto Cissy Newly. Aveva smentito le parole di lui, sostenendo che la relazione fosse ancora in corso. Aveva anche lasciato intendere che fosse iniziata anni prima.

Che Taras stesse cercando di eliminare la relazione come movente? I commenti sul divorzio, se veritieri, avrebbero dimostrato che stava mentendo. Cos'altro era una menzogna?

Aprii la portiera dell'auto, lasciando uscire un po' di caldo, e tirai fuori il cellulare. Misi in moto, accesi l'aria condizionata al massimo e avviai la chiamata. Regolando la bocchetta perché l'aria mi arrivasse in faccia, aspettai che Alston rispondesse. Non lo fece. Scattò la segreteria telefonica. Lasciai un messaggio.

Si stava facendo tardi. Mary Ann doveva fare la sua seconda iniezione domattina. Aveva detto che non c'era bisogno che andassi, ma per quanto volessi dedicare il mio tempo a dare la caccia a quegli assassini, la sensazione che stesse per succedere qualcosa di brutto mi perseguitava.

Chiamai l'ufficio per controllare le foto che Longo aveva detto mi avrebbe mandato. Sorrisi. Il mio amico aveva mantenuto la promessa. Un piano si consolidò nella mia testa: sarei passato subito dall'ufficio a prendere le foto. Dopo la visita medica di Mary Ann, sarei andato con le foto dalla vicina per vedere se riconosceva qualcuno.

Avrei tenuto Taras per ultimo. Aveva delle domande a cui rispondere. Sorrisi all'idea di prenderlo in contropiede. Perché non divertirsi un po' e vedere come reagiva?

APRII la portiera dell'auto a Mary Ann. «Lascia che ti aiuti».

«So entrare in macchina da sola, Frank. Ho fatto un'iniezione, non un'operazione chirurgica».

«Lo so, cercavo solo di essere d'aiuto».

Svoltando su Livingston, chiesi: «Senti qualcosa?»

«Sono passati solo venti minuti».

«Il medico ha detto che l'effetto è cumulativo, che una reazione avversa potrebbe manifestarsi sempre prima a ogni iniezione».

«È solo la seconda».

«Quindi ti senti bene?»

«Sì, Frank. Sto bene».

Aprii la portiera del guidatore dopo aver parcheggiato nel nostro vialetto. Mary Ann disse: «Non c'è bisogno che tu scenda. Va' al lavoro». Si sporse e mi diede un bacio sulla guancia. «Ci sentiamo dopo».

«A dopo». Aspettai che la porta del garage si chiudesse dietro di lei prima di fare retromarcia e uscire dal vialetto.

Aggirai il furgone dei giardinieri e mi fermai davanti alla casa che avevo soprannominato Mini-Bellagio. La sera prima avevo diviso le foto in due gruppi: gli uomini che avrebbero potuto vivere in casa Taras e i possibili sicari.

Distesi quelle che avrei mostrato alla vicina e scelsi la foto dell'uomo con la riga in mezzo. Era un piccolo gioco che mi piaceva fare per vedere quanto fosse acuto il mio intuito. In realtà non era istinto. Era un'ipotesi, ma comunque divertente.

Con le foto in mano, scesi dall'auto e percorsi il vialetto. La casa non sembrava così sfarzosa; era ancora troppo sovraccarica, ma era ben fatta.

Rita Corso aprì la porta. «Buongiorno, signora Corso».

«Piacere di rivederla, detective».

«La ringrazio per il suo tempo, signora. Non ci vorrà molto. Come le avevo accennato, vorrei mostrarle le foto di un paio di uomini che potrebbero aver vissuto in casa Taras prima che si trasferissero loro».

Chiuse la porta dietro di me. «Pensa che siano stati loro a farlo a Sylvia?»

Era interessante notare come più le persone fossero vicine a un omicidio, più sembrassero riluttanti a usare le parole "uccisa" o "assassinata". Suppongo che portasse la brutalità troppo vicino a casa. «Anche se non posso discutere di un'indagine in corso, posso dire che in un crimine come questo esaminiamo ogni possibile collegamento».

«La comunità apprezza la sua diligenza, detective Luca».

«È nostro dovere, signora». Tirai fuori le foto dalla busta. «Ci sono quattro uomini che vorrei che guardasse. Veda se qualcuno di loro assomiglia all'uomo che viveva lì». Le porsi la prima foto. Scosse subito la testa. «No. I suoi occhi sono troppo vicini».

Sostituii la foto con un'altra. Lei la guardò con attenzione, avvicinandosela agli occhi. «Quest'uomo mi è familiare. Non potrei dire con certezza che fosse lui, però.»

«Va bene.» Me la ripresi e le porsi quella che avevo scelto.

«No. Aveva i capelli pettinati all'indietro.»

Mi ero sbagliato. «Ecco l'ultima.» Mentre le porgevo la fotografia, lei disse: «È lui. È Caesar.»

«È sicura?»

«Sì, è lui.»

«La ringrazio. È tutto ciò che mi serviva. Mi è stata di grande aiuto.»

«Ehm, lui non verrà a sapere che l'ho identificato, vero?»

«Non si preoccupi, signora. Questa cosa resta tra noi.»

Il vero nome dell'uomo era Roberto Caldera. Era uno dei bracci destri della banda di Frisco. Non ero sicuro di cosa significasse, però. Caldera era un poco di buono.

L'unica possibilità che avesse senso era che una banda rivale avesse ordinato di farlo fuori. Non sapevano che Caldera avesse venduto la casa e avevano ucciso Sylvia Taras per sbaglio.

Se le cose fossero state così, la faccenda avrebbe dato un significato tutto nuovo all'essere nel posto giusto al momento sbagliato. Era un altro promemoria del fatto che tutto poteva succedere.

Vedere Paul Taras assumeva ora un nuovo significato. Ottenere un'identificazione di uno o più scagnozzi da Taras avrebbe portato il caso in una direzione che non avevo previsto.

Saltai in macchina. Resistendo all'impulso di accendere i lampeggianti, svoltai a sinistra sulla Route 41 verso l'attività di Taras. Il traffico era scarso, ma nella mia testa c'era un gran fermento. Avvicinandomi a Wiggins Pass Road, il cellulare squillò.

Era Benny Alston. Risposi. Mentre parlava, accostai nel parcheggio di un ristorante italiano chiamato Limoncello. Era uno di quei posti che avremmo voluto provare, ma che chissà come non ci ricordavamo mai di visitare. La cosa stava per cambiare. In base a quello che Benny mi aveva appena detto, non avrei mai dimenticato dove mi trovavo quando l'avevo saputo.

46

«Signor Miller? C'è il signor Weinstein sulla linea uno».

«Digli che sono in riunione».

«Gliel'ho detto, ma ha risposto che era importante».

Sospirai. «Va bene, dammi un minuto». Controllai l'ora e dissi: «Scusate, ragazzi, riprendiamo domani, diciamo, alle dieci?».

«Perfetto».

Mentre raccoglievano le loro cose, fissai la luce intermittente. Cosa voleva? La porta si chiuse. Feci un respiro profondo e risposi: «Pronto, signor Weinstein. Non poteva aspettare?».

«Temo di no».

Strinsi le dita attorno al bracciolo della sedia. «Qual è il problema?».

«Ha chiamato il detective Luca e vuole interrogare Mark».

«Non può farlo».

«Dobbiamo collaborare. In base a ciò che mi ha rivelato, se ci rifiutiamo, otterrà un mandato di comparizione per costringere Mark a presentarsi».

Rivelato? «Co-cosa ha detto?».

«Ha un testimone che sostiene che Mark abbia ammesso di aver causato la morte di Kate Swift».

Un testimone? «Chi? Chi l'ha detto?».

«A questo punto non lo sappiamo».

Balzai in piedi dalla sedia. «È una stronzata. Lo dice tanto per dire».

«Ha detto che è una persona vicina alla famiglia».

Il pensiero di un traditore mi lasciò senza fiato. Se fosse stato Greg, non mi sarei mai ripreso. «Vicina alla famiglia o parte della famiglia?».

«Ha detto vicina. Non credo che sia un membro della famiglia».

«Cosa faremo?».

«Prepareremo Mark al meglio e daremo loro la possibilità di interrogarlo».

«Oh no. No. Lui è... Posso essere presente?».

«No, ma non si preoccupi. Ci sarò io con lui».

«È un disastro».

«Si calmi, signor Miller. Se dovessi ritenere che si stia incriminando da solo, interromperò tutto e potremo valutare le nostre opzioni».

«Quali opzioni?».

«Potremmo esaminare la sua capacità di intendere e di volere, se il tribunale stabilisse che non è in grado di comprendere le domande o le implicazioni delle sue risposte, e forse lo stato mentale in cui si trovava quando si è verificato l'evento».

Capitolo 46

«Lei parla come se lui, uh, lo avesse fatto a Kate».

«Non sto insinuando nulla. Il fatto è che è stata mossa un'accusa e bisogna difendersi».

«È una follia. Dobbiamo scoprire chi è la spia».

«Quello che dobbiamo fare è affrontare l'accusa. Se questa storia andrà avanti, avremo l'opportunità di scoprire chi è il testimone».

Mi lasciai cadere sulla sedia. Era un disastro. Non solo Mark sarebbe finito in prigione, ma probabilmente io sarei finito nella cella accanto per aver cercato di proteggerlo. Che cosa avrei fatto?

47

LUCA

Non era da me rallegrarmi di dover presentare un rapporto sullo stato delle indagini, ma Remin voleva essere tenuto aggiornato e io avevo più informazioni del solito.

Lo sentivo mentre faceva un cazziatone a qualcuno. Avrei scommesso che si trattasse del sergente di squadra Romero. Avevo sentito dire che uno dei suoi uomini aveva avuto un alterco con un cittadino che per poco non lo metteva sotto. L'autocontrollo era una buona norma, ma a volte anche i migliori venivano messi a dura prova oltre ogni limite.

Mi abbaiò di entrare. Normalmente mi sarei sentito a disagio, ma portavo buone notizie per tirare su il morale allo sceriffo.

«Come sta, signore?»

«Sono certo che mi ha sentito». Scosse la testa. «L'unica fortuna è che non sembra esserci una registrazione del, uhm, diverbio. Per ora».

Mi sembrava improbabile. Poteva essere stato registrato da qualcuno che capiva le difficili circostanze in cui si trovavano gli agenti. «Non è mai facile là fuori».

«Non capisco. Quel tizio ha cercato di investire un poliziotto. Cosa c'è che non va nella gente, oggi?»

Quella domanda veniva subito dopo quella sul senso della vita. «Vorrei poterLe rispondere, ma abbiamo fatto progressi significativi sia nell'omicidio di Park Shore sia nel caso irrisolto Swift».

«Ho proprio bisogno di buone notizie».

Spiegai della chiamata di Benny Alston. Lo sceriffo disse: «Non mi è piaciuto come è stato gestito Mark Miller. Se fossi stato qui ai tempi, avrei fatto più pressione».

«Sembrerebbe che il lustro della famiglia e la condizione del ragazzo abbiano reso le cose delicate».

«Sei sempre stato leale, Frank. Ma non hanno fatto abbastanza. L'unica cosa che gli concedo è che all'epoca era un caso di persona scomparsa».

Annuii. «Interrogheremo Mark Miller e saremo rispettosi, ma intendo metterlo sotto pressione».

«Hai il mio appoggio. Sarà interessante vedere dove ci porterà. Vorrei aver saputo prima di questo caso. Non possiamo permettere che l'opinione pubblica pensi che una famiglia come i Miller sia al di sopra di ogni sospetto».

«Sono d'accordo, signore. Andiamo dove ci portano le prove».

«Hai menzionato il caso Taras: che cosa hai?»

Dissi allo sceriffo che avevamo identificato il precedente proprietario e che c'erano buone probabilità che potesse essere stato un caso di scambio di persona.

«Sarebbe la cosa più triste che ci sia».

«Lo so, ma non ho ancora chiuso con il marito. C'è una notevole differenza tra ciò che dice lui e ciò che ha detto la sua amante. Lei sostiene che la relazione fosse ancora in corso e che lui stesse cercando di ottenere il divorzio».

«Dobbiamo rendere questo caso la nostra priorità».

«Posso occuparmi di entrambi, signore. Ci stiamo avvicinando alla soluzione del caso Swift e mi spiacerebbe perdere lo slancio che abbiamo».

Si accarezzò il mento. «Dickson è in vacanza. Potrebbe farti comodo un aiuto».

«È solo una settimana, signore. Ho tutto sotto controllo».

«Quando convochi Mark Miller?»

«Domani».

«Va bene, vedi come va e poi torna a Park Shore».

WEINSTEIN E IL SUO CLIENTE, Mark Miller, erano nella stanza degli interrogatori. Sullo schermo, l'avvocato stava chiacchierando con il suo cliente. Mark sembrava nervoso, ma non eccessivamente. Normalmente, avrei giocato con la temperatura della stanza, lasciando che diventasse sgradevole. Era un trucco infantile, ma sentivo che mi dava un vantaggio. Visto ciò che sapevo di Mark, non mi sembrava giusto e lasciai perdere.

Bussai alla porta ed entrai. Weinstein si alzò in piedi e

LA RAGAZZA DEL LAGO

mi presentò a Mark. Di solito non andavo d'accordo con gli avvocati, ma Weinstein era un tenace difensore dei diritti dei suoi clienti, eppure era uno che giocava pulito.

Mark continuava a far schioccare la mascella, il che distoglieva l'attenzione dal suo bell'aspetto. La sua voce era un po' più flebile di quanto mi aspettassi, ma trovarsi sotto interrogatorio metteva la maggior parte della gente a disagio.

Premetti il pulsante di registrazione e, dopo aver recitato le formalità di rito, dissi: «Grazie per essere venuto oggi, signor Miller».

«Mi chiamo Mark».

«Certo. Grazie per essere venuto, Mark. Ho alcune domande. Se ha bisogno di una pausa in qualsiasi momento, basta che lo chieda».

Guardò il suo avvocato, che disse: «Basta che tu me lo dica, Mark. Sono qui per te, e andrà tutto bene. Sei pronto a iniziare?».

Mark annuì e io chiesi: «Eccellente. Si ricorda l'ultima volta che ha visto Kate Swift?».

Annuì di nuovo.

«Dovrà dare le sue risposte a voce. Si ricorda il giorno?».

Tracciò un cerchio sul tavolo con l'indice e continuò a ripassarlo. «Mh-mh. È passata Katie; indossava dei pantaloni bianchi. A me piacciono i pantaloni bianchi. A Lei?».

«Sì. Che cosa ha fatto quando è arrivata?».

«Abbiamo sfrecciato per tutto il lago».

«Con la sua barca?».

«Già».

«Che momento della giornata era?».

«Non lo so. C'era un gran sole, tipo nel pomeriggio».

«Per quanto tempo è rimasta?».

«Non lo so. Abbiamo fatto il giro del lago, come facciamo sempre. È così divertente sfrecciare dappertutto».

«Lei o Kate siete entrati in acqua?».

«No. Io ho sempre il costume da bagno, ma Katie no. Volevo che guidasse lei, come faceva una volta».

«Si è arrabbiato quando non ha voluto timonare la barca?».

«Chiunque sia il capitano si diverte. Volevo che si divertisse come una volta».

«Era arrabbiato con lei?».

Mark si strinse nelle spalle. «Non lo so».

«Kate non si stava divertendo?».

«Un po', credo».

«È sicuro di non essere arrabbiato con lei?».

«Non mi arrabbio mai con lei. Siamo migliori amici, per sempre».

«Qualcuno ha detto di aver ammesso di essere arrabbiato con Kate e di averci litigato».

Scosse la testa. «Non è vero. Non è vero. Noi non litighiamo mai».

Mark parlava come se lei fosse ancora viva. Stava forse escludendo quello che era successo? «È normale litigare. Tutti discutono di tanto in tanto. Io e mia moglie ogni tanto bisticciamo. Capisce che dicendo che non litigava mai con Kate, è difficile da credere?».

Si rivolse a Weinstein. «Perché dicono questo?».

«Va tutto bene, Mark, non ti innervosire. Rispondi sinceramente e basta».

«Ma lo sto facendo. La mamma ha detto di dire la verità e io lo faccio. Tranne una volta, che ho mangiato tutta la torta che aveva fatto zia Cathy, e lei si è arrabbiata un sacco, così ho detto che ne avevo presi tipo due pezzi».

Avevo già avuto a che fare con qualcuno con una lesione cerebrale. Prima di venire a Naples, un marine, rimasto ferito in un incidente d'auto, era sospettato di omicidio. Fu impossibile capire se avesse ucciso l'uomo che lo bullizzava.

Detto questo, qualcosa nel suo modo di parlare e agire sembrava genuino. Il mio pensiero andò a suo fratello maggiore, Bill. Lo avevo considerato un sospettato quasi fin dall'inizio.

«Okay, Le crediamo. Ora, quel giorno, il primo giugno, era una domenica. C'era il sole e Katie è passata da Lei. Chi altro c'era?»

«Nessuno. Solo io e lei.»

«Nessun altro a casa? Dove abita?»

«C'era Billy.»

«Suo fratello?»

«Uh-huh.»

«E basta? Nessun altro?»

«Oh, è passato anche Benny.»

«Benny Alston?»

«Sì.»

«A che ora è stato?»

«Non lo so. I-io non ricordo.»

Qualcuno bussò alla porta. Lo sceriffo mise dentro la testa. «Detective Luca, devo parlarLe.»

Era insolito. Stava interferendo? Misi in pausa la registrazione e mi scusai. Uscii nel corridoio e Remin mi mise una mano sulla spalla.

«Mi dispiace, Frank, ma ha chiamato Mary Ann. La stanno portando d'urgenza all'NCH.»

«Perché la portano in ospedale?»

«Non lo so. Schneider sta aspettando nel parcheggio; La accompagnerà lui.»

Rimasi lì, sconvolto.

«Si muova. Continuo io l'interrogatorio.»

48

MILLER

Camminavo avanti e indietro per la stanza. Weinstein mi aveva promesso che mi avrebbe chiamato non appena avessero finito l'interrogatorio. Era passata l'una. Che diavolo stava succedendo?

Forse se n'era dimenticato. Sollevai la cornetta per chiamarlo, quando il mio cellulare vibrò. Era Weinstein.

«Perché ci ha messo tanto?»

«Beh, è durato più del previsto, ma in parte è stato perché è subentrato lo sceriffo.»

«Lo sceriffo? Perché? Che sta succedendo?»

«È stato inaspettato, ma non ci legga nulla di particolare.»

«Cos'è successo?»

«Il detective Luca ha avuto un'emergenza personale e lo sceriffo Remin l'ha sostituito.»

«Non avrebbero dovuto semplicemente rimandare?»

«Lo sceriffo è interessato al caso.»

«Interessato? Che diavolo significa? Voglio sapere

cos'è successo, ogni maledetto dettaglio, e dov'è mio fratello? Sta bene?»

«L'ho riaccompagnato a casa. Era un po' scosso.»

«Scosso?»

«Non è stata la scelta di parole migliore. Questi interrogatori possono essere estenuanti, ma sta bene.»

«È meglio per lui. Ora mi dica cos'è successo.»

«Come le dicevo, il detective Luca ha condotto parte dell'interrogatorio prima di andarsene. Ha interrogato Mark con un approccio, diciamo, più morbido. Mark si è comportato molto bene e, anche se era presto, pensavo che l'interrogatorio si sarebbe concluso positivamente.»

«Ha intenzione di dirmi che diavolo è successo?»

Weinstein si schiarì la gola. «Luca ha posto diverse domande su Mark e Kate sulla barca e se quel giorno fosse arrabbiato con lei. Domande abbastanza standard. Ha chiesto chi fosse presente e Mark ha fatto il Suo nome.»

«Certo che c'ero. È casa mia, dannazione.»

«Le sto solo fornendo i dettagli che ha richiesto. Luca ha insistito per sapere chi altro fosse presente e Mark ha detto che c'era Benny Alston.»

«Non era lì. Si sarà confuso; eravamo andati a giocare a golf prima.»

«Questo potrebbe spiegarlo, ma lo sceriffo Remin è entrato nella stanza e ha chiamato fuori il detective Luca. Abbiamo fatto una breve pausa, durante la quale lo sceriffo ha riesaminato l'interrogatorio fino a quel momento.»

«Perché non ve ne siete andati?»

«Lei è ben consapevole che eravamo lì per rispondere alle loro domande.»

«Sì, sì, sì. Cos'è successo con lo sceriffo?»

«È stato insistente nel suo interrogatorio, e penso che abbia innervosito Mark perché è ripartito dall'inizio, riformulando domande che il detective aveva già posto.»

«Non ha obiettato?»

«Certo che l'ho fatto, ma è una strategia consueta usata dalle forze dell'ordine per vedere se qualcuno cambia la sua risposta. In questo caso, Mark l'ha cambiata.»

«Cosa ha detto?»

«Ha dichiarato che era infastidito dal fatto che Kate avesse fretta.»

«Probabilmente era deluso. Questo non significa nulla.»

«Quello da solo, certo che no. Ma ha ammesso di aver cercato di spaventarla quando lei ha rifiutato l'opportunità di pilotare la barca.»

«Cosa ha fatto?»

«Ha cercato di ribaltare la barca.»

«Cosa? E perché l'avrebbe fatto?»

«Presumo che fosse frustrato. È un problema, perché dimostra una sconsideratezza che si sposa con la narrazione che stanno cercando di costruire.»

«Oh, santo cielo. Non mi dica che c'è altro.»

«C'era un'altra cosa. Ha detto che Kate era infastidita perché si era bagnata per come stava guidando e che si era arrabbiata con Mark.»

«Erano solo ragazzi che si divertivano, per l'amor di

Dio. Non riesco a credere che stiano montando un caso su tutto questo.»

«Credo che dovrebbe prepararsi a un esame più approfondito.»

«Io? O Mark?»

«Entrambi. Mark ha chiesto di Lei diverse volte, e lo sceriffo lo ha messo alle strette chiedendogli se fosse Lei a dirgli cosa dire.»

«È ridicolo. Sono suo fratello maggiore e praticamente il suo tutore legale. Certo che dipende da me.»

«Ne sono certo. Tuttavia, Mark ha insinuato che Lei lo abbia corrotto per farlo stare zitto.»

«Corrotto? È una pazzia. Probabilmente era solo confuso, tutto qui.»

«Ha sostenuto che Lei gli ha comprato una barca nuova come ricompensa.»

Le mie ginocchia si piegarono. «È ridicolo.»

«Ha comprato una barca nuova?»

«Sì, ma non c'entrava niente con tutta questa storia.»

«Quanto di recente?»

«Non ricordo esattamente.»

«Dopo che i resti sono stati ritrovati?»

«Sì.»

«Mmm.»

«Cosa intende con quel "mmm"? Non mi crede?»

«Sono pagato per rappresentarLa. Quello che credo non è importante.»

«E questo cosa vorrebbe dire?»

«Sto cercando di capire i fatti che circondano questo caso. Conoscerli mi permette di fornirLe la migliore assistenza legale possibile. Non ha nulla a che fare con il credere.»

«Lei sa tutto quello che c'è da sapere. Mark non ha niente a che vedere con la morte di Katie.»

«Preso atto.»

Il modo in cui disse «preso atto» mi irritò. Lo stavo pagando quattrocento dollari l'ora, e lui mi stava assecondando. «Qual è la nostra strategia d'ora in poi?»

«Aspettiamo. Sapremo presto se lo sceriffo emetterà un mandato di arresto.»

«Mandato di arresto?»

«Sì.»

«Non hanno nulla per arrestarlo.»

«Alla polizia basta una causa probabile. Non avranno problemi a convincere un giudice a firmare un mandato.»

«È una follia. Cosa faremo?»

«Se emetteranno un mandato, negozierò la resa. Dobbiamo evitare un arresto pubblico. La stampa non Le farebbe bene.»

Riattaccai, schifato. Non avevamo alcun rapporto con lo sceriffo Remin. E poi che ci faceva lui in mezzo a questo caso? La sfortuna della mia famiglia era già terribile, e ora un'emergenza personale di un detective aveva portato Mark a un passo dall'arresto. Come diavolo avrei potuto gestire la sfortuna?

49

LUCA

L'idea che Remin stesse ficcando il naso nel mio caso avrebbe dovuto tormentarmi. Ma finché Mary Ann fosse stata bene, lo sceriffo avrebbe potuto anche dormire nella mia camera degli ospiti. Schneider si fermò sotto la tettoia spiovente sopra l'ingresso e io mi precipitai fuori.

Ero titubante se chiamare Jessie. Si sarebbe arrabbiata per aver aspettato, ma avevo bisogno di capire cosa stesse succedendo. Era la settimana degli esami finali e non volevo che si precipitasse qui se non fosse stato grave.

Mentre mi affrettavo verso il reparto di pronto soccorso, la situazione sembrava grave. Un'infermiera mi accompagnò attraverso una grande sala suddivisa in aree da tende. Il rumore di qualcuno che vomitava era inconfondibile: era mia moglie.

La lunga lista di effetti collaterali mi sfrecciò in mente in una frazione di secondo. Il vomito era una reazione avversa. Ciò che mi spaventava era ricordare che avrebbe potuto essere il segnale di un problema più grande.

Con una mano sulla schiena di Mary Ann, un'infermiera teneva una bacinella vicino al viso di mia moglie mentre lei rigettava quel poco che le era rimasto. Aveva una flebo nel braccio ed era pallida come un fantasma.

«Ehi, Mary Ann, come ti senti?»

«Uno schifo.»

Aveva un brutto aspetto, ma avevo imparato cosa dire a una donna. «Stai benissimo. Cosa dice il dottore?»

L'infermiera disse: «Le abbiamo fatto un prelievo di sangue e di urine e stiamo facendo degli esami».

«Le ha detto che sta assumendo un farmaco sperimentale per la sua SM?»

«Sì, abbiamo chiamato il suo neurologo.»

«Il vomito è un effetto collaterale. L'ho letto.»

«Potrebbe esserne la causa, ma dobbiamo fare degli accertamenti. Accusa dolore all'addome, che potrebbe essere collegato all'appendice. La porteremo a fare un'ecografia per precauzione. Torno subito.»

Le tenni la mano. «Ti senti meglio?»

La risposta mi arrivò quando si piegò in avanti, con un conato di vomito nella bacinella. Poi si lasciò ricadere sul cuscino.

«Tieni duro. Capiranno cos'hai.»

«Non l'hai detto a Jessica, vero?»

«No. Volevo prima vedere come stavi.»

«Non dirle niente. Non voglio che si preoccupi.»

«Glielo dirò quando sapremo qualcosa.»

Arrivarono l'infermiera e un inserviente. Ignorandomi, portarono via mia moglie in barella per l'ecografia.

Andai in una sala d'attesa piena di bambini che piangevano, genitori preoccupati e sedie a rotelle. Controllando l'ora, cercai di ricordare gli impegni di Jessie. Dava ripetizioni ai bambini delle elementari due volte a settimana, giocava a calcio e frequentava corsi di danza, oltre a tutti i suoi impegni sociali. Doveva sapere, e io avevo bisogno di compagnia.

Tirai fuori il telefono e arrivò un SMS. Era Derrick. Chiedeva di Mary Ann. Le brutte notizie si spargevano in fretta quando colpivano un collega o la sua famiglia. A volte la mancanza di privacy mi infastidiva, ma la fratellanza era confortante. Esausto, mi accomodai su una sedia.

Il dolore alla schiena mi svegliò. Studiai il petto di Mary Ann. Dormiva. Mi stiracchiai e presi il telefono. Erano le dieci e mezza. All'accettazione dissi che sarei andato a casa a fare un sonnellino e una doccia. Sarei tornato alle sei.

MI SQUILLÒ IL CELLULARE. Era lo sceriffo Remin. «Pronto, Sceriffo.»

«Come sta Mary Ann?»

«Sta bene. È già a casa.»

«Bene. Cos'è successo?»

«Alla fine era un'intossicazione alimentare.»

«Può essere fastidiosa.»

«Ero preoccupato che fosse per il nuovo farmaco che sta prendendo. È sperimentale, con una sfilza di effetti collaterali.»

«Come va la sua SM?»

«È un po' peggiorata. Ha avuto una serie di ricadute,

ecco perché abbiamo deciso di provare il nuovo farmaco.»

«Speriamo che funzioni. Dille che ho chiesto di lei.»

«Certo, signore. Com'è andato il resto dell'interrogatorio con Mark Miller?»

«Per me, è stato lui. Presenterò quello che abbiamo e chiederò un mandato d'arresto.»

«Vuole arrestare Mark Miller? Per l'omicidio di Swift?»

«Sì.»

«Cosa ha detto?»

«Ne parleremo quando torni. Nel frattempo, prenditi cura della tua famiglia.»

«Ma...»

«Niente ma.»

Fissando il telefono, cercai di capire che diavolo fosse successo. Cosa aveva detto Mark Miller per convincere lo sceriffo ad arrestarlo? Mi ero forse sbagliato a credere che non fosse coinvolto?

Ripassai mentalmente il breve interrogatorio che avevo condotto, chiedendomi se mi fosse sfuggito qualcosa. Mark era stata l'ultima o la penultima persona ad aver visto Kate Swift viva. Questo lo rendeva un sospettato. Mark aveva una lesione cerebrale che poteva causare un comportamento anomalo. Forse era stato lui.

Derrick doveva saperlo. Mentre tiravo fuori il telefono, Jessie mi chiamò: «Papà, devo andare a scuola. Puoi aiutare la mamma? Deve andare in bagno.»

Il mio primo dovere era verso Mary Ann, ma sarebbe stata bene nel giro di un giorno. Qualunque cosa lo sceriffo stesse pianificando poteva durare una vita intera.

50

LUCA

Derrick aveva un gran da fare. Volevo chiedergli di tornare prima, ma non ne trovavo il coraggio. Proprio quando avevo lasciato perdere, mi chiamò. «Ehi, Frank, come stai?»

«A dire il vero, mi sono preso un bello spavento». Per qualche motivo, mi ritrovai a usare modi di dire che disprezzavo. Cosa significavano esattamente «a dire il vero» o «devo essere onesto»? Che le altre volte che aprivi bocca stavi mentendo?

«Che è successo?»

«Mary Ann è stata portata d'urgenza in ospedale. Pensavo fosse per il farmaco sperimentale, ma si è rivelata un'intossicazione alimentare».

«Ugh, e di cosa?»

«Sembra sia stato del pollo poco cotto».

«Una volta ho avuto un'intossicazione alimentare per delle vongole, volevo morire, è stata terribile».

«Anche io. Ecco perché non mangio mai le vongole gratinate».

«Nemmeno io le tocco».

«Come va lì?»

«Non benissimo. Stiamo cercando un posto dove sistemare sua zia. Non può più vivere da sola, è un disastro».

«Mi dispiace sentirlo».

«Non fa niente. Che è successo con Mark Miller?»

«Mary Ann si è sentita male nel bel mezzo dell'interrogatorio, lo sceriffo ha preso il mio posto e ora vuole arrestarlo».

«Perché? Cosa ha detto?»

«Non molto, quando gli ho parlato io. Penso che Remin stia cercando di spaventare il ragazzo per farlo parlare».

«Oh, cavolo. Mi dispiace, sarei dovuto essere lì a darti man forte».

«Non ti preoccupare. Appena arrivo, vado dallo sceriffo a scoprire che diavolo sta succedendo».

METTERSI gli occhiali in testa quando non li si usa era una cosa che facevano in molti. Ma Remin aveva l'abitudine di spingerli fino a una certa posizione sulla fronte. Trovavo che avesse un aspetto strano e la cosa mi distraeva.

Lo sceriffo aveva un piede appoggiato su un cassetto aperto mentre era al telefono. Mi fece cenno di sedermi mentre parlava con qualcuno della sua **campagna** per mantenere la carica ereditata da Chester.

Cercavo di tenermi fuori dal lato politico delle cose e pensavo che la stabilità fosse tanto importante per il dipartimento quanto la competenza. Ma se Remin aveva intenzione di intromettersi, stavo cambiando idea.

Prima di riattaccare, disse a chiunque fosse di ricordare che lui era un uomo qualunque e che questo doveva essere il fulcro di ogni pubblicità. Era un **tema** comune. Ai politici piaceva sostenerlo, ma non lo vivevano mai.

«Mi scusi, Frank».

«Nessun problema».

«Come sta Mary Ann?»

«Sta benissimo, grazie».

«Cosa la preoccupa?»

Ha fatto irruzione nel mio caso e vuole sapere cosa voglio? «Il caso Swift. Ha detto che stava pensando di arrestare Mark Miller».

«Sì, esatto».

«Sono confuso, sceriffo. Che prove abbiamo?»

«Quello che ha detto durante l'interrogatorio».

«Cos'è venuto fuori?»

«C'erano diverse incongruenze, ma è più per quello che non è venuto a galla. Nasconde qualcosa, e suo fratello lo sta favorendo. Lo portiamo dentro, lo isoliamo e crollerà.»

«Ne è sicuro?»

«Ti sei dimenticato che ero un detective della omicidi prima di avere questo incarico? E posso dire che era in un distretto con dieci volte i casi che abbiamo a Collier, grazie al cielo.»

Mi ha appena lanciato una frecciatina? «La mia percentuale di casi risolti...»

«Stai calmo, Frank. Nessuno sta mettendo in dubbio le tue capacità. Tu concentrati sul risolvere l'omicidio di Park Shore. A questo ci penso io.»

«Mi sta togliendo il caso?»

«Non te lo tolgo, ti assisto. Al momento sei più impegnato del chirurgo plastico di Cher.»

Misi da parte l'analogia per un uso futuro. «Ma posso farcela. Un momento, è per via di Mary Ann?»

«No, Frank. Appena incastri l'assassino di Park Shore, ti riprenderai questo caso.»

«Posso occuparmi di entrambi.»

«La mia decisione è definitiva.»

Cosa stava succedendo? «Vorrei esaminare l'interrogatorio di Mark Miller.»

«Non sei sul caso, al momento.»

«Ma siamo vicini a una svolta sull'omicidio Taras, e vorrei essere aggiornato sul caso Swift.»

«Fa' pure. Ma non a spese della contea. Abbiamo bisogno che ti concentri su Park Shore.»

Pronto a strapparmi il distintivo e a gettarlo sulla sua scrivania, mi costrinsi a dire: «Sissignore.»

Scendendo le scale a fatica come un ragazzino che ha perso il suo posto da interbase alla vigilia del campionato, cercai di capire cosa fosse successo. L'unica cosa che avesse senso era la sua campagna elettorale. Avrebbe usato il caso Swift per dimostrare di essere attivo nel far trionfare la giustizia. Un'ape operaia piuttosto che una regina. Doveva essere per forza quello.

Remin aveva ragione: ero impegnato, magari non

come un chirurgo plastico di Hollywood, ma Derrick era fuori gioco, mia moglie aveva le sue esigenze e avevamo un nuovo omicidio da risolvere. Ma in fondo, lui voleva la pubblicità, se le cose fossero andate per il verso giusto. Se invece fosse andato tutto a rotoli, sapevo che il caso sarebbe atterrato sulla mia scrivania, e Remin sarebbe stato lontano quanto i generali che ordinarono lo sbarco in Normandia.

Dovevo vedere il video o almeno leggere la trascrizione. Leggendo avrei potuto scorrere il testo. Sarebbe stato più veloce. Sarei andato da Paul Taras, per mostrargli le foto degli scagnozzi e vedere se riusciva a far corrispondere qualcuno di loro agli uomini che si erano presentati a casa sua. Dopodiché, sarei passato da Mary Ann. Se stava bene, sarei tornato in ufficio, avrei chiuso la porta e mi sarei tuffato nella trascrizione.

51

LUCA

Era difficile non pensare di aver commesso un errore a tornare in polizia. Come investigatore privato non potevo dare la caccia agli assassini, ma avevo anche a che fare con molte meno stronzate. Le bollette venivano pagate, e stavo più a casa. Mentre sfrecciavo sulla Route 41, pensai che l'unica cosa di cui avrei dovuto preoccuparmi era l'assicurazione sanitaria.

Dirigendomi a ovest sulla Neapolitan Way, vidi l'insegna del Ciabo. Era un ristorante in cui ero stato con Bilotti. Lui conosceva i proprietari, e per loro non c'erano problemi se si portava il vino. Il dottore si assicurava sempre che il proprietario ne avesse un assaggio. Non ero sicuro se fosse solo per la sua indole generosa e l'amore per il vino, o se fosse un'assicurazione per non pagare il diritto di tappo.

Andare da uno strizzacervelli aveva i suoi vantaggi. La dottoressa Bruno mi aveva portato a comportarmi in modo meno irrazionale, ultimamente. Mi aveva detto di fare un passo indietro, di riflettere bene sulle cose per evitare di fare qualcosa di cui mi sarei pentito. Mi aveva dato degli strumenti da usare e le ero debitore per avermi aiutato a diventare più equilibrato.

Finito l'interrogatorio, avrei chiamato Bilotti. Mi avrebbe calmato lui. Svoltai a sinistra su Crayton Road e rallentai all'avvicinarsi di Turtle Hatch Road. Stavo per svoltare quando un'auto uscì di colpo e mi superò. Dovetti guardare due volte. Sembrava Cecilia Newly.

Taras aprì la porta. Indossava dei pantaloni di lino bianchi. Mi fecero pensare all'uomo presente alla commemorazione di Swift.

«Entri, detective.»

«Grazie. Non ci vorrà molto.»

Lo seguii in cucina. C'era un portatile aperto, e un monitor enorme occupava un terzo del tavolo in pietra.

«Oggi lavoro da casa.»

«Impegnato?»

«Non riesco a starci dietro. La domanda per i nostri prodotti è alle stelle. Non possiamo riposarci, però, dobbiamo stare un passo avanti ai ladri informatici.»

Avrei voluto augurargli buona fortuna. «Portafogli digitali, chi avrebbe mai creduto che avrebbero avuto un tale successo? Il ritmo del cambiamento è spaventoso.»

«Niente di cui aver paura. Si informi e andrà tutto bene. Come le ho già offerto, se posso fare qualcosa per aiutarla a mettersi al passo, me lo faccia sapere.»

Il suo tentativo di costruire un rapporto non era troppo palese, ma sarei rimasto in guardia. «Grazie. Vorrei vedere se riesce a identificare gli uomini che sono venuti qui un paio di sere prima dell'omicidio di sua moglie.»

«Certo. Più ci penso, più la teoria dello scambio di persona mi sembra probabile.»

Tirai fuori quattro foto. Tre erano di scagnozzi di una gang di Miami e una di un agente che lavorava al magazzino delle prove. Gli porsi la prima foto. «Lo riconosce?»

Guardò l'immagine. «Non direi.»

La scambiai con un'altra. «Mmm, questo mi sembra familiare.»

«Era qui?»

«Non ne sono sicuro.»

«Andiamo avanti.» Prese quella successiva.

Taras annuì. «È lui. È questo qui.»

«Ne è sicuro?»

«Al cento per cento.»

«Va bene, dia un'occhiata all'ultima. Potrebbe essere l'altro.»

«No, l'altro aveva il naso più grosso e più capelli.»

«Okay. Questo è molto utile.»

«Pensa che siano loro?»

«Vedremo.»

«La prego di tenermi aggiornato. Devo tornare al lavoro.»

«Ho un paio di domande che necessitano un chiarimento.»

Si guardò l'orologio. Era uno di quelli costosi, non uno smartwatch che ci si aspetterebbe da un esperto di tecnologia. «Devo prepararmi per una riunione su Zoom.»

«Non ci vorranno più di cinque minuti.»

«Va bene.»

«Lei ha detto che la relazione con Cecilia Newly era finita.»

«Sì.»

«Non secondo lei. Ha detto che era ancora in corso.»

«Per quanto mi riguarda è finita, ma lei non vuole mollare.»

«Quando è stata l'ultima volta che l'ha vista?»

Taras esitò. «A dire il vero, è appena stata qui.»

«Quindi è ancora in corso, allora.»

«È più complicato di così.»

«Me lo spieghi.»

«Senta, la storia ha fatto il suo corso, ma Cissy non vuole lasciar perdere, se capisce cosa intendo.»

«Capisco. Per quanto tempo siete stati insieme?»

«Circa un anno.» Aggiunse, per cautelarsi: «Ne sono abbastanza sicuro.»

«La signorina Newly ha detto che si tratta più di quattro anni.»

«Sta esagerando.» Aggiunse un'altra precisazione evasiva. «Voglio dire, ci siamo conosciuti circa quattro anni fa, ma non era una cosa seria. Ci vedevamo di tanto in tanto, ma non era una relazione.»

Ero quasi certo che sua moglie, buonanima, non sarebbe stata d'accordo. «Tradire sua moglie per quattro anni, o da quanto tempo lo fa con la signorina Newly o con altre, è un bel po' di tempo. Non sarebbe stato più facile divorziare?»

«Non volevo il divorzio.»

«Ha un accordo prematrimoniale?»

«Senta, questo interrogatorio sta entrando nella sfera

privata. Non vedo il motivo di rispondere ad altre domande di questo tipo. Non sono stato un marito perfetto e non vado fiero di alcune delle, uhm, cose che ho fatto, ma non c'entro nulla con la morte di Sylvia.»

Era l'ennesima dichiarazione di innocenza da parte di una persona di interesse. L'avevo sentita innumerevoli volte: alcune erano veritiere, ma troppe altre no. Non sapevo da che parte sarebbe finita la dichiarazione di Taras.

Con la portiera dell'auto aperta per far uscire il caldo, rimasi a guardare la casa dei Taras. Era una bellezza, e costosa. Lui era un milionario che si era fatto da sé, e ciò significava che in certi ambiti della vita era intelligente.

Guidando lungo Crayton Road, cercai di capire se Taras stesse tentando di depistarmi. L'uomo che aveva indicato come quello venuto a casa sua era un poliziotto. Era un altro testimone oculare notoriamente inaffidabile, o ero stato fortunato con la sua tattica diversiva?

52

MILLER

La sala da ballo era gremita di gente rumorosa. Era giunto il momento. Mi voltai verso Sally, la direttrice dei banchetti del Ritz. «Credo che la sala sia quasi pronta. Diamo il via a tutto questo.»

«Con piacere, signor Miller.»

Mentre lei si portava qualche passo davanti a me, scrutai la folla, sperando che avessero bevuto abbastanza da superare la raccolta dell'anno precedente. Salii i gradini del palco mentre lei zittiva la sala. Il cellulare mi vibrò. Diedi una sbirciatina. Era Weinstein.

Sentii pronunciare il mio nome e scoppiò un applauso. Sforzai un sorriso e mi diressi verso il podio.

«Buonasera. Sono onorato che siate venuti così numerosi a sostenere il Golisano Children's Health Center. La vostra continua generosità è una testimonianza della bontà delle persone che abitano in questo nostro angolo di paradiso. Fatevi un caloroso applauso.»

Mentre la folla si dava una pacca sulla spalla, mi chiesi

cosa volesse Weinstein. Erano cattive notizie? La folla si calmò e io continuai, dicendo loro che avevano dato all'organizzazione la fiducia necessaria per avviare i lavori di una nuova struttura a East Naples.

Dopo un breve video di bambini malati per toccare le corde del cuore, conclusi: «Niente di ciò che facciamo è possibile senza il vostro aiuto. Faccio un appello a nome loro, e chi potrebbe dire di no a questi bambini? Mostriamo loro il nostro sostegno superando di slancio la cifra raccolta l'anno scorso.»

Le acclamazioni mi fecero stare bene. L'ospedale avrebbe raccolto una bella somma, oggi. Sorridendo, salutai con la mano i presenti, cercando di stimare a quanto sarebbe ammontata la raccolta. La tasca sul petto mi vibrò. Mi affrettai a scendere dal palco.

Strinsi qualche mano e chiacchierai con la co-presidente vicino ai tavoli dell'asta silenziosa. Mi scusai per andare alla toilette e uscii. Tirando fuori il telefono, mi diressi verso una nicchia accanto a una sala conferenze vuota e chiamai.

«Mi scusi, sto presiedendo l'evento del Golisano.»

«In bocca al lupo. È un'ottima causa.»

«Lo è di certo. Cosa succede?»

«Temo che abbiano emesso un mandato di arresto per Mark.»

Mi appoggiai al muro. «Oh, mio Dio. Non c'è proprio niente che possiamo fare?»

«No, ma organizzeremo una difesa energica.»

«Non posso crederci.»

«Fortunatamente, hanno acconsentito a permettere a Mark di costituirsi.»

«Entro quando deve farlo?»

«Ho fissato per mezzogiorno di domani.»

«È un disastro. Devo dirlo a Mark.»

«Vuole che lo faccia io?»

«No, no. È meglio che lo sappia da me.»

«Capisco.»

«Cosa succederà? Sarà rilasciato su cauzione?»

«Dopo essere stato registrato, verrà citato in giudizio e si dichiarerà colpevole o innocente.»

«Deve dichiararsi non colpevole.»

«Se è quello che vuole.»

«Lui non sa cosa vuole.»

«Se le cose stanno così, dovremmo richiedere una perizia psichiatrica.»

«No. Non voglio fargli passare anche questo. La useranno contro di noi e finirà in un istituto.»

«Potrebbe essere utile fare un passo indietro e pensarci bene.»

«Non ne ho bisogno. Verrà rilasciato su cauzione, giusto?»

«L'accusa non si opporrà con troppa veemenza.»

«È meglio per loro. Quanto tempo ci vuole per tutto questo?»

«Generalmente, le udienze di convalida si tengono da un paio d'ore dopo la schedatura fino al giorno successivo. Dipende da quanto è oberato il tribunale».

«Non può passare la notte lì».

«È qualcosa che va oltre il nostro controllo».

«Certo che possiamo. Chi conosce laggiù? Inizi a fare qualche telefonata».

«Non funziona così».

«Certo che funziona. Crede che le celebrità facciano tutta la trafila?».

«Io...»

«Prenda quel telefono. Ora devo andare».

La mia mente andava a mille. Come glielo avrei detto a Mark? Ci sarebbe andato a mezzogiorno. Quanto ci sarebbe voluto, un'ora per le impronte digitali e per tutto il resto? Anche con due ore di burocrazia, si sarebbero fatte circa le due. A che ora il tribunale teneva di solito le udienze? Nella maggior parte delle serie TV che guardavo si tenevano di notte.

Non volevo che restasse solo troppo a lungo. Avrei accompagnato lui e Weinstein alla centrale e sarei rimasto in tribunale durante l'udienza di convalida. Se fossimo riusciti a evitargli di passare la notte in una cella con chissà chi, se la sarebbe cavata.

Dargli la notizia non sarebbe stato facile. Cosa potevo promettergli di comprargli? Doveva essere qualcosa di bello. Qualcosa su cui potesse concentrarsi. Vidi Sally entrare nel corridoio. Si diresse verso di me, riportandomi alla realtà di una folla di donatori mezzi brilli da lusingare.

«Sta bene?».

«Dev'essere stato qualcosa che ho mangiato. Ho dovuto, uhm, fare una corsa in bagno».

«Si sente meglio?».

«Un po', ma non so quanto posso resistere».

Cuffie in testa, Mark era per terra a giocare a un videogioco. Fece un cenno col capo quando entrai nel suo campo visivo. Alzai un dito e lui mise il gioco in pausa. «Come va?».

«Non a questo gioco, ma a quello di prima, ho spaccato».

Quella parola mi fece rabbrividire. «Meglio del mio record di sempre?».

Si rimise le cuffie. «Già».

«Aspetta un attimo. Devo dirti una cosa».

«Cosa?».

«Allora, non spaventarti, perché andrà tutto bene».

«Cosa?».

«Beh, sai tutto questo parlare di ciò che è successo a Katie e di parlare con la polizia».

«Sì?».

«Beh, vogliono parlarti di nuovo. Ma stavolta sarà un po' diverso».

I suoi occhi scrutarono il mio viso.

«Domani andremo alla centrale, e ti registreranno».

«Come in TV?».

«Più o meno. Dovrai restare lì per un po', poi vedere il giudice prima di poter tornare a casa».

«Tu ci sarai, vero?».

«Potrò stare con te solo per una parte del tempo. Ora, non agitarti, ma dovrai aspettare il giudice in una cella».

«In prigione?».

«Non è una vera prigione, solo un posto dove tengono le persone prima che il giudice parli con loro».

«No! Io non ci vado!» Tornò al videogioco.

Spensi la TV.

«Ehi, lasciami in pace».

«Mark, questa è una cosa seria. Calmati e ascoltami. Lo so che non vuoi farlo, ma se lo fai, che ne dici se ti prendo qualcosa? Qualcosa di veramente speciale».

«Tipo?»

«Potremmo prendere un'altra barca, una da pesca, e uscire nel Golfo.»

«Mi piace il lago.»

«Ok, pensavo che fosse ora che avessi una casa tutta tua. Potremmo costruirne una proprio vicino al lago.» «Mi piace la mia stanza.»

«Che ne dici di uno di quei nuovi sistemi per la realtà virtuale? Possiamo prendere uno di quei nuovi monitor curvi e...»

«Davvero? Posso averlo? Posso?»

«Certo. Ora, quando sarai alla stazione di polizia, non dire niente a nessuno di Katie. D'accordo?»

«D'accordo. Quando potrò avere il kit per la VR?»

«Dopo che il giudice avrà fatto il suo, andremo dritti al negozio.»

«E quando sarà?»

«Domani a quest'ora starai già giocando con un nuovo setup.»

53

Luca

Feci capolino fuori. Mary Ann stava leggendo sulla veranda. Alzò lo sguardo. Le chiesi: «Come ti senti?»

«Bene. Mi sono appisolata per una quindicina di minuti e mi sento come nuova.»

«Ottimo. Hai bisogno di qualcosa?»

«No. Stai uscendo?»

Mi leggeva nel pensiero meglio del giallo che teneva in grembo. «Voglio passare a parlare con Remin del caso Swift.»

«Ci vediamo dopo.»

Mi aspettavo che mi chiedesse del caso, ma era quella la differenza principale tra noi due. Quando eravamo entrambi in servizio, se arrivava un ordine dall'alto, lei lo accettava e andava avanti. Ora, di fronte alla SM, Mary Ann aveva ristretto il suo mondo. Era preoccupata per la sua famiglia, la sua salute e forse per la casa.

Io? Per me era difficile non fare il poliziotto del pianeta. Sapevo che era una battaglia persa, ma se tutti si fossero arresi, che tipo di mondo avrebbe ereditato Jessie?

———————

RIMESTAVO il cibo nel piatto mentre Mary Ann e Jessie chiacchieravano come due adolescenti. La bella sensazione che mia moglie fosse quasi al massimo delle forze era svanita, sostituita dalla paura crescente che la mia opinione non contasse nulla per lo sceriffo. Avevo perso la discussione sull'arresto di Mark Miller.

Mary Ann non la vedeva così. Poteva anche avere ragione, ma se voleva quel dannato caso, avrebbe dovuto prenderlo fin dal primo giorno. Una volta entrato in un luna park, non me ne sarei andato a casa senza un peluche.

«Papà? Papà, ci sei?»

«Eh, sì. Stavo solo pensando.»

«È arrabbiato con lo sceriffo per un caso.»

«Cos'è successo?»

«Niente.»

«Odio quando fa così!»

«Ok, ok. Stavo lavorando a un caso, sai quello vecchio in cui quella ragazza, Kate Swift, è scomparsa e hanno trovato i suoi resti?»

«Certo. Cosa le è successo?»

«Non ne siamo ancora sicuri, ma lo sceriffo sembra pensarla diversamente da me, e...»

«Ti ha scavalcato?»

«Sì.»

«Accidenti.»

Mentre Mary Ann diceva: «Si riprenderà», mi squillò il cellulare. Era Bilotti.

«Ehi, Doc. Come stai?»

«Bene. Ho saputo del caso Swift.»

Tutti sapevano che ero stato estromesso dal caso. «Già, be'. Non ne sono felice, ma è lui il capo.»

«Infatti. Come sta Mary Ann?»

«Sta benissimo. Abbiamo appena finito di mangiare.»

«Vuoi venire da me ad annegare i dispiaceri in quel Barolo di cui ti ho parlato? Avremo la casa tutta per noi.»

Guardai Mary Ann. «No, non posso. Voglio restare nei paraggi, non si sa mai.»

Mary Ann disse: «Sto bene, Frank. Vai pure a fare quello che state combinando voi due. Assicurati solo di tornare con Uber.»

AVERE un amico come Bilotti è uno dei tesori della vita. La vita scorre così in fretta, le persone si danno per scontate. Finché non ci sono più. Nessuno è perfetto e a volte ci infastidiamo a vicenda. Non ero bravo in questo, ma cercavo di concentrarmi sui pregi di chi conoscevo, non sui loro difetti.

Stavo bene nella mia pelle. Non riuscivo a concepire di vivere la vita di qualcun altro. Potevo immaginare la mia vita con molti più soldi, ma non volevo essere una rockstar o chiunque altro. Scendendo dall'Uber, pensai che se fossi stato costretto a scegliere di essere qualcun altro, Bilotti sarebbe stata una buona scelta.

«È un piacere vederti, Frank.»

«Grazie per avermi invitato.»

Lui sorrise. «Immaginavo che avessi bisogno di una sessione di lamentele.»

Proprio in quel momento capii che era un amico migliore di quanto pensassi. Sapeva che la sclerosi multipla di Mary Ann poteva peggiorare con lo stress e non voleva che me ne stessi a casa a rimuginare.

Lo seguii in cucina. «Hai capito tutto male. Sono venuto solo per il vino.»

«L'ho decantato appena abbiamo riattaccato.»

«L'intera magnum?»

«No, non riesco più a bere come una volta. Avevo il Conterno anche nel formato da settecentocinquanta.»

Un paio di bicchieri e una bottiglia di vino vuota erano posati accanto a un pretzel di vetro pieno di vino. «Adoro quel decanter.»

«È bello da vedere ma non è pratico. Difficile da versare e fragile da morire.»

Afferrò il decanter e ne versò una piccola quantità in ogni bicchiere. Bilotti mise due dita sulla base del bicchiere e fece roteare il vino. Ci infilò il naso e inspirò profondamente. «Oh, questa è una meraviglia. Sento sentori di rosa, un po' di catrame...» Prese un sorso, chiuse gli occhi e rimase in silenzio.

Colsi l'occasione per far roteare il mio bicchiere e annusai. Non sentii quello che aveva sentito lui, ma forse c'era un sentore di cioccolato, ed era piuttosto terroso. Non era una bomba di frutta, ma più leggero, elegante.

«Il finale è lungo. Circa quaranta secondi. Come ti sembra?»

«Sembra più leggero, giusto? E non so, ma forse c'è un po' di cioccolato?»

«Potrebbe essere. Non sentirti sotto pressione a identificare ciò che stai assaggiando. Sii solo consapevole. Ti verrà in mente.»

Ciò significava niente cioccolato. «È uva nebbiolo, giusto?»

«Esatto.» Annusò, poi bevve un sorso. «Questo è divino.»

Assaggiai di nuovo. «È buono, ma sembra cambiato.»

«Assolutamente, si svilupperà nel corso della prossima ora, se il vino durerà così a lungo. Sediamoci dentro.»

Prese il decanter e ci sedemmo nel salotto. Eravamo circondati da foto della sua famiglia, inclusa una figlia che aveva perso e dei viaggi fatti. Chiese: «Stai bene?»

«Certo.»

«Sei sotto molta pressione per Mary Ann e per quello che è successo con lo sceriffo.»

«Mary Ann è l'unica cosa che conta.» Lo dissi, ma non era del tutto vero. «Remin... non so cosa dire.»

«Cosa è successo?»

Lo misi al corrente.

«Devo darti ragione, è un ex della omicidi, sente di non stare esagerando. Se risolve il caso, ha qualcosa su cui fare campagna elettorale. Deve sapere che sembra che Blazer si candiderà.»

«Ma è un estraneo.»

«La Contea di Charlotte non è la Virginia.»

«Lo so. Lascia che ti chieda una cosa, sono preoccupato per questo ragazzo. Be', non è un ragazzo, ma con la lesione cerebrale, sembra comportarsi come tale. È reale?»

«Non conosciamo abbastanza il cervello, ma sappiamo che una lesione grave può causare cambiamenti della personalità. Il cervello regola le emozioni e gli impulsi.»

«Rabbia e aggressività?»

«Sì, e potrebbe scatenare una mancanza di consapevolezza di sé e persino la violenza.»

«Che tristezza.»

«Già. Sei quasi a secco, lascia che te ne versi ancora un po'.»

Mentre Bilotti mi riempiva il bicchiere, la mia paura di arrestare Mark si attenuò. Era l'alcol o quello che aveva detto il dottore riguardo alle lesioni cerebrali?

54

Insonne per tutta la notte, valutai se non fosse arrivato il momento di gettare la spugna. Nonostante tutti i miei sforzi per fargli da scudo, Mark sarebbe stato arrestato. Sembrava che non ci fosse nulla che potessi fare per impedirlo. Anche la strategia dell'infermità mentale era stata bloccata.

Non volevo percorrere quella strada, ma misi da parte la paura per evitare a Mark di finire nel sistema giudiziario. Ma quando la sera prima avevo chiamato Weinstein, dandogli istruzioni di seguire quella via, mi aveva detto che Mark avrebbe dovuto comunque costituirsi il giorno dopo. Avrebbe seguito lo stesso iter: prima delle perizie psichiatriche e delle udienze.

Certo che Mark non capisse come sarebbe stata la giornata, misi una cialda nella macchinetta del caffè.

«Prendi un'altra tazza?»

Era la mia quarta. «Mi sento ancora confuso.»

Lei abbassò la voce. «Hai fatto tutto il possibile. Anche troppo, se vuoi il mio parere.»

«Sento di averlo deluso.»

«È ridicolo.» Si guardò intorno. «Se è stato lui, merita di finire dentro per un bel pezzo.»

«È mio fratello.»

«Non importa. Chiunque uccida deve risponderne.»

Era difficile ammetterlo, ma Cathy aveva ragione; se aveva ucciso Katie, doveva pagarne il prezzo. Tutto ciò che volevo fare era aiutarlo. Non potevo abbandonarlo del tutto, ma ora dovevo concentrarmi sul proteggere me stesso.

Tenevo d'occhio l'orologio mentre controllavo le e-mail. Mentre stavo scrivendo una risposta al nostro responsabile delle risorse umane, scoccarono le nove. Feci una telefonata.

«Signor Weinstein. Sono Bill Miller.»

«Buongiorno. Cosa posso fare per Lei?»

«Mi chiedevo se ci fosse la possibilità che io sia nei guai.»

«In relazione al caso Swift?»

«Sì, ma non ho avuto nulla a che fare con quello che le è successo.»

«Ma è preoccupato per ciò che potrebbe aver fatto nel tentativo di proteggere suo fratello?»

«Era così evidente?»

«A tratti.»

«Pensa che io sia a rischio?»

«Dipende. Ha aiutato a nascondere il corpo?»

«No, non farei mai una cosa del genere.»

«A sbarazzarsi di un'arma?»

«No.»

«Qualsiasi coinvolgimento diretto?»

«Nessuno.»

«Tutto ciò che ha fatto è stato dopo l'evento?»

«Sì. Non ho mai saputo veramente che lei fosse, uh, morta. Avevo una brutta sensazione, ma era solo quello.»

«Mark Le ha detto di essere stato lui?»

«No, ma ho fatto due più due...»

«Ma non aveva alcuna conoscenza diretta dell'omicidio.»

«Esatto, nessuna.»

«Dato quello che ha detto, potrebbe esserci interesse nei Suoi confronti, ma credo che sarebbe per intralcio alla giustizia.»

«Mi spieghi.»

«Omettere o fabbricare informazioni è un reato perseguibile penalmente. Per esempio, se la Sua affermazione di aver visto la signorina lasciare casa Sua si rivelasse falsa, ricadrebbe nella fabbricazione di prove. I Suoi tentativi di proteggere Mark verrebbero classificati come intralcio e depistaggio delle indagini.»

Weinstein non mi aveva mai creduto. «Non perseguono questo tipo di reati di questi tempi.»

«Certo che lo fanno. Anche se non è un evento di tutti i giorni, bisogna dare l'esempio per evitare che l'accusa si diffonda.»

«E io sarei un buon esempio?»

«Purtroppo, potrebbe essere così.»

«Quali sono le pene?»

«Fornire false informazioni è un reato minore di

primo grado in Florida, punibile con una reclusione fino a un anno e una sanzione pecuniaria.»

«Non mi metterebbero dentro... vero?»

«Improbabile, ma a seconda della gravità delle violazioni, è possibile.»

Non potevo dire a Cathy cosa mi preoccupava e uscii nella veranda. Il modo in cui il lago scintillava al sorgere del sole a est era magico. Desiderai di avere qualche magia da poter usare per tirarci fuori da quel pasticcio.

In piedi sul molo, razionalizzai che con la nostra potenza di fuoco legale, eravamo messi bene. Nonostante la tentazione di fare di me un esempio, le possibilità di finire in prigione, anche solo per un giorno, erano remote.

Le cose di cui preoccuparsi erano Mark e l'attenzione mediatica che avrebbe attirato sull'azienda di famiglia. Quando papà si tolse la vita, assunsi un'agenzia di pubbliche relazioni. Non sapevo se sarebbe servito, ma dovevamo cambiare l'argomento di cui si parlava quando si trattava della famiglia Miller.

Fecero un bombardamento mediatico, concentrandosi sulla lotta che mio padre aveva dovuto intraprendere per rendere la sua attività un successo nell'era dei grandi magazzini. Ci dipinse come gli sfavoriti, e gli affari aumentarono del 20 percento.

Tirai fuori il telefono. Fissando lo schermo, soppesai le scarse probabilità che non ne avremmo avuto bisogno. Scorsi i contatti e premetti il tasto di chiamata. Era ora di coinvolgerli.

Weinstein accostò l'auto all'ingresso posteriore della stazione. Parcheggiò. «Sei pronto, Mark?»

Mark mi guardò. Dissi: «È più che pronto. Sarà tutto finito in un paio d'ore. Meno di quanto ci vuole per fare una partita di golf.»

Mark annuì.

Allungai la mano verso la maniglia della portiera. «Ricorda, dopo di questo, andiamo dritti a prendere quel set per la realtà virtuale.» Gli strinsi il ginocchio. «Andiamo, finiamola in fretta.»

Fece un debole sorriso e scese. Due agenti in divisa uscirono di corsa dalla porta sul retro e Mark si nascose dietro di me. «Non lasciare che mi prendano.»

Gli agenti svoltarono a sinistra, salendo su un'auto di pattuglia. Dissi: «Stai tranquillo, andrà tutto bene.»

Weinstein tenne la porta aperta e io feci entrare Mark. Era più silenzioso di quanto mi aspettassi. Ci sedemmo lungo una parete. Misi un braccio intorno a Mark mentre lui dondolava avanti e indietro.

Una coppia di agenti si avvicinò. Weinstein si alzò e ci presentò. Tirai Mark in piedi. Il poliziotto più basso mi disse: «Si allontani, signore.» Mi scansai mentre gli agenti si posizionavano ai lati di mio fratello.

«Mark Miller, lei è in arresto per l'omicidio di Kate Swift.»

Un poliziotto gli lesse i suoi diritti mentre l'altro gli metteva le manette. Mi tappai le orecchie mentre Mark urlava. Lo stomaco mi si rivoltò.

Mark si rifiutò di camminare. Mentre gli agenti lo trascinavano via, seppi che non avrei mai dimenticato quel momento per il resto della mia vita.

55

LUCA

Quando l'Uber si fermò davanti a casa mia, ero di nuovo in piena crisi per l'imminente arresto di Mark Miller. Il conforto che mi avevano dato le parole di Bilotti sull'impatto di una lesione cerebrale sul comportamento impulsivo ed emotivo era svanito.

Ora, a consumarmi era il pensiero della confabulazione. Non avevo mai sentito quel termine prima d'ora. Bilotti mi aveva spiegato che quella condizione portava il cervello a inventare storie per colmare le lacune della memoria.

Se Mark stava confondendo la realtà, non avrebbe dovuto essere arrestato, ma sottoposto a una perizia sulla sua capacità di intendere e volere. Perché Weinstein non insisteva per una dichiarazione del genere? Non aveva senso.

Mi raddrizzai. Che fosse quello il piano fin dall'inizio? Sostenere che qualsiasi cosa Mark avesse detto fosse un miscuglio di realtà e fantasia? L'ebbrezza del vino diminuì di parecchio mentre consideravo la possibilità di una simile posizione legale. Era un'idea geniale.

Avremmo avuto bisogno di prove materiali, e tutto ciò che avevamo erano prove circostanziali. Erano amici; era l'ultima persona ad averla vista, e i suoi resti erano stati trovati nella proprietà dei Miller.

Erano molte prove circostanziali e, unite a ciò che Alston aveva detto che Mark gli aveva raccontato, avrebbero potuto convincere una giuria. Ma dov'era la verità?

REMIN NON AVEVA RISPOSTO alla mia e-mail di richiesta di incontro. Chiamai la sua segretaria. Lo sceriffo era fuori, a tenere una presentazione sui predatori sessuali. Afferrai la giacca e uscii per andare a trovare un amico di Paul Taras. Invece di andare alla mia macchina, attraversai di fretta il campus e aprii le porte del tribunale.

«Ehi, Frank. Testimoni di nuovo?»

«No, vado da Mason». Svuotai le tasche e passai i controlli di sicurezza.

Un avvocato della Contea di Collier, Lee Mason, era una di quelle persone i cui occhi avevano il bianco ingiallito. Si alzò e sorrise. «Come stai, Frank?»

«Bene. E tu ed Emily?»

«Sabato andiamo a Sanibel».

«Divertitevi. È tanto che non ci andiamo. È un posto fantastico».

«Già, non vediamo l'ora. Cosa succede?»

Abbassai la voce. «Il caso Swift. Ho bisogno di sapere

se è stato emesso un mandato d'arresto per Mark Miller».

«Remin non te l'ha detto?»

«Ha detto che ne avrebbe ottenuto uno, ma è irreperibile».

«Whiting l'ha firmato ieri in tarda giornata. Miller si costituirà a mezzogiorno».

Mi si strinse lo stomaco. «Grazie, devo andare. Buone vacanze».

GUIDAVO, con i pensieri che rimbalzavano come le biglie dopo una spaccata di un professionista al tavolo da biliardo. Lo sceriffo si stava muovendo troppo in fretta. Mark Miller sarebbe diventato un altro Barrow? Non potevo correre il rischio. La domanda era come rientrare nel caso Swift.

La risposta più semplice era risolvere l'omicidio di Park Shore. Ma la realtà era che non era mai facile risolvere un omicidio senza un testimone o prove concrete. Fermo a un semaforo su Bonita Beach Road, feci una telefonata.

«Longo, sono Luca».

«Franko, come butta?»

Non era necessario che sapesse dei miei problemi. «Tutto bene. Senti, pare che un testimone abbia identificato Roberto Caldera come il precedente proprietario della casa dove è avvenuto l'omicidio».

«È un osso duro».

«Puoi dare un'occhiata in giro, vedere se qualcuno ha ordinato di farlo fuori?»

«C'è stato un casino circa due mesi fa in un ristorante a Little Havana».

«Il quartiere cubano di Miami?»

«Sì, Caldera e una delle sue ragazze erano al tavolo dove di solito si siede Favret, il pezzo grosso di Little Haiti.»

«Quante 'Little' avete da quelle parti?»

Rise: «Solo quelle due, fratello.»

«Cos'è successo al ristorante?»

«Favret ha detto a Caldera di levare il culo dal suo tavolo. Caldera ha estratto un'arma e Favret ha tirato fuori la sua. Dopo aver fatto a gara a chi ce l'aveva più lungo, la vecchia che gestisce il locale li ha supplicati di lasciar perdere, e Favret ha detto a Caldera di guardarsi le spalle e se n'è andato.»

«È come il Far West da quelle parti.»

«La situazione è migliorata, solo che certi quartieri sono da evitare.»

«Qualcuno degli scagnozzi nelle foto veniva dalla comunità haitiana?»

«Hai detto che erano latinos o bianchi.»

«Potrebbero aver assoldato qualcuno di esterno, per prendere le distanze dal litigio che hanno avuto. Puoi ficcanasare un po' in giro?»

«Nessun problema, fratello.»

Mi chiesi come avremmo mai potuto spezzare il ciclo delle gang etniche. Era tutta una questione di assimilazione. Era difficile arrivare in un nuovo Paese e adattarsi a una nuova cultura e lingua. L'inclinazione naturale era quella di unirsi a chi veniva dal tuo stesso Paese e aveva già fatto il grande passo. Questo rendeva le cose più facili, ma ero convinto che, a lungo andare, quella natura insulare ti tarpasse le ali.

Superato Coconut Point, entrai nel parcheggio di un palazzo di uffici. La Outdoor Concepts era al secondo piano. Mi aspettavo uno showroom pieno di chaise longue e bracieri, ma sembrava un ufficio come tanti.

Kurt Houghton era alto, con una chioma brizzolata anzitempo. La sua stretta di mano era decisa, ma sul suo viso non c'era neanche l'ombra di un sorriso.

«Andiamo nel mio ufficio.»

Le pareti del suo ufficio erano tappezzate di foto dei loro negozi.

«Non sapevo che avesse così tanti negozi. Quante sedi ha?»

«Quarantadue. Stiamo chiudendo gli ultimi due in Michigan. Mio padre ha iniziato lassù, ma semplicemente non hanno lo stesso giro d'affari di quelli del sud.»

«Ha senso.»

«Come posso esserLe d'aiuto, detective?»

«Si tratta del Suo amico, Paul Taras. Mi interessa la sua relazione con la moglie.»

«Paul è un bravo ragazzo. Ci conosciamo da quando avevamo dieci anni, ma ultimamente non ci vediamo molto.»

«Come mai?»

«Siamo in, uhm, fasi diverse della nostra vita. Mia

moglie e io abbiamo due figli, mentre Paul e Sylvia non ne hanno mai avuti e, sa, avevano dei problemi.»

«Può essere più preciso?»

«Paul è una delle persone più ambiziose che conosca. È sempre alla ricerca della prossima meta, e Sylvia, lei è più, mi spiace dirlo ma... con i piedi per terra.»

«Sono a conoscenza della sua relazione con Cecilia Newly. Quanto la definirebbe seria?» «Oh, era seria. Paul stava considerando il divorzio.» «Ne ha parlato con un avvocato?»

«Disse che lo avrebbe fatto, ma, uhm, non ne abbiamo più parlato.»

«Quanto tempo fa è stato?»

«Appena un mese o due prima che venisse uccisa. Ancora non riesco a crederci.»

56

LUCA

Alzai la testa. Sembrava che un animale selvatico fosse stato attaccato. Mi alzai e aprii la porta del mio ufficio. Qualcuno stava urlando. Guardai l'orologio. Erano le 12:10.

Doveva essere Mark Miller. Affrettandomi verso l'ufficio registrazioni, lo sentii strillare: «No! Billy! Aiutami!».

Chiusi gli occhi prima di svoltare l'angolo. Tra le schiene di Bill Miller e del suo avvocato, vidi Mark che veniva trascinato via. Deglutendo a fatica, espirai. Feci un passo verso il vano scale e mi fermai. Non potevo fare irruzione nell'ufficio dello sceriffo; non sarebbe servito a nulla.

Tornando nel mio ufficio, ricorsi a una cosa che mi aveva insegnato la dottoressa Bruno. Diceva di pensare bene a ciò che volevo dire in una situazione di scontro. Suggeriva persino di provare le battute per rimanere concentrato su ciò che volevo dire e tenere a bada la rabbia.

Era più facile a dirsi che a farsi, ma funzionava. Il problema, in questa situazione, era che Remin era il mio capo e, sebbene avessi la sensazione che Mark Miller non fosse l'assassino, era certamente possibile. Il mio cruccio era che si fosse mosso troppo in fretta. Non potevo assolutamente trovarmi coinvolto in un altro caso tipo Barrow.

Chiusi gli occhi e misi ordine nei miei pensieri. Dovevo scrollarmi di dosso la reazione emotiva che avevo avuto vedendo Mark trascinato via. Avevo bisogno di chiarimenti sul perché lo sceriffo avesse agito e di riprendere in mano il caso.

Mi ci vollero solo dieci minuti. Sarei andato dritto al punto. Ripetendomi l'acronimo KISS, Keep It Simple Stupid, salii al piano di sopra.

Remin stava uscendo dal suo ufficio. Non indossava la giacca. Alzai un dito. Lui disse: «Aspetta nel mio ufficio. Ci metto un minuto».

Esaminai la sua scrivania. I miei occhi si posarono sul fascicolo dell'unità informatica. Riportava la dicitura Miller. E quello che c'entrava? Mi voltai per vedere se qualcuno mi stesse osservando mentre davo una sbirciata. Remin stava entrando. «Siediti, siediti».

«Grazie. Non Le ruberò molto tempo».

«Hai aggiornamenti sul caso di Park Shore?».

«Uh, sì. Altre incongruenze nella storia del marito. Aveva persino preso in considerazione il divorzio, anche se ha negato durante l'interrogatorio».

«Non mi sorprende, se si scopre che era coinvolto».

«Non credo che sia stato lui a premere il grilletto, però. È stato lui a denunciare il fatto».

«È ora di scavare a fondo».

«Stiamo vagliando le soffiate arrivate alla linea diretta, e sto ancora esplorando la pista della gang di Miami e dello scambio di persona».

«Ancora molto da fare. Quando torna Dickson?».

«Altri tre giorni».

«Va bene. Continua così».

Allungò la mano verso il telefono, segnalando che la conversazione era finita. Dissi: «Cosa succede con Miller?».

«Verrà accusato formalmente domattina».

«Vorrei essere presente al prossimo interrogatorio».

«Hai già abbastanza di cui occuparti in questo momento».

«Conosco le persone coinvolte, signore».

«Ci penserò».

«Non ho potuto fare a meno di notare il fascicolo dell'unità informatica. Di che si tratta?».

«Sono riusciti a scoprire dei siti web che questo ragazzo ha visitato anni fa. A quanto pare, non si cancella mai nulla per davvero».

«Cosa hanno scoperto?».

«Era interessato alla velocità di decomposizione dei corpi e alla temperatura necessaria a un fuoco per ridurre le ossa in cenere».

«E questo quando?».

«Un paio d'anni fa». Scosse la testa. «La gente pensa di essere più furba di noi».

Era vero, ma non ero sicuro che Mark Miller lo

credesse. Non ero sicuro di molto riguardo al caso, tranne del fatto che richiedeva il mio coinvolgimento.

L'UNICO MODO per tornare a occuparmi del caso Swift era risolvere l'omicidio di Park Shore. E anche in quel caso, temevo che Remin mi avrebbe tagliato fuori se ciò avesse giovato alla sua campagna elettorale.

Accostai di fronte a casa dei Taras e passai in rassegna la strada lussuosa. Le case erano grandi, anche se non molto distanziate tra loro. Una delle segnalazioni ricevute proveniva da una donna che aveva detto di aver visto un'altra donna nei pressi di casa Taras nel momento in cui aveva sentito uno sparo.

Poteva essere una vicina o qualcuno che faceva una passeggiata a piedi o in bicicletta. Avevamo un paio di agenti che stavano ricontrollando le case della via. Avevo chiesto a una pattuglia di stazionare appena fuori da Crayton Road per l'ora precedente e successiva a quella della sparatoria.

La maggior parte delle persone ha le proprie abitudini e fa esercizio sempre alla stessa ora. C'erano buone probabilità di scoprire di chi si trattava. Le incognite erano rappresentate da qualcuno che andava in spiaggia, un turista o un affittuario a breve termine di un Airbnb.

Paul Taras aprì la porta e una gradita folata d'aria fredda mi colpì il viso. Guardò alle mie spalle. «Vuole entrare?»

«Certo. Di nuovo al lavoro da casa?»

«Ho delle questioni amministrative da sbrigare, e si gestiscono meglio senza distrazioni.»

Entrai nell'atrio. In lontananza si sentiva della musica classica. «Bello avere questa possibilità.»

«Il lavoro da remoto si sta diffondendo. L'unica cosa che lo frena è la paura delle aziende di non poter gestire la produttività. È un timore infondato. Abbiamo gli strumenti per gestirla efficacemente. È tutta una questione di mentalità.»

«È una buona tendenza, ma certi lavori, come il mio, non si possono fare da remoto.»

«Vero fino a un certo punto, ma riesce a immaginare questo interrogatorio svolgersi via Zoom?»

Non volevo né dimostrare la mia età né metterlo in allerta dicendo di no. «Ci vorrà un po' di immaginazione.»

«Forse, ma chi abbraccia le nuove tecnologie compie la transizione molto più facilmente di chi resiste o ritarda l'adozione.»

Aveva ragione, ma per fare un interrogatorio avevo bisogno di contesto. Guardare il video di una scena del crimine non poteva essere paragonato all'essere sulla scena. Vedere, sentire gli odori e farsi un'idea delle proporzioni era impossibile guardando uno schermo. Pensai anche all'incapacità di leggere il linguaggio del corpo durante una chiamata su Zoom. «Immagino che vedremo quanto rapidamente si diffonderà.» Prima che avesse la possibilità di rispondere, chiesi: «Come sta Cecilia?»

«Credo che Cissy stia bene. Ma dovrebbe chiederlo a lei.»

«Hai cercato di darmi l'impressione che con lei fosse finita.»

«Che lei scelga di credermi o no, è così.»

«Hai detto che il divorzio non era una cosa che ti interessava.»

«È esatto.»

«Eppure hai parlato di ottenerne uno, con degli amici.»

Le sue orecchie si appiattirono contro la testa. «Capisco che lei debba fare il suo lavoro, detective, ma non posso dire di essere contento che stia interrogando i miei amici sulla mia vita personale.»

«Stavi cercando di ottenere il divorzio ma tua moglie non era d'accordo.»

«Non è vero. Non ne ho mai parlato con Sylvia. Ero frustrato dalla nostra relazione e avevo bisogno di valutare le opzioni.»

«Hai contattato un avvocato divorzista?»

«No. Non ce n'era bisogno. Abbiamo lavorato per ricucire il rapporto.»

«Mentre vedevi ancora Cecilia?»

«Senta, per quanto mi riguarda, è finita.»

«Ma lei la pensa diversamente?»

Fece spallucce. «È appiccicosa.»

«Spiegati meglio.»

«È diventata sempre più possessiva. Forse non me ne sono accorto subito, ma ha iniziato a pretendere sempre più tempo da parte mia. Ho un'attività in crescita che richiede la mia attenzione, ed è una delle cose che mi piacciono veramente, ma lei era gelosa.»

«Pensi che possa essere stata coinvolta nell'omicidio di tua moglie?»

«Cissy? No, non ce la vedo, assolutamente no.»

«Va bene. La lascio al Suo lavoro.»

«E i proprietari precedenti? Erano dei loschi figuri.»

«Non posso parlarne, ma stiamo valutando la possibilità che siano coinvolti.»

57

MILLER

Weinstein se n'era andato un'ora fa. Non c'era alcuna possibilità che Mark venisse rilasciato stasera. Non so perché sono rimasto lì, ma l'ho fatto. A dire il vero, sapevo di cosa si trattava. Era il senso di colpa.

Era irrazionale, ma non riuscivo a scrollarmi di dosso quella tristezza. Quello che era successo non era colpa mia, continuavo a ripetermi, ma il pensiero che avrei dovuto sorvegliare lui e Katie mi ronzava in testa.

Cercare di essere onesto con me stesso era dura. Mark era un adulto. Aveva i suoi problemi, certo, ma era stato produttivo al lavoro e, per la maggior parte del tempo, tranquillo a casa. Quello che non riuscivo a ignorare era il fatto che avessi guardato dall'altra parte quando erano affiorati i segni della sua instabilità.

E poi c'era la violenza verso gli animali. Era inquietante, e le ricerche in merito dicevano che era un precursore di problemi più grandi.

La panca di legno mi stava facendo male al sedere. Mi alzai. Era ora di andarsene. In qualunque modo avessi contribuito, dovevo affrontare la situazione che mi si parava davanti.

Mentre mi dirigevo verso l'auto, le barrette energetiche che avevo comprato al distributore automatico cominciarono a risalirmi in gola. Era colpa delle schifezze che ci mettono dentro o delle cinque tazze di caffè bruciato che mi ero scolato?

Entrai in garage e rimasi seduto in macchina. Erano le 22:45. Cathy avrebbe voluto sapere cos'era successo. Feci un paio di respiri profondi, ricordando a me stesso di mantenere le emozioni fuori dalla conversazione il più possibile, e entrai.

WEINSTEIN AVEVA DETTO che l'udienza preliminare di Mark sarebbe cominciata verso le 10:00. Aveva aggiunto che doveva fare una telefonata e voleva discutere di una cosa dopo l'udienza. Aprii un enorme portone di legno, esitando prima di entrare nell'aula del tribunale.

Mi sedetti in un silenzio attonito tra una donna con più tatuaggi di quanti ne avessi mai visti e un uomo con così tanti piercing che sembrava fosse caduto in una cassetta da pesca.

Ascoltai due casi di violenza domestica e uno di disturbo della quiete pubblica prima che Mark venisse portato in aula. La bile mi schizzò in fondo alla gola mentre lui entrava trascinando i piedi. Si guardò intorno e io mi alzai, salutandolo con la mano.

«Aiutami, Billy.»

Weinstein si precipitò al suo fianco mentre la guardia gli toglieva le manette. Urtando le ginocchia degli altri, uscii dalla fila. Weinstein disse qualcosa all'ufficiale giudiziario e mi fece cenno di stare fermo.

«Non preoccuparti, Mark. Sono qui per te.»

«Voglio andare a casa.»

Risuonò il martelletto e la voce del giudice tuonò: «Ordine! Ordine!»

Mi infilai in una fila, e una donna con più dolore sul volto della Madonna si spostò per farmi posto.

Il caso fu chiamato e Mark si dichiarò non colpevole. Weinstein chiese il rilascio senza cauzione, e due minuti dopo fu raggiunto un accordo per un importo di centomila dollari. Ero sbalordito che una cosa così importante richiedesse solo pochi minuti per essere completata.

ESPIRAI quando Mark svoltò l'angolo. Era scortato da un poliziotto. «Ehi, amico.»

«Billy. Posso andare, vero?»

«Sì. Andiamo.»

Appena uscimmo nel caldo, disse: «Andiamo a prendere il visore VR, vero? Oh, sì! Non vedo l'ora di giocarci.»

«Resta qui. Devo parlare con il signor Weinstein.»

«No. Non andartene.»

«Dai, siediti in macchina.»

Mark salì e io accesi l'aria condizionata. «Ci vorrà solo un minuto.»

Non ero sicuro se l'espressione seria sul volto di Weinstein fosse dovuta al sole o se ci fosse un nuovo problema.

«È stato più rapido del previsto.»

«Pura routine.»

«Di cosa voleva parlarmi?»

«Hanno raccolto i dati della cronologia di navigazione di Mark.»

Mi irrigidii. «Di che tipo?»

«Principalmente cose che ha cercato e siti visitati.»

«Tutti cercano di tutto su Google.»

«Vero, ma un paio delle sue ricerche sono un potenziale problema.»

«Tipo?»

«Informazioni sulla decomposizione dei cadaveri e una ricerca sulla temperatura necessaria per incenerire le ossa.»

Cercando di elaborare ciò che avevo sentito, dissi: «Non significa nulla. Chi è che non cerca cose assurde? Io di certo lo faccio».

«Lei non è accusato di omicidio.»

«Non ha alcun senso e non prova niente.»

«Sostiene la loro tesi. Diranno che Mark cercava un modo per sbarazzarsi del corpo di Kate Swift.»

«È ridicolo.»

«Forse, ma la mia preoccupazione è che una giuria possa considerarlo un elemento a sostegno dell'accusa. Non dimentichi che i resti sono stati trovati sulla sua proprietà. È plausibile che sia stato fatto un tentativo di accelerare la decomposizione.»

«Quanto può essere dannosa una cosa del genere?»

«Di per sé, non molto, ma sostiene la loro tesi.»

Il clacson suonò. Mi voltai verso la mia auto e Mark stava salutando con la mano come se fosse al traguardo della 500 Miglia di Indianapolis.

58

LUCA

Clara Kerber aveva i capelli grigio acciaio e poteva vantare un buon chirurgo plastico o dei geni fantastici. Era in forma e dimostrava dieci anni di meno dei sessantadue anni che le attribuiva la Motorizzazione.

«Prego, si accomodi, detective».

La sua casa era sobria e accogliente. Ci sedemmo in una cucina dominata da un pigro ventilatore a pale.

«La ringrazio per essersi fatta viva, ma può spiegarmi perché non si è mai fatta avanti prima?».

«Francamente, non volevo essere coinvolta. I vecchi vicini erano, uhm, brutte persone».

«Come fa a dirlo?».

Indicò il lato del suo giardino che confinava con la casa dei Taras. «Le mie rose richiedono molte attenzioni. Non è facile farle crescere nel sud-ovest della Florida. Serve il posto giusto per avere abbastanza sole al mattino ma non quello del pomeriggio, che è troppo caldo. Lì dove sono piantate, tra la casa e la siepe, sono all'ombra nel pomeriggio».

Era un'interessante lezione di orticoltura, ma io ero impaziente. «Tutti amano le rose. E quindi, cosa c'entra la loro posizione con i vicini?».

«Come ho detto, sono spesso là fuori e ho sentito quell'uomo...».

«Caesar?».

Annuì. «Sì, l'ho sentito in due occasioni parlare di una spedizione illegale in arrivo».

«Cosa Le ha fatto pensare che fosse illegale?».

Si mise le mani sui fianchi. «Avrò anche sessant'anni, detective, ma questo non significa che non capisca come gira il mondo. Erano coinvolti in traffici di droga, ed è per questo che mi tenevo a distanza».

«Capisco. Per favore, mi dica cosa ha visto».

«Quella mattina stavo concimando le rose perché dovevamo partire, e ho visto una donna attraverso la siepe».

«L'ha riconosciuta?».

«No».

«Dov'era?».

«Camminava molto lentamente. Col senno di poi, la cosa ha un senso».

«A che ora è successo?».

«Erano le dieci passate da poco».

«È sicura dell'ora?».

«Sì. Faccio una passeggiata ogni mattina alle otto in punto. Poi faccio la doccia e mangio frutta per colazione. Finisco sempre verso le dieci meno un quarto. Sono andata in garage a prendere il fertilizzante, la mia fidata paletta e i guanti, e sono uscita sul retro».

«È riuscita a vederla bene questa donna?».

«Direi di sì. Ho avuto una vista di dieci decimi per tutta la vita e ce l'ho ancora».

«L'aveva mai vista prima?».

«Non credo, ma non si sa mai».

Avrei voluto chiederle conto di quella vista di cui si era appena vantata. «Crede di poterla descrivere a un ritrattista?».

Il suo volto si illuminò. «Come fanno nei film?».

Quasi nulla del lavoro di polizia era descritto fedelmente da Hollywood. «È un processo. La signora che fa gli schizzi per il dipartimento è molto brava. Sarà un continuo scambio di informazioni con lei».

«Farò del mio meglio».

«Grazie. Lasci che organizzi il tutto e poi La ricontatto».

Mentre percorrevo il lungo viale d'accesso, mi squillò il telefono. «Ehi, Longo. Come va?».

«Procede, fratello. Procede. Senti, ho delle novità per te.»

«Spara.»

«Indovina chi abbiamo in cella al carcere della contea?»

Lavorando con Derrick, mi ero reso conto che alla gente piaceva usare il gioco degli indovinelli come tattica per ritardare la trasmissione di informazioni. Sapere qualcosa che un'altra persona avrebbe voluto conoscere ti dava un senso di potere. Una volta comunicata l'informazione, quel potere svaniva.

«La fatina dei denti?»

«Sempre il solito saputello, eh?»

«Io, cambiare? Mai. Chi avete arrestato?»

«Juan Banda. È il secondo in comando della gang rivale di Frisco. Se c'era qualcuno che voleva fare fuori Caldera, erano proprio loro.»

«Canta?» «No, ma l'abbiamo ripreso dalle telecamere a circuito chiuso mentre entrava in un circolo haitiano dove due persone sono state uccise a colpi d'arma da fuoco.»

«È stato lui?»

«Non sono ancora arrivati i risultati della balistica, ma non sono sicuro che importi. Lui e altri due sono entrati nel locale con le armi spianate.»

«Si farà un bel po' di galera.»

«Senza dubbio. Ma ho pensato che potremmo proporgli un accordo, vedere cosa sa sull'omicidio a cui stai lavorando.»

«Pensi che vuoterà il sacco?»

«La fedina penale di Banda è lunga come un runner da tavola. Se non collabora, rimarrà dietro le sbarre finché non costruiranno la prima colonia su Marte.»

«Voi siete d'accordo a offrirgli un patteggiamento?»

«Ho parlato con il procuratore capo. In via informale, ma ha detto che accetterebbero, a patto che Banda si faccia almeno dieci anni.»

«Sono tanti. Pensi che Banda accetterà?»

«Questi si riempiono la bocca di lealtà e di solito non spifferano, ma di questi tempi è un si salvi chi può.»

«Ti capisco. Senti, ti ringrazio davvero per aver pensato a me.»

«Quando vuoi, fratello. Quando vuoi. Faccio un tentativo e vediamo cosa ne viene fuori.»

Avevo due piste da seguire, ma andavano in direzioni opposte. Le possibilità che Remin mi riassegnasse al caso Swift erano scarse finché non avessi risolto questo. Il traffico sulla Route 41 era bloccato. Chiamai l'identikittista e composi un altro numero sul cellulare.

«Ehi, Frank. Come va?»

Misi Derrick al corrente del caso Taras. Disse: «Qualcosa salterà fuori. È un bene che tu abbia il tuo amico a Miami.»

«Longo sarà anche un personaggio, ma è un poliziotto dannatamente bravo.»

«Sarebbe terribile se quella povera donna fosse stata uccisa per errore.»

«Non potrebbe essere più triste. Ma non sono convinto che sia legato alle gang. Ci sono cose che non tornano riguardo al marito.»

«Le probabilità sono che sia stato lui.»

«Lo so.»

«Novità sul caso Swift?»

Gli raccontai quello che l'unità informatica aveva scoperto sulla cronologia di Mark Miller. Lui commentò: «Nessuno si rende conto delle tracce che lascia.»

«E non dirglielo; ci renderebbe il lavoro più difficile.»

Lui rise. «Senza dubbio.»

«Come vanno le cose lassù?»

«Bene. Domani la trasferiamo e poi ci mettiamo in viaggio. Saremo di ritorno prima che tu te ne accorga.»

«Bene. Un aiuto mi farà comodo.»

«Credimi. Non vedo l'ora di tornare.»

Mentre procedevo a passo d'uomo verso Pine Ridge Road, speravo che avremmo presto avuto un identikit della donna in questione. Di solito ci volevano un paio d'ore. Una volta pronto, l'avremmo passato ai media per vedere che aiuto poteva darci la gente.

Attraversai Pine Ridge e imboccai la strada di servizio accanto ad Allison Craig Furnishings. Mettendomi in coda a una manciata di auto che stavano facendo lo stesso, rallentai a uno stop. La traversa era Center Street. La casa dei Miller era a pochi isolati di distanza.

59

LUCA

Mary Ann dormiva su una chaise longue all'ombra. Il libro che stava leggendo era sul punto di caderle dal grembo. Allungai la mano per prenderlo e lei si mosse. «Ehi, come ti senti?»

«Stavo leggendo e mi sono appisolata.»

«Bene.»

«Che ci fai a casa?»

«Lavoro da remoto.»

«Cosa?»

Frugai in tasca e tirai fuori la chiavetta USB. «Vado a esaminare un interrogatorio condotto da Remin.»

«Oh.»

«Torna a dormire.» Presi il suo bicchiere d'acqua. «Ti prendo un po' di ghiaccio.»

Si riaddormentò. Posai il bicchiere e mi ritirai nello studio. Inserita la chiavetta, premetti play e mi sporsi verso lo schermo mentre si accendeva.

Fui colpito dall'orario. Lo sceriffo non aveva ripreso

subito. Aveva senso. Probabilmente aveva rivisto la mia parte di interrogatorio, prima di essere stato fatto uscire dalla stanza. Eppure, non gli sarebbe servito tutto il tempo dell'interruzione.

Lo stile di interrogatorio di Remin mi ricordava quello del mio collega, JJ. Invece di affidarsi a qualcun altro per fare la parte del poliziotto buono o cattivo, lo sceriffo interpretava entrambi i ruoli. Era un approccio alla Dottor Jekyll e Mister Hyde, che teneva l'interrogato costantemente spiazzato e desideroso di compiacere.

Entrò nella stanza come Babbo Natale. Posò due barrette di cioccolato e una bibita davanti a Mark, strappandogli un ampio sorriso. Mentre Mark scartava l'involucro, Remin si lanciò nell'interrogatorio, cominciando con domande simili a quelle che avevo fatto io. Mark non disse nulla di troppo diverso, ma Remin lo incalzò su cosa indossasse Kate, insinuando che avesse qualcosa di provocante.

Mark scosse la testa e Weinstein ricordò a Remin che non c'erano prove che Kate indossasse qualcosa di inappropriato.

Lo sceriffo insistette con Mark su dove si fossero fermati, chiedendo se si trattasse di una zona del lago con visibilità limitata. Mi si strinse lo stomaco. Sapevo dove voleva andare a parare.

Trasalii quando Remin chiese dove Mark avesse toccato Kate. Mark si prese la testa tra le mani, ma non rispose. Remin addolcì la voce: «Va tutto bene. Quando ero un adolescente, io e le mie ragazze andavamo spesso in barca nelle Everglades, quando volevamo, sai, esplorare un po'. È naturale.»

«Non ho fatto niente di male.»

«Non ho detto che sia sbagliato. È naturale. Sai, abbiamo queste cose chiamate ormoni che ci fanno fare certe cose. Dio ci ha creati per provare forti desideri per il sesso opposto.»

Weinstein disse: «C'è una domanda da qualche parte, lì in mezzo?»

«Ha toccato Kate Swift?»

«Toccata?»

Remin sbatté un palmo sul tavolo. «Sa benissimo cosa intendo, dannazione.»

Mark si voltò verso Weinstein, che sussurrò qualcosa al suo cliente. Mark disse: «Mi avvalgo del Quinto Emendamento.»

Weinstein diede una pacca sul braccio del suo cliente e Mark sorrise.

Che Remin avesse intuito qualcosa? Nessuno aveva esplorato la possibilità che Mark avesse fatto un'avance, fosse stato respinto e si fosse arrabbiato.

Remin disse: «Se nasconde qualcosa, lo scopriremo, e Le prometto che se ne pentirà.»

«Sta minacciando il mio cliente?»

«Non è una minaccia. Se il suo cliente confessa, raccomanderemo la massima clemenza consentita dalla legge. È un rischio che dovrebbe considerare.»

«Il mio cliente si è professato innocente fin dall'inizio. Ha altre domande?»

«Non abbiamo ancora finito, signor Weinstein». Remin sorrise, addolcendo la voce: «Mark, tuo fratello Billy è più grande di te, giusto?»

«Sì, non ricordo di quanti anni, ma Greg è quello di mezzo».

«È bello avere un fratello maggiore. Mio fratello si è sempre preso cura di me. Billy si prende cura di te?»

«Oh sì, fa molto per me. Mi ha regalato una barca nuova».

«Una barca nuova? Wow. È un regalo costoso. Cosa hai fatto per meritartela?»

«Ha detto che dovevo stare zitto, non dire niente, e che mi avrebbe dato una barca nuova. Devi vederla. Vuoi venire a fare un giro? Possiamo fare il giro di tutto il lago e andare veloci».

Il pomo d'Adamo di Weinstein ebbe un sobbalzo. Si chinò, sussurrando all'orecchio di Mark.

«Billy non voleva che parlassi di quello che è successo a Katie, vero?»

Mark si strinse nelle spalle, la sua voce era un mormorio: «Si arrabbia».

«Prometto di non dirlo a Billy. Dimmi cosa è successo a Katie».

Mark si tormentò un'unghia e si dondolò sulla sedia.

«Sono un poliziotto. Puoi fidarti di me. Billy non saprà mai quello che mi dirai».

Sospirò come un sedicenne.

«Cosa è successo a Katie?»

Sussultò: «È morta». Scoppiò in singhiozzi. «Mi manca».

Weinstein si alzò. «Dobbiamo interrompere questa conversazione».

«Un momento. Dimmi come è morta. Abbiamo un

testimone che ti ha visto litigare con Kate. Smettila di piangere e dimmi cosa è successo».

Weinstein mise la mano sotto l'ascella del suo cliente. «Andiamo, Mark».

«Si sieda, non va da nessuna parte».

«Mi scusi, sceriffo? Il mio cliente è traumatizzato dalla perdita di un'amica di una vita».

«Prendiamoci una pausa. Si riprenderà».

«Ce ne andiamo. Se vuole parlargli, chiami il mio ufficio».

Il viso di Remin era rosso fuoco. «Arriveremo alla verità, avvocato. Che Lei faccia ostruzionismo o meno. Le suggerisco di cooperare».

Mi appoggiai allo schienale cercando di capire se lo sceriffo avesse spinto il ragazzo sull'orlo di un crollo o se Mark si fosse ritirato per la confusione. Era difficile da valutare, specialmente dopo la rivelazione che suo fratello gli aveva comprato una barca per farlo stare zitto.

Il pensiero di arrestare Mark Miller mi metteva a disagio. Era senza dubbio un sospettato, ma la sua menomazione lo rendeva vulnerabile. Mi faceva pensare a Barrow. Era solo un ragazzino che non sarebbe mai dovuto finire in prigione.

Mi alzai in piedi, mentre l'immagine di Barrow, impiccato a un tubo della cella, mi inondava la mente. Non essermi opposto al mio partner dell'epoca aveva tenuto il mio secchio dei rimpianti pieno per un decennio.

Entrambi i casi riguardavano l'omicidio di una

giovane donna e la mancanza di prove materiali. Lo sceriffo aveva commesso un errore arrestando Mark, o il caso Barrow aveva annebbiato il mio giudizio?

60

MILLER

Cathy mi aveva comprato un nuovo paio di scarpe da golf. Un pensiero carino, ma io ho sempre indossato le G/FORE e lei mi aveva preso delle FootJoys. Mentre stavo infilando il piede in una scarpa, suonò il campanello. La sfilai con un calcio e mi diressi alla porta, chiedendomi perché Benny fosse in anticipo di venti minuti.

Era il detective Luca. Guardò i miei piedi coperti solo dai calzini. «Mi scusi per il disturbo».

«Non ho tempo, tra poco abbiamo il tee time».

«Sarò rapido. Posso entrare?».

Mi feci da parte e chiusi la porta. «Deve passare per l'ufficio di Weinstein».

«Senta, so che è diffidente, ma sto cercando di gestire questo caso nel modo giusto».

Non capivo dove volesse andare a parare.

«E non ero d'accordo con l'arresto di suo fratello».

«Questo non ha impedito che succedesse, vero?».

Luca scosse la testa. «No, è stata una decisione dello sceriffo, e non sono sicuro che sia stata quella giusta».

«Ma lei pensa che sia stato Mark, giusto?».

«No. Non ci sono abbastanza elementi su cui basarsi».

«E lei è qui per trovarne altri».

«No, voglio solo la verità. Alcune delle cose che sono state dette non quadrano. Se potessi fargli un paio di domande...».

Chi si credeva di essere, Colombo? «Non senza il nostro avvocato».

«Sarà in via ufficiosa».

«E si aspetta che io le creda?».

«So che sente la responsabilità di proteggere suo fratello e lo ammiro. Ma temo che gli addosseranno la colpa, che l'abbia fatto o no».

«Crede che lo stiano incastrando?».

Luca fece spallucce. «Non esattamente. Le cose si stanno muovendo troppo in fretta e si concentrano solo su di lui».

«È un incubo, per lui e per la famiglia».

«Capisco. Se potessi scambiare due parole con lui...».

«Non posso permetterlo».

«Sarò schietto: fin dal primo giorno, lei ha cercato di controllare le conseguenze. Ha fatto ostruzionismo e ha mentito...».

«Un momento...».

Luca alzò una mano. «Sa esattamente di cosa sto parlando e, di fatto, che cosa ci ha guadagnato?».

Aveva ragione, ma potevo fidarmi di lui o mi stava manipolando? Non sapevo cosa dire.

«Capisco. La famiglia è l'unica cosa che conta. Perché crede che me ne sia andato nel bel mezzo dell'interrogatorio? Mia moglie era stata portata d'urgenza in ospedale».

«Mi dispiace. Sta bene?».

«Sì. Era un'intossicazione alimentare».

«Grazie a Dio sta bene».

Annuì. «Senta, non sto giustificando la sua mancata collaborazione, ma capisco il tentativo di proteggere suo fratello».

Era un poliziotto e non potevo fidarmi di lui, ma era meglio avere a che fare con lui che con lo sceriffo. Questo detective avrebbe comunque incastrato Mark se avesse potuto, ma sembrava capire la mia difficile situazione.

«Ho molto rispetto per la polizia e l'ho sempre sostenuta. Se ho fatto qualcosa che è apparso poco collaborativo, non era, sa, intenzionale.»

«Mi piace parlare chiaro. Quello che ha fatto era intenzionale. Coprire Mark e inventare quell'avvistamento con l'altro suo fratello, tanto per cominciare, sono palesi atti di ostruzionismo.»

Non potevo continuare a negare. Avrebbe solo fatto infuriare Luca. «Avrò dei problemi?»

«Dipende. Se collabora adesso, mi assicurerei che l'accusa non venga perseguita.»

La stretta allo stomaco si allentò. Per poi tornare subito. «Ma è lo sceriffo che prende le decisioni, giusto?»

«Fino a un certo punto, ma se insistesse, direi ai procuratori che testimonierei a Suo favore. Lascerebbero cadere l'accusa su due piedi.»

«Cosa vuole?»

«Parlare con Mark.»

«Senza il nostro avvocato?»

«Sarà in via ufficiosa.»

Non ci credetti neanche per un secondo. «Non so, certe cose hanno il vizio di saltar fuori.»

«Su questo ha ragione, ma qualsiasi cosa mi dirà non sarebbe ammissibile in tribunale.»

«Davvero?»

«Sì. Dal momento che si è avvalso del suo diritto a un avvocato, dovrebbe essere lui a iniziare il contatto. Credo davvero che sia nel suo migliore interesse fare due chiacchiere. Perché non gli dice di chiamarmi?»

Tanto per cominciare, temevo che Luca mi stesse tendendo una trappola. «Ci devo pensare.»

«Io non aspetterei. Una volta che un caso prende slancio, è difficile fermarlo. Inoltre, eliminerebbe il suo problema di ostruzionismo.»

Il modo in cui lo disse mi fece credere che mi avrebbero perseguito. Prima che potessi rispondere, suonò il campanello. Aprii la porta. Era Benny.

«Puoi aspettare un secondo? Sto finendo con...»

Il detective Luca disse: «Nessun problema. Me ne vado. Grazie per il Suo tempo.»

Mi feci da parte e Benny quasi urtò Luca. Benny disse: «Scusi.»

Luca annuì. «Signor Alston. Buona partita, ragazzi.»

Guardando il detective allontanarsi, Benny disse: «Che succede?»

«Niente. Vai in cucina. Vado a prendere le mie cose.»

Con la mente in subbuglio, mi diressi in camera da

letto, chiudendomi la porta alle spalle. Prima anche solo di pensare di collaborare con Luca, dovevo sapere se la cosa potesse ritorcersi contro Mark o me. Non potevo chiamare Weinstein. Avrebbe bloccato tutto sul nascere, ponendo fine a qualsiasi possibilità di tirarmi fuori dai guai per aver cercato di aiutare Mark.

Dovevo chiedere a qualcuno che conosceva la legge. Raccogliendo le mie scarpe da golf, mi venne in mente Charles Berwick. Si era occupato per decenni delle pratiche patrimoniali della famiglia. Scorrendo la rubrica del telefono, trovai il suo nome e premetti il tasto di chiamata.

«Charlie. Sono Bill Miller.»

«Bill, come stai?»

«Abbastanza bene. Ma Mark è ingiustamente nel mirino per il caso di Kate Swift.»

«Non mi occupo di diritto penale.»

«Lo so, ma ascoltami un secondo.»

«D'accordo.»

«Quello che hanno è inconsistente, e i detective non credono che Mark c'entri qualcosa.»

«Capisco. È promettente.»

«Se ti dico una cosa, resterà confidenziale? Protetta dal segreto professionale tra avvocato e cliente.»

Esitò per cinque secondi. «Sì, lei è una cliente, ma non credo che dovremmo mischiare...»

«Non è niente. Voglio solo sapere se, qualora Mark parlasse con il detective, in via ufficiosa, qualcosa di ciò che dice potrebbe essere usata contro di lui?»

«È rappresentato da Weinstein, non è vero?»

«Sì.»

«Allora non dovrebbe parlare con nessuno senza che lui sia presente.»

«Me ne rendo conto, ma sarebbe fuori verbale. Il detective sta cercando di aiutarci.»

«Comunque, è una pessima idea. Non lo faccia.»

«Non sto dicendo che lo farà, ma la cosa potrebbe ritorcersi contro di lui?»

«Sarebbe un contatto improprio. Nessun giudice permetterà che arrivi in tribunale, e il detective potrebbe essere richiamato.»

61

Entrai dal garage. Mentre mettevo piede in salotto, la lavatrice suonò. Mary Ann era seduta sulla mia poltrona reclinabile. Le diedi un bacio sulla guancia. «Ehi, come ti senti?»

«Bene. Non mi sento più così stanca.»

«Ottimo. Hai chiamato il dottore?»

Lei annuì. «Ha detto di aspettare due settimane prima di fare un'altra iniezione.»

«Sta andando sul sicuro, com'è giusto che sia.»

«Com'è andata la tua giornata?»

«Intensa. Vado a cambiarmi.»

«Intensa? Tutto qui? Mi piacerebbe sapere cosa succede nel mondo reale.»

Mi voltai. «Sono andato a trovare una testimone per il caso di Park Shore. Domani verrà qui per lavorare con il nostro ritrattista. E sono passato dai Miller...»

«Sei di nuovo sul caso Swift?»

«Non ufficialmente.»

«Farai meglio a stare attento, non vorrai mica metterti contro Remin.»

«Lo so. Derrick sta per tornare, e presto saremo sul caso.»

«Stai attento.»

La lavatrice suonò di nuovo e Mary Ann fece per alzarsi. «Rimani lì. Ci penso io, ma a proposito... Jessie scarica mai qualcosa?»

«Aiuta.»

Sapevo che non lo faceva. Era un problema che avevamo creato noi, facendo sempre tutto al posto suo. Le avrei parlato. Il momento era quello giusto; sua madre era malata e lei non avrebbe potuto rifiutarsi di dare una mano. Chissà, magari sarebbe diventata un'abitudine.

Mentre spostavo i panni bagnati nell'asciugatrice, ripensai all'avvertimento di Mary Ann. Remin era nuovo e si stava candidando per la carica di sceriffo a tempo pieno. Stava usando il caso Swift per dimostrare di essere uno che si sporcava le mani.

Mi sembrava improbabile che si sarebbe messo in un braccio di ferro con il suo detective capo della omicidi. Avrebbe dimostrato di tenere le redini corte, ma oltre a inimicarsi molte delle persone di cui aveva bisogno, avrebbe dovuto spiegare perché un veterano esperto era stato messo all'angolo.

Mi chiesi se Remin conoscesse il vero motivo per cui avevo preso un congedo: perché Chester non mi aveva coperto le spalle. Il vecchio sceriffo aveva lasciato che gli Affari Interni mi calpestassero e, tra quello e la sparatoria in cui era rimasto ferito Derrick, avevo perso la grinta per quel lavoro.

Avevo mantenuto un certo riserbo sulla faccenda, ma chiunque avrebbe dovuto essere in grado di leggere tra le righe. L'assicurazione sanitaria era importante, ma me l'ero cavata come investigatore privato, e Remin doveva tenerne conto.

La mia preferenza era continuare a dare la caccia agli assassini. Mi ricordai di frenare la mia sicurezza e il pensiero si spostò sui Miller. Bill Miller non sarebbe cambiato dal fratello protettivo e capofamiglia che era.

Sembrava aver abboccato all'idea di eliminare la minaccia di un'accusa per ostruzione alla giustizia. Non avrebbe vuotato completamente il sacco, ma era la mia migliore occasione per cercare di capire se Mark Miller fosse coinvolto nell'omicidio di Kate Swift.

NON ERO TIPO DA ABBRACCI, ma quando entrai in ufficio, Derrick si alzò e mi strinse a sé. «È un piacere vederti.»

«Anche per me. È andato tutto bene?»

«Tutto a posto. E Mary Ann e Jessica?»

«Stanno tutti bene.»

Presi la tazza di caffè che Derrick mi aveva portato. «Grazie.»

«Nessun problema. Quella signora sta lavorando con Lee Ann?»

«Sì, Kerber è stato qui alle otto. Spero che l'identikit arrivi presto.»

«Sarebbe bello trovare una corrispondenza.»

«Amen.»

«Quali sono le probabilità che possa essere una donna sicario mandata dalla banda di Miami?»

Era un'angolazione interessante. «Una donna sicario? È così che si dice?»

«Immagino che di questi tempi si dica sicaria.»

Mi alzai e chiusi la porta dell'ufficio. «Così non suona altrettanto minaccioso.»

Derrick inarcò le sopracciglia e io sussurrai: «Ieri ho fatto un salto dai Miller».

Indicò il soffitto. «Lui lo sa?»

Scossi la testa. «Voglio solo parlare con il ragazzo, vedere se riesco a capire le ragioni di Remin.»

«Cos'hai ottenuto?»

«Ancora niente. Sto aspettando di vedere se Bill Miller lascerà parlare suo fratello.»

«Non vedo come potrebbe.»

«Gli ho ventilato la possibilità di far cadere l'accusa di intralcio alla giustizia.»

«Lo perseguiteranno per intralcio alla giustizia?»

«No, ma lui questo non lo sa.»

Lui sorrise. «Furbo. Pensi che ci creda?»

«Assolutamente. Miller sa di non essersi comportato in modo corretto. Solo non sa che l'intralcio alla giustizia non viene perseguito spesso.»

«Dovrebbe esserlo; ci renderebbe il lavoro più facile.»

Squillò il telefono della mia scrivania. Risposi e riattaccai. «L'identikit è pronto.»

Derrick si alzò di scatto dalla sedia. «Vado a prenderlo.»

Mentre battevo una risposta a un'email, Derrick rientrò. «Indovina chi è?»

Mi accigliai e lui disse: «Okay, okay. Tieni».

Mi porse l'identikit. «Non posso crederci. Cecilia Newly.»

«Non ho mai pensato che fosse l'amante di Taras, tu sì?»

«Non possiamo saperlo con certezza, ma Taras ha detto che era un'amante ossessiva che non voleva lasciarlo andare.»

«Come vuoi procedere?»

«A questo punto, sappiamo che era in casa poco prima dell'omicidio. Abbiamo anche un movente chiaro: voleva togliere di mezzo la moglie per poter avere il marito.»

«Dovremmo portarla qui.»

«Non voglio metterla in allarme. Se non si è ancora sbarazzata della pistola, lo farebbe se la spaventassimo. Chiediamo un mandato di perquisizione.»

«Abbiamo abbastanza elementi?»

Il mio cellulare prese a squillare. «Abbiamo un movente forte ed era sulla scena del crimine. Penso di sì.» Risposi alla chiamata. «Frank Luca.»

«Sono Mark.»

«Mark Miller?»

«Sì. Sono al lavoro. Venga ora.»

«Certo, è perfetto. Vengo subito.»

Rimisi il telefono in tasca. «Devo andare; era Mark Miller. Vuole parlare.»

«Vai, vai, vai. Preparo il mandato e lo mando di sopra. In bocca al lupo.»

62

MILLER

Prima che Mark riagganciasse, fui colto da un brutto presentimento. Era un errore. Un grosso errore. Che mi era saltato in mente?

«Ha detto che sta arrivando.»

«Quando?»

«Adesso.»

«Proprio adesso?»

«Sì, hai detto tu di farlo adesso.»

«Okay, va bene.»

«Hai detto che ci avrebbe aiutato, giusto?»

«Sì, ma dobbiamo stare attenti; è un poliziotto.»

«Attenti a cosa?»

«A quello che hai fatto a Kate?»

«Non capisco. Cosa ho fatto?»

«Le hai fatto del male?»

«No.»

«Dimmi la verità.»

«Te la sto dicendo! Nessuno mi crede! Perché?»

«Calma. Io ti credo. Va bene se hai fatto qualcosa. Tutti commettono errori.»

«No! Non l'ho fatto! Non l'ho fatto!»

«Okay.»

«Non posso tornare in prigione.»

63

LUCA

Dopo essermi raccomandato di non insistere con Mark, lanciai gli occhiali da sole sul cruscotto e mi diressi verso il negozio dei Miller. Un uomo con la pancia e un enorme sorriso mi diede il benvenuto. Non capivo perché i negozianti avessero bisogno di addetti all'accoglienza. Avrebbero dovuto risparmiare quei soldi e abbassare i prezzi, piuttosto.

Mentre mi avvicinavo al banco del servizio clienti, un uomo in abito elegante arrivò prima di me. Disse all'addetta: «Ha visto Benny?».

«No.»

«Se lo vede, gli dica che voglio parlargli. Subito. Niente scuse.»

Mentre la donna annuiva, lui se ne andò. Feci un passo avanti. «Non sembrava di ottimo umore.»

Lei sorrise.

«È il capo?»

«No. Ken è il responsabile delle risorse umane.»

«Non vorrei essere nei panni di Benny.»

Fece una smorfia.

«È così terribile?»

Annuì. «Come posso aiutarla?»

«Mi chiamo Frank. Sono qui per vedere Bill e Mark Miller.»

«Chiamo subito di sopra.»

Bill Miller mi raggiunse nella reception che si affacciava sul piano di vendita. Ci stringemmo la mano. «Venga nel mio ufficio.»

Lo seguii, sperando che non avessero cambiato idea. «Come vanno gli affari?»

«Bene. Sono preoccupato per i prezzi. Ogni giorno riceviamo avvisi di aumenti. Non possiamo continuare ad assorbirli e, se li riversiamo sui clienti, questi potrebbero tirarsi indietro.»

«Al governo piace dire che non c'è inflazione; dovrebbero farsi un giro al supermercato.»

Tornando a noi, Mark era seduto su una sedia di fronte alla scrivania di Bill.

«Mark, ti ricordi del detective Luca, vero?»

Mark stava girando velocemente le facce di un cubo di Rubik. «Sì.»

Gli tesi la mano.

Mark continuò a giocare con il cubo. «Mark, il detective vuole stringerti la mano.»

Lui alzò lo sguardo e tese il pugno. Lo strinsi e glielo toccai col mio.

«Come va oggi?»

«Tutto bene.»

«Volevo fare solo una chiacchierata. Niente di cui preoccuparsi. È informale.»

Guardò Bill, che disse: «Proprio come ti ho detto. Frank è qui per aiutarti.»

«Esatto. La nostra chiacchierata sarà privata. Solo io e lei.»

Bill disse: «E io. Sarò proprio qui.»

Non lo volevo nella stanza. Mark era sotto la sua influenza. «Inizieremo tra un secondo. Vorrei prima parlare con Bill.»

Continuò a giocherellare con il cubo di Rubik. «Okay.»

Ci ritirammo in un angolo. «È meglio se parliamo da soli.»

Scosse la testa. «Assolutamente no.»

«Lei è troppo legato a lui. Non si aprirà mai.»

«Non posso permetterlo.»

«Modellerà le sue risposte per compiacerla.»

«Senta, non dovrei nemmeno fare una cosa del genere.»

«Ma…»

«Mi dispiace, ma prenda quel che le do o lasci perdere.»

Non era proprio l'ideale. «Ok, diamoci da fare. Ma per favore, non interferisca.»

Avvicinai una sedia a Mark. Non di fronte, ma di fianco. Bill si sedette dietro la sua scrivania e disse: «Mark, metti giù il cubo di Rubik.»

Dissi: «No, va bene così. Sono sbalordito che Lei riesca a farlo. Io ci ho provato un sacco di volte, ma ho rinunciato.»

«Posso mostrarLe come si fa.»

«Sarebbe fantastico. Più tardi devo andare a prendere mia figlia; può mostrarmelo domani?»

«Certo, certo. È un gioco da ragazzi.»

«Mi dispiace che sia dovuto andare alla stazione di polizia.»

«Ho dovuto dormirci. Era rumoroso e il letto era, tipo, durissimo.»

«Sa, io ci sono rimasto per un'intera settimana, qualche anno fa.»

«Davvero? Perché?»

«È una lunga storia, ma facciamo in modo che né io né Lei dobbiamo tornarci mai più.»

«Billy dice che non devo tornarci.»

«È per questo che sono qui. Vediamo se riusciamo a mettere fine a tutta questa storia, d'accordo?»

Girò il cubo, una faccia era quasi tutta rossa. «Uh-huh.»

«L'ultima volta che ha visto Kate, ha detto che siete andati a fare un giro in barca.»

«Sì. Andavamo sempre sul lago.»

Ricordando come il dottor Bruno gestiva gli argomenti emotivi, evitai di chiedere del fatto che si fosse arrabbiato perché lei non voleva guidare la barca. «Chi c'era a casa quel giorno?»

«Io, Kate e Billy e Benny e zia Cathy. E anche nonno.»

Con la coda dell'occhio, vidi Bill scuotere la testa. Mentre Mark girava il cubo, guardai Bill e mi portai un dito alle labbra. «È sicuro che fossero tutti lì il giorno in cui Katie è scomparsa?»

«Sì. Kate, Billy, zia Cathy, nonno e Benny. C'erano loro.»

«Cosa facevano tutti?»

«Sa, stavano lì.»

«Sua zia Cathy, stava parlando con Billy e Benny?»

Fece spallucce. «Credo che stesse cucinando.»

«Suo nonno... era fuori?»

«No, non si sentiva bene ed era a riposo.»

«E Benny? Era con suo zio?»

Scosse la testa. «È venuto dopo. Lui e Billy giocano a golf la domenica. A volte vado con loro.»

«Quindi, Benny è venuto dopo aver giocato a golf?»

«No, dopo che siamo scesi dalla barca.»

«Stava con suo fratello?»

«No, stava pescando.»

«Ha preso qualcosa?»

«Ci sono un sacco di pesci nel lago. Una volta ne ho preso uno grosso, rosso. Ricordi, Billy?»

«Certo, era un bestione da quasi quattro chili.»

«Wow.»

Mark sollevò il cubo di Rubik sopra la testa. «Finito!»

«Spero che possa insegnarmi a farlo così in fretta.»

«Certo, certo.» Lo afferrò con due mani. «Per prima cosa, deve muovere quello centrale.»

«Ricordi, devo andare a prendere mia figlia, quindi, domani, potrà insegnarmi.»

Si acigliò.

«A me piace cercare le cose su internet. Trovare risposte alle cose che voglio sapere. Lei lo fa?»

«Già, e anche a me piace guardare video su YouTube e TikTok.»

«Anche a me, ma la cosa che preferisco è cercare informazioni su qualcosa che mi interessa, tipo a che distanza si trova un posto. O, una volta mi è morto il cane e volevo seppellirlo in giardino, così ho cercato quanto profonda dovessi scavare la buca, perché gli animali non potessero raggiungerlo.»

«A volte lo faccio anch'io.»

«Hai perso un cane?»

«No.» Guardò Bill. L'avrebbe chiusa lì?

La cosa più delicata che mi venne in mente fu: «Cosa hai seppellito?»

64

Il detective Luca rivolse un gran sorriso a Mark. «La voglio ringraziare per aver parlato con me. Lo apprezzo davvero.»

«Vuole che le mostri come si fa?» domandò lui, sollevando il cubo di Rubik.

Luca si alzò. «Mi piacerebbe, ma devo scappare. Mia figlia mi sta aspettando.»

«Domani?»

«Dovrebbe andare bene.»

Il detective mi guardò. «Possiamo scambiare due parole, velocemente?»

«Mark, perché non vai nel tuo ufficio? Io accompagno il signor Luca all'uscita.»

«Ok, ciao.»

Chiusi la porta. «Questo deve essere stato d'aiuto. Ora sa che le ricerche sul web erano innocue.»

«Così pare.»

«Pare? Le ha detto che voleva seppellire gli scoiattoli

che uccideva. Era fissato con loro e li lasciava in giro. Mia moglie è andata su tutte le furie.»

«A proposito di sua moglie. Ha detto che non era a casa quel giorno.»

«Esatto. Cathy era in visita dalla sua famiglia.»

«Dovrò verificarlo.»

«Faccia pure. E prima che lo chieda, mio padre era già morto quando Katie è scomparsa.»

«E Benny Alston? Era qui il giorno in cui Kate Swift è sparita?»

«No, non che io sappia. Non abita lontano e sarebbe potuto passare, ma l'avrei visto.»

«È stato fuori per tutto il tempo?»

Mi ero addormentato su una chaise longue ed ero entrato e uscito di casa. «Praticamente sì.»

«Mi chiedo perché abbia detto che suo padre era qui.»

«Non è intenzionale. A volte Mark si confonde su certe cose.»

«È sempre stato così?»

«No. È stato l'incidente. Il dottore ha detto che la lesione ha creato delle lacune nella sua memoria e che Mark riempie i vuoti.»

Luca annuì lentamente. Era distratto.

«Nessuno sa cosa sia successo, ma lei ha potuto vedere quanto volesse bene a Katie. Non le avrebbe mai fatto del male.»

«Secondo lei cosa le è successo?»

«Non lo so.»

«Dovrà pur avere un'idea.»

«Penso solo che debba aver incontrato qualcuno dopo

essere andata via. Forse qualche pazzo è riuscito ad adescarla in un'auto e fine della storia.»

«Com'è finita sepolta nella sua proprietà?»

«Chiunque sia stato, voleva far sembrare che fosse stato Mark. Sapevano che aveva subito una lesione cerebrale. È la copertura perfetta.»

65

Luca

Uscito alla luce del sole, cercai di elaborare l'interrogatorio. Dire che era stato strano era un eufemismo. C'era da fidarsi di ciò che aveva detto Mark? La scusa per aver cercato informazioni sulla decomposizione e l'incenerimento delle ossa su dei siti web era plausibile. Ma poteva essere stata inventata. E se così fosse, avrei scommesso che se l'era inventata Bill Miller.

Misi in moto l'auto e feci una telefonata.

«Ehi, Doc, hai un minuto?»

«Sono qui seduto a sorseggiare un Côte-Rôtie, aspettando la chiamata di Frank.»

«Ah ah. Côte-Rôtie? Cos'è, un Côtes du Rhône?»

«No. Il Côte-Rôtie viene dalla valle del Rodano settentrionale. Sono principalmente a base di syrah con un tocco di viognier. A mio parere, sono eleganti.»

«Economico come il Côtes du Rhône?»

«No, sono costosi. I vigneti si trovano su ripide colline affacciate sul fiume. Côte-Rôtie si traduce più o meno con 'costa arrostita' per via di tutto il sole che prendono.»

«Interessante. Magari ne prenderò una bottiglia quando avremo qualcosa da festeggiare.»

«Ti piaceranno. Cosa ti passa per la testa?»

«Il caso Swift. Hai menzionato un fenomeno chiamato confabulazione, in cui una persona confonde la realtà con cose inventate.»

«Chi ne soffre colma le lacune della propria memoria creando dei ricordi, mettendo insieme una storia abbastanza coerente che crede sia la realtà dei fatti.»

«È possibile che qualcuno dica di aver visto una persona che in realtà era morta?»

«È consapevole che questa persona è morta?»

«Sì, Mark Miller sostiene che suo nonno fosse lì il giorno in cui è scomparsa la ragazza.»

«È successo dieci anni fa. Potrebbe avere una lacuna di memoria riguardo all'arco temporale.»

«La casa era del nonno.»

«Questo potrebbe avvalorare l'equivoco. Associa il nonno alla casa. Ma io non sono uno psicoterapeuta.»

Arrivò un'altra chiamata. «Scusa, Doc, devo scappare. È Derrick. Grazie.»

«Ehi, Derrick.»

«Abbiamo ottenuto il mandato.»

«Così in fretta?»

«Lo so. Dove sei?»

«Ho appena finito con i Miller.»

«Com'è andata?»

Lo misi al corrente su ciò che aveva detto Mark

riguardo al seppellire scoiattoli e su chi, a suo dire, si trovava a casa il giorno in cui era scomparsa la Swift.

«Caspita, è strano.»

«Già, ho anche chiamato Bilotti. Ha detto che è decisamente possibile, ma sto pensando di chiamare la dottoressa Bruno per vedere cosa sa dirmi.»

«È quella da cui sei andato, giusto?»

Era una bella sensazione non nascondere il fatto di essere andato da una terapista. «Sì, è stata la mia salvezza. Sto tornando in ufficio. Di' a Santiago di organizzare una squadra per la perquisizione.»

GUIDAMMO il corteo verso Grey Oaks. La guardia alla guardiola guardò il mio distintivo e le auto in fila dietro di me. «Non è in casa.»

«Non importa. Abbiamo un mandato.»

Rimase a bocca aperta. «Un mandato? Devo avvisare qualcuno.»

«Chiami chi vuole, ma alzi la sbarra.»

Feci un cenno agli altri e ci dirigemmo verso casa di Newly. Scendendo dall'auto, il telefono vibrò. Lo tirai fuori. Era John Trane della scientifica. Rifiutai la chiamata e mi avviai lungo il vialetto.

«Non è in casa, non c'è bisogno di sfondare la porta. Usate il kit da scasso. Mettetevi guanti e copriscarpe.»

Entrammo in casa in fila indiana. «Io prendo la camera da letto principale, Derrick si occupa della cucina. Dividetevi il resto.»

Esitai prima di entrare nella camera padronale.

Anche se ne avevo il diritto, non avrei voluto che nessuno invadesse il mio spazio privato. Sul letto c'erano sette cuscini. Solo due erano del tipo per dormire.

Tirando una corda, le tende a tutta altezza si aprirono. Aprii l'unico comodino. Una boccetta di melatonina si trovava accanto a un libretto degli assegni. Sfogliai il registro; era vuoto. Forse, con Taras a finanziarla, non doveva preoccuparsi di far quadrare i conti.

Un libro intitolato *Pace Interiore* e un braccialetto con la chiusura rotta erano le uniche altre cose. Il tavolino dall'altra parte del letto era pieno di foto di Newly da bambina e da adolescente. Non c'erano foto di famiglia. Il suo cassetto sottile conteneva il secondo mazzo di chiavi dell'auto e il biglietto da visita di un salone di bellezza. Passai agli armadi.

Uno degli armadi principali conteneva più vestiti da donna della maggior parte delle boutique di Fifth Avenue. Le scarpiere erano piene. La mensola era stipata di scatole da scarpe. Le controllai una per una. Tutte scarpe, niente pistole.

L'altro armadio conteneva un paio di pantaloni da uomo e una manciata di camicie eleganti. Accanto a una grande cassetta di sicurezza ignifuga, c'era un paio di scarpe casual. Scommettevo che fossero della misura di Paul Taras.

Mi inginocchiai e aprii la scatola dei documenti. Sfogliandoli, esaminai il certificato di nascita della signorina Newly, i documenti del battesimo e un diploma di scuola superiore. Restavano tre cartelle. Una era contrassegnata con Prudential. Era una polizza sulla vita a suo nome. La beneficiaria era sua madre e il valore nominale era di soli settantacinquemila dollari.

Sgranai gli occhi quando aprii la cartella successiva. Era una ricevuta di Naples Guns and Ammo. Aveva acquistato una Smith & Wesson calibro .38 Special e una scatola di proiettili. Il possesso di armi tra le donne si aggirava intorno al 20 percento, quindi non era insolito. Ma era un campanello d'allarme.

Presi i documenti e uscii dalla camera da letto. «Derrick!»

Stava svuotando la dispensa e si voltò, tenendo in mano due scatole di maccheroni. «Che c'è?»

Mostrai la ricevuta. «Possiede una pistola.»

«Una calibro trentotto?»

«Esatto, e l'ha comprata appena sei settimane prima dell'omicidio.»

«Dobbiamo trovare quella pistola.»

«Spero che non l'abbia gettata lì dentro.»

Derrick guardò il lago. «Speriamo di no.»

Tornato in camera da letto, frugai tra i prodotti da bagno sotto entrambi i lavandini. Niente lì, né nell'armadio della biancheria. Tornato nella zona notte, mi misi in ginocchio: niente sotto il letto o il comò.

Sollevai l'angolo inferiore del materasso e feci scorrere la mano lungo il fianco. Sotto la zona dei cuscini, la mano urtò qualcosa. L'afferrai e la tirai fuori. Era una fondina di pelle nera. Era vuota. La rimisi a posto e, sollevando il materasso, scattai una foto con il cellulare.

Dopo averla imbustata, finii di perquisire la camera da letto e raggiunsi gli altri. Nessuno aveva trovato niente. Io e Derrick andammo nella veranda. Controllammo i mobili della cucina esterna e sotto tutti i cuscini delle sedie, ma facemmo un buco nell'acqua.

«Facciamo una passeggiata vicino al lago, potremmo essere fortunati.»

«Avremo bisogno di una squadra di sommozzatori.»

«C'è un temporale in arrivo per domani notte.»

Non avevo mai prestato molta attenzione al meteo; era inaffidabile quanto un politico. «Sei sicuro che colpirà?»

«Così dicono.»

Loro. Un altro pronome inutile. «O'Leary lo userà come scusa per non mandare una squadra di sommozzatori.»

«Dovrebbe essere un temporale passeggero.»

Il riverbero mi stava spaccando gli occhi. Sforzai lo sguardo per scorgere qualcosa di insolito lungo il perimetro del lago, ma tenni duro. Mi squillò il cellulare. Era lo sceriffo.

«Salve, sceriffo.»

«Dove si trova?»

«Sto giusto finendo le ricerche per il caso Newly.»

«Venga qui, il più in fretta possibile.»

«Cosa sta succedendo?»

«Abbiamo un disastro tra le mani. Il caso Swift ha appena preso una fottuta piega.»

66

Luca

Parcheggiato davanti a casa degli Swift, maledissi lo sceriffo. Mi aveva tolto il caso e ora voleva che fossi io a portare le cattive notizie. Remin stava facendo marcia indietro più veloce di una Ferrari.

Sorridendo al pensiero che il suo piano di usare il caso per scopi politici gli fosse esploso in faccia, scesi dall'auto.

Il signor Swift aprì la porta prima che suonassi il campanello. Mi pentii di non avergli detto della mia visita quando l'avevo chiamato.

«Signor Swift. Sua moglie è in casa?»

«Sì. Di che si tratta? Avete scoperto chi è stato?»

«No. Posso entrare?»

Lo seguii in soggiorno. Era buio. La signora Swift stava leggendo un libro con un uomo a petto nudo in copertina. Lo mise lentamente da parte. «Salve, detective. Ha notizie per noi?»

«No, signora. Devo informarvi di una piccola battuta d'arresto.»

Lei chiuse gli occhi e scosse la testa.

Suo marito disse: «Beh, allora vuoti il sacco.»

«I resti trovati nella proprietà dei Miller non erano di sua figlia.»

«Cosa? Avevate detto che l'impronta dentale corrispondeva.»

E voi avevate detto che era lei perché i resti erano stati trovati dove era stata vista l'ultima volta. «Non esattamente.»

La signora Swift si sporse in avanti. «Ci avete detto che era Kate.»

«Sì, all'epoca pensavamo che lo fosse, ma il DNA che ci avete fornito è stato confrontato con quello prelevato dai denti dei resti, e non è assolutamente vostra figlia.»

«Beh, diavolo, di chi si tratta allora?»

«Non posso ancora rivelarlo. La sua famiglia non è stata localizzata.»

«Non capisco. Siete degli incompetenti?»

Non serviva a nulla spiegare che l'identificazione originale si basava sull'età presunta e sul fatto che la figlia avesse denti perfetti senza segni particolari. E che ci volevano in media due mesi per processare il DNA. «Capisco come possa sembrare. Non ci fa fare una bella figura, ma il laboratorio era a corto di personale e ci ha messo più del solito.»

Si portò le mani alla testa e iniziò a singhiozzare. «Abbiamo seppellito la bambina di qualcun altro.»

Il signor Swift disse: «Questo è un fottuto disastro. E adesso cosa dovremmo fare?»

Sua moglie si alzò, puntandomi il dito contro. «Vada via. Fuori da casa mia!»

«Mi dispiace, signora.»

———

ENTRAI IN UFFICIO con passo pesante. «Com'è andata?»

«Come i broccoli a una festa di compleanno di un bambino di cinque anni.»

«Spiritoso.»

«È un casino, ecco cos'è.»

«Non posso crederci.»

«Come diavolo ha fatto una ragazzina di Orlando a finire sepolta nel giardino dei Miller?»

«Devono conoscerla per forza.»

«Ho aggiornato Weinstein, gli ho detto di verificare con i Miller, di vedere se conoscono una certa Monica Diskit.»

«È impossibile che non la conoscano.»

«Siamo di nuovo al punto di partenza. Che cazzo di perdita di tempo.»

«Almeno abbiamo un sacco di informazioni sui Miller.»

«Spero proprio che serva a qualcosa. È arrivato il fascicolo da Orlando?»

«Sì, te l'ho inoltrato.»

Crollai sulla sedia e aprii con un clic il file che mi aveva mandato il detective di Orlando.

«Assomiglia alla ragazzina Swift.»

«Lo so. Stessi capelli, stessi occhi, potrebbero essere sorelle.»

Monica Diskit aveva la stessa età e una corporatura simile a quella di Kate. Entrambe le ragazze sarebbero state facilmente sopraffatte da un uomo. Cosa ci faceva quella ragazza a quattro ore da casa?

Il suo sorriso mi ricordò Jessie. Il sangue iniziò a pulsarmi nelle orecchie. Chi diavolo era il responsabile? «Dobbiamo fare un controllo incrociato nel database statale delle ragazze scomparse, dai quattordici ai diciotto anni con i capelli biondi. Dobbiamo sapere se abbiamo a che fare con un serial killer.»

«Ho già fatto la richiesta.»

«Bene. Hai controllato con la Motorizzazione? Aveva una macchina?»

«Niente a suo nome.»

«Dobbiamo scoprire se aveva parenti da queste parti.»

«Il rapporto non menzionava che fosse in viaggio; è svanita mentre tornava a casa a piedi.»

Proprio come la Swift. Presi il telefono. «Medicina legale. Sono Trane.»

«Ehi, sono Luca.»

«Amico, è stato un colpo, eh?»

Avrei voluto urlargli contro per averci messo così tanto, ma la verità era che il laboratorio era sovraccarico di lavoro e a corto di personale. La richiesta di analisi forensi aveva superato la capacità dei laboratori nazionali di elaborarle. Sebbene i tempi di elaborazione si fossero ridotti da otto mesi, ci voleva comunque troppo tempo. «Hai proprio ragione. Adesso stiamo ricominciando da capo. Ho bisogno che tu carichi il DNA della Swift e i suoi dati sul Doe Network.»

«Non è stato fatto quando è scomparsa?»

«Nessuna traccia. È successo quasi dieci anni fa, quindi ne dubito.»

«Glielo faremo avere.»

Mentre riattaccavo, Derrick disse: «Forse otterremo una corrispondenza dal Doe Network.»

«Deve essere morta, no?»

Avrei voluto dire di no, ma mi ritrovai a dire: «Purtroppo. Per ora, dobbiamo scagionare i Miller, o concentrarci su di loro.»

«Newly sta arrivando con il suo avvocato.»

«Merda, me n'ero dimenticato. Puoi occupartene tu? Devo portare Jessie a fare un esame.»

«Che succede? Non hai detto niente.»

«Non è niente, o almeno spero. Deve fare dei test genetici. Sai, con il mio cancro e Mary Ann con la sclerosi multipla, ci hanno raccomandato di scoprire se ha qualche mutazione.»

«Oh, cavolo. Voglio dire, è una buona cosa, ma snervante.»

«Grazie per avermelo ricordato.»

«Scusa.»

«Non fa niente. Te ne occupi tu dell'interrogatorio di Newly?»

«Nessun problema. Non vedo l'ora di sentire cosa ha da dire.»

Io e Jessie entrammo in salotto. Mary Ann stava leggendo sulla mia poltrona reclinabile. Era mia solo di nome. Disse: «Mi stavo preoccupando. Perché ci avete messo tanto?»

Dissi: «La donna che fa i test era bloccata al Gulf Coast College. Hanno detto che sarebbe tornata tra un paio di minuti, ma erano tempi da isolani.»

«Cosa le hanno fatto?»

«Niente di che, mamma. Mi hanno fatto un prelievo di sangue e un tampone sulle guance.»

«Tra quanto tempo sapranno i risultati?»

«Circa due mesi per eseguire l'intera gamma di test.»

«Grazie per essertene occupata. Oggi non ne avevo proprio le forze.»

«Nessun problema.»

«Com'è andata la tua giornata?»

Jessie si diresse verso il frigo, e io dissi: «Una di quelle giornate passate a raccogliere i cocci.»

«Non posso credere che Remin ti abbia costretto a informare i genitori.»

«Credici pure. È un bel tipino.»

«Chissà dov'è, quella povera ragazza.»

«Me lo chiedo anch'io. Almeno, con il suo DNA, possiamo caricarlo sul Doe Network.»

Jessie tornò con in mano una bottiglia di quell'acqua aromatizzata alla frutta di cui andava matta. «Cos'è il Doe Network?»

«Un'organizzazione di volontariato che si occupa di persone scomparse. Hanno un database di resti non identificati e collaborano con le forze dell'ordine per cercare di identificare le persone di cui si sono perse le tracce.»

«Wow. Sembra davvero interessante.»

Interessante? No, era un lavoro macabro ma importante. «Quando stavo nel Jersey, mi hanno aiutato a identificare un cadavere in un caso che avevo.»

«Che figata.» Si diresse verso la sua stanza. «Magari farò volontariato per loro.»

Lanciai a Mary Ann un'occhiataccia di cui una sedicenne sarebbe andata fiera. Lei rise, e io andai a prendere una bottiglia di vino. Era l'unica cosa che mi tratteneva dal guidare fino a casa dei Miller.

67

Luca

Ero arrivato prima di Derrick, una rarità di questi tempi. Mentre il mio computer si avviava, il mio collega entrò con due tazze di caffè.

«Giorno». Posò il caffè sulla mia scrivania.

«Grazie. Dammi più dettagli sull'interrogatorio».

«Come ti ho detto ieri sera, era evasiva. Penso sia stata lei. Non ha saputo dirmi dov'era la pistola. Ha fatto la finta tonta». Alzò il tono della voce: «Stronzate del tipo: *'È sicuro che non sia lì?'*. Ha detto che qualcuno deve averla rubata».

«Dobbiamo trovarla; altrimenti, non abbiamo altro che una fondina vuota e una ricevuta».

«Ed è stata vista lì».

«Lo so, ma sono comunque prove circostanziali. Potrebbe dire che si doveva incontrare con il suo amante e che è così che è entrata in casa, dal retro».

«È un po' tirata per i capelli».

«Sì, ma basta un ragionevole dubbio. Il nostro compito è eliminare questa possibilità».

«Penso davvero che abbiamo abbastanza. Vuoi che ne parli ai procuratori?»

«No. Quando consegniamo un caso, voglio essere sicuro al mille per mille di aver preso la persona giusta».

«Scommetto che l'ha gettata nel lago».

«È quello che penso anch'io».

«Dobbiamo aspettare i sommozzatori. La tempesta sta deviando, ma aspetteranno comunque fino a dopodomani o il giorno successivo».

«Mi piacerebbe tanto rientrare in casa sua».

«Ci servirebbe un altro mandato. E poi, se non se n'è sbarazzata prima, ormai deve averlo fatto».

«Non necessariamente. Newly sa che la teniamo d'occhio. Potrebbe avere paura di buttarla. Potremmo esserci persi un nascondiglio».

«Aspettiamo e vediamo cosa trovano i sommozzatori».

«Dobbiamo controllare il suo ufficio. Perché non vai alla Hertz a dare un'occhiata al tipo di spazio di lavoro che ha. Probabilmente non ti lasceranno perquisire, ma se sembra che abbia uno spazio privato, sono sicuro che Johnson firmerà il mandato in base a quello che sappiamo».

«Mi sembra un piano. Ancora nessuna notizia da Weinstein?»

«No. Ho lasciato un altro messaggio, ma farò un salto al negozio».

«Davvero?»

Sorrisi. «Mi serve un cacciavite nuovo».

IL PARCHEGGIO della Miller's Building Supply era strapieno. Manovrando attorno a un uomo che spingeva un carrello carico di compensato, trovai un posto alla fine di una fila. Gli affari di quel tizio andavano molto meglio di quanto pensassi.

Feci un giro per il negozio, prendendo delle lampadine a LED e una bottiglia di detergente per barbecue. Mentre aspettavo di pagare, tenevo d'occhio la vetrata che si affacciava sul negozio. Speravo in un incontro casuale, ma dopo aver pagato andai al servizio clienti e chiesi di vedere Bill Miller.

Mi venne incontro in cima alle scale. «Lieto di vederLa, detective».

Alzai la busta. «Stavo prendendo un paio di cose e ho pensato di salutarLa».

«Grazie per aver fatto acquisti da noi».

«Caspita, questo posto è un formicaio».

Lui abbassò la voce. «Grazie a Dio per quelli del meteo. Ingigantiscono queste tempeste e ci tengono occupati».

«Buon per Lei. Almeno qualcuno trae vantaggio da questa isteria».

Miller sorrise. «Noi e le stazioni televisive».

«Posso avere un minuto del suo tempo?»

«Certo. Venga nel mio ufficio.»

La guardia di Miller si era abbassata, ma la rialzò leggermente. Chiuse la porta. «Una piega degli eventi piuttosto sbalorditiva.»

«Eufemismo.»

«Non voglio rallegrarmi delle disgrazie altrui, ma siamo sollevati che non fosse Katie.»

«Capisco. Conosce una certa Monica Diskit?»

Lui scosse la testa. «No. Quando Weinstein mi ha chiamato, gli ho detto che non avevamo idea di chi fosse.»

«Lo ha chiesto ai suoi fratelli?»

«Sì. Nessuno sa chi sia quella povera ragazza o come sia finita nella mia proprietà.»

«Ha negozi o interessi commerciali a Orlando?»

«No.»

«Parenti o amici nella zona di Orlando?»

«Assolutamente nessuno. Veniva da Orlando?»

«Appena fuori, da una cittadina chiamata Alafaya.»

«La conosco. Ci vive la sorella di Benny.»

«Viene mai da queste parti?»

«No, non sta bene da anni. Vive in una casa di riposo da quando ha avuto l'aneurisma cerebrale.»

«Mi dispiace.»

«È triste.» Scosse la testa. «Certa gente ha una vita molto dura.»

«Dobbiamo essere grati per quello che abbiamo.»

Mentre guidavo verso Grey Oaks, pensai a Bill Miller. Era un uomo d'affari di successo, ma un enigma. Aveva ostacolato la mia indagine, ma la sua intenzione era di proteggere suo fratello. Con dei resti umani trovati sulla sua proprietà, non c'era modo di poterlo escludere come sospettato.

Detto ciò, la sua genuina empatia per la sorella di Benny dimostrava che aveva un buon cuore. Aveva un enorme successo finanziario, ma avendo perso la madre in un incidente, il padre suicida e un fratello con una lesione cerebrale, se c'era qualcuno che aveva avuto una vita dura, quello era lui.

Le spalle della guardia si afflosciarono quando vide il mio distintivo. Aprì il cancello e io mi presi tutto il tempo per raggiungere la casa di Newly. I golf cart punteggiavano il campo. Un grande lago si estendeva appena oltre il tee di partenza. Era troppo lontano dalla strada perché Newly potesse gettarci la pistola.

Un tratto di riserva prima della sua via era una possibilità. Era abbastanza vicino. Presi nota mentalmente di mandare un paio di agenti in uniforme a perlustrare la zona. Accostai di fronte alla casa di Newly, chiedendomi se Taras le avesse fatto pressione per andarsene. Sarebbe stato un enorme passo indietro trasferirsi in un complesso residenziale in affitto; sembrava che a motivarla fosse un diverso tipo di orgoglio, più simile a quello di un'amante tradita.

Uscendo alla luce del sole, sorrisi. Le previsioni erano passate da una tempesta tropicale diretta a un temporale multicella. Qualunque cosa fosse, sarebbe dovuto passare durante la notte.

Nessuno rispose alla porta. Non sembrava che Newly fosse in casa. Feci il giro sul fianco della casa. Il lago sembrava diverso da qui. Fruga tra i cespugli lungo la casa, fermandomi dove si trovava il compressore dell'aria condizionata. Guardai sotto l'unità, ma non c'era nascosto nulla.

Dirigendomi verso la veranda, notai che una porzione maggiore delle sponde del lago era emersa. In previsione della tempesta, avevano abbassato il livello dei laghi per far fronte al deflusso previsto. Affrettai il passo.

Sembrava che l'acqua fosse stata drenata per una sessantina di centimetri. Mi insinuai lungo il bordo e mi spostai a destra. Cos'era quella cosa nera? Mi chinai. Era un pezzo di tubo in PVC. Raddrizzai la schiena e continuai, finché non pensai di essere troppo lontano dalla casa.

Con gli occhi incollati all'acqua, tornai sui miei passi, superando il punto di partenza. Feci mezzo passo indietro; sembrava un serpente che tirava su la testa. Non si muoveva. Mi avvicinai. Cos'era? Socchiudendo gli occhi, mi parve la canna di una pistola.

Mi tolsi scarpe e calzini e mi arrotolai i pantaloni. L'acqua era calda. Il fango mi si schiacciò tra le dita dei piedi. Accovacciandomi, tirai fuori il telefono e scattai diverse foto. Stringendo l'oggetto tra l'indice e il pollice, lo sollevai.

L'acqua sgocciolava dal revolver. Era una trentotto. Era l'arma del delitto?

68

LUCA

Facevo lo slalom tra le auto come un diciassettenne che di venerdì va sulla costa del Jersey per incontrare gli amici. Fermo a un semaforo su Livingston, mi infilai i calzini e chiamai Derrick.

Le parole mi uscirono di getto. Sembravo Derrick. «Non ci crederai mai.»

«Cosa è successo?»

«Hanno abbassato il livello dei laghi per la finta tempesta, e ho visto la punta della canna spuntare dalla superficie.»

«Oh, mio Dio. È incredibile.»

«Era ora che ci andasse bene qualcosa. Vado dritto al laboratorio. Credo che le impronte digitali sopravvivano sott'acqua per circa due settimane.»

«Dovremmo essere a cavallo.»

«Se le sue impronte sono lì sopra e la balistica corrisponde...»

«Corrisponderanno.»

Volevo ricordargli che i resti che pensavamo fossero di Swift si erano rivelati non esserlo. «Lo scopriremo abbastanza presto. Chiamo Remin, lo informo di ciò che abbiamo e gli chiedo di dare la priorità a questa cosa. Non ho intenzione di aspettare a lungo per scoprirlo.»

«Buona idea. Immagino che allora non ti serva sapere di Hertz.»

«Non è ancora finita.»

«Newly ha un cubicolo da cui lavora. È proprio in fondo, e a un paio di metri c'è un ripostiglio. Ci ho dato un'occhiata; è grande, contiene un sacco di insegne e altra roba.»

«Potrebbe essere un posto dove nascondere un'arma.»

«Senza dubbio.»

«D'accordo. Ci vediamo in ufficio.»

Al semaforo successivo, mentre mi infilavo un piede in una scarpa, mi squillò il cellulare. Era lo sceriffo.

«Signore, stavo giusto per chiamarLa. Ho buone notizie.»

«Me ne servirebbe proprio una.»

Invece di dirgli che se la meritava, chiesi: «Cosa succede?»

«Dimmi cosa hai.»

Gli spiegai di aver trovato la pistola e lui disse: «Buon lavoro, Frank. Li chiamerò per farla analizzare immediatamente.»

«Penso che dobbiamo tenere d'occhio Newly. Non vogliamo che se la fili.»

«Me ne occupo io.»

«Grazie, signore. Cosa aveva per me?»

«Volevo solo un aggiornamento. La stampa mi sta addosso per l'errata identificazione di Swift. È ingiusto. Pensano che il DNA venga analizzato come in *CSI*. E il ragazzo era scomparso da un decennio. Adesso dobbiamo ricominciare da capo.»

«Ce la faremo, signore.»

L'ARIA ODORAVA di una combinazione di muffa e candeggina. Scesi l'ultimo gradino e mi diressi verso la sala balistica. Non potevo perdere un minuto per scoprire se avessimo per le mani una svolta imminente nell'omicidio di Park Shore.

Il tecnico aveva delle cuffie antirumore intorno al collo. «Ehi, Frank. Come va?»

«Non c'è male. Spero che tu possa migliorare la situazione.»

«Io? Io mi limito a sparare. Mettiti le protezioni e sbrighiamoci.»

Presi un paio di cuffie di sicurezza dal muro e mi coprii le orecchie.

L'acqua nella vasca lunga era limpida. Mi fece il segno del pollice in su e io annuii. Il tecnico inserì la pistola del lago in un manicotto la cui altra estremità era immersa nell'acqua. Esplose un colpo. La scia mi ricordò i siluri dei sottomarini nei film sulla Seconda Guerra Mondiale.

Finì tutto in un secondo. Ci togliemmo le cuffie antirumore e lui tirò fuori il proiettile con un retino. Era una sciocchezza, ma volevo vederlo. «Fammi vedere».

«La tua vista non è così buona, amico».

«Lo so. Voglio solo vedere con i miei occhi».

La luce scintillò sull'ottone. Qualcosa di così piccolo poteva essere letale. Erano la velocità e il rimbalzo a causare così tanti danni.

«Te la porto su io».

«Niente da fare, Frank. Abbiamo un protocollo».

«Va bene, portala subito di sopra. D'accordo?».

Salii le scale a due a due e feci irruzione dalla porta del laboratorio di analisi forense. Indossai un camice, una cuffia e dei guanti, e mi aprirono con il cicalino. «Trane è nella sala multimediale».

Bussai alla porta aperta. «Ancora tu?».

«Fidati, vorrei che non avessimo così tanto da fare». La realtà era che il laboratorio stava diventando la forza trainante nella maggior parte dei casi.

«Beh, hai un tempismo perfetto, Frank». Trane indicò uno schermo. «Queste sono le impronte che abbiamo rilevato sull'arma da fuoco. Sto per caricare quelle che abbiamo preso dalla tazza di caffè che la signorina Newly ha usato durante l'interrogatorio».

Derrick aveva usato la testa. Ero orgoglioso di lui, ma odiavo pensare a come avrei reagito se avessimo dovuto perdere tempo per ottenere le sue impronte.

«Bene, ci siamo». Lo schermo del monitor si divise in due. «Le impronte del revolver sono a sinistra».

Mi si rivoltò lo stomaco. «Non sembrano somigliarsi».

«Aspetta. Lasciami sovrapporre un paio di immagini e vediamo».

Trane spostò un'immagine sopra l'altra e lo schermo

si divise in tre parti. Sembrava un'unica grande macchia. Espirai pesantemente.

«Dammi un minuto, Frank. Sembra che le impronte dei pollici possano essere la nostra migliore occasione».

Spostò due impronte più grandi e le sistemò. «Questa spirale combacia, anche se è parziale. Vedi quest'arco?».

Feci un passo avanti. «Sì, sembra che corrisponda».

«Corrisponde al cento per cento».

Avevamo due punti. «Ce ne servono altri dieci».

Lo standard richiedeva un minimo di dodici corrispondenze per dichiarare che entrambe le serie di impronte appartenessero alla stessa persona.

«L'indice mi è piaciuto subito, appena ho passato la polvere sulla pistola. È un'impronta parziale, ma la pressione sul grilletto l'ha resa nitida».

La manovrò per sovrapporla e dichiarò: «Questo cappio, arco e spirale combaciano. E guarda queste creste; sono perfette. Non deve avere le unghie lunghe».

«Ancora un altro paio e l'abbiamo incastrata».

«Ci arriveremo».

Derrick mi mandò un messaggio. «Devo tornare di sopra. Hai bisogno di me?».

«Te ne vai? Come farò il mio lavoro senza che tu mi stia alle costole?».

«Sei fortunato che ti sono simpatico. Fammi sapere e non dimenticare che ci serve il rapporto della balistica».

«Sta arrivando».

Salii di corsa le scale, presi due tazze di caffè ed entrai nel mio ufficio. Derrick stava fissando il suo monitor. «Com'è andata?».

Gli posai un caffè sulla scrivania. «Trane sta finendo

con le impronte. Ne ha trovate una decina, quindi ci siamo quasi».

«Ottimo. E la perizia balistica?»

«Attendo i risultati a minuti.»

Presi un sorso di caffè. Era bruciato. «Hai il fascicolo da Orlando?»

«Sì, è deprimente. Sembra che fosse una bravissima ragazza. Voti eccellenti, giocava nella squadra di calcio e in quella di tennis. Era un'animatrice in parrocchia e faceva persino volontariato con gli anziani.»

«E i sospettati?»

«Sto giusto arrivando agli interrogatori. Il riassunto, però, menzionava un vagabondo e un ragazzo più grande che era interessato a lei, ma che lei aveva respinto.»

«Qual è il collegamento con Naples?»

«Non sembra ce ne sia uno. Pare fosse solo un buon posto per sbarazzarsi del cadavere.»

«Può darsi. Dieci anni fa Pine Ridge Estates era un posto molto più tranquillo. Grandi appezzamenti di terreno, poche case.»

Il telefono sulla mia scrivania squillò. Risposi ed esultai con un pugno. «Abbiamo una corrispondenza balistica.»

«Aspettiamo le impronte?»

«No, quelle arriveranno. Chiediamo un mandato d'arresto.»

«Me ne occupo io.»

«Prima mandami il fascicolo su Monica Diskit.»

69

Fissai il file zip. Alafaya non aveva un proprio corpo di polizia ed era sotto la giurisdizione di Orlando. Lo aprii con un clic e apparve una foto di Monica Diskit. La somiglianza con Kate Swift mi fece pensare ai coniugi Swift.

Quanto era stato ingiusto nei loro confronti. Tua figlia scompare e per nove anni ti chiedi cosa sia successo. Ti dicono che l'hanno ritrovata, organizzi una cerimonia funebre e poi si scopre che si tratta di un'altra persona.

Mentre pensavo che meritassero giustizia e di poter chiudere quel capitolo, notai che il fascicolo conteneva centottantanove pagine. Avrei dovuto approfondire subito o cercare di smuovere le acque sul caso Swift? Avremmo potuto riesaminare con più attenzione le persone di interesse che avevamo individuato all'inizio.

Forse gli insegnanti andavano controllati più a fondo. O magari dare un'altra occhiata a Bill Miller. E a suo fratello Greg. Avevano cospirato e inventato un falso avvistamento. Dovevo spulciare ogni intervista e ogni dettaglio in nostro possesso. E non avevamo mai scoperto chi fosse il signor Linen. Dovevamo parlargli.

Distrarmi con i dettagli di un altro caso non era quello che volevo. Potevano essere collegati, ma dovevo concentrarmi su una cosa alla volta. Ricevetti la notifica di un'email. Era dello sceriffo. Mi tornò in mente la discussione che avevo avuto con lui sulla gestione di più di un caso alla volta. Se avevo detto di poter lavorare a più casi contemporaneamente, era meglio che lo dimostrassi.

Lo sceriffo non stava perdendo tempo per riabilitare la propria immagine. Leggendo tra le righe, voleva organizzare una conferenza stampa sull'arresto di Newly. Sospettavo che mi stesse chiedendo il rapporto per avere una copertura. Una parte di me sperava che Newly fuggisse. Lo sceriffo doveva rimanere sulle spine ancora un po', ma la realtà era che il caso di Park Shore sarebbe passato in mano ai procuratori nel giro di poche ore.

A metà del rapporto, chiamò Trane. Aveva diciotto punti di concordanza. Anche se non erano i venti ottimali, erano più che sufficienti. Inserii i dettagli nel documento e lo inviai via email a Remin.

Come se mi stesse chiamando, dopo aver inviato il rapporto allo sceriffo, il cursore si posò sulla barra delle applicazioni. Apparve una piccola finestra per il fascicolo di Orlando. La ingrandii e iniziai a leggere il riassunto.

I genitori ne avevano denunciato la scomparsa il 12 maggio 2010, quando la ragazza non era tornata a casa la sera prima. Erano passati dodici anni da quando Monica Diskit era scomparsa.

Stava tornando a casa a piedi dopo aver fatto volontariato alla casa di riposo Heritage. C'erano due persone di interesse identificate dalla polizia di Orlando: Chuck Cutowski e Peter Shelly.

Cutowski aveva una lunga sfilza di precedenti, che comprendevano reati come ubriachezza molesta, vagabondaggio e occupazione di suolo pubblico. Non sembrava essere violento, ma era stato visto importunare la Diskit per chiederle dei soldi.

Peter Shelly frequentava lo stesso liceo della Diskit e, a detta di tutti, era ossessionato da lei. Shelly le aveva chiesto di uscire diverse volte ed era stato rifiutato. Un episodio, in cui la Diskit gli aveva detto di no davanti a un gruppo di studenti, mise Shelly nel mirino. Dopo quella figuraccia imbarazzante, si era sfogato, dicendo a due compagni di classe che gliel'avrebbe fatta pagare per averlo umiliato.

Nessuno dei due fu incriminato, ma neanche scagionato. È interessante notare che entrambi non avevano alibi plausibili. Cutowski sosteneva di essere stato ubriaco e di aver dormito tutto il giorno sotto un cavalcavia. Shelly disse di essere andato a casa dopo la scuola e di esserci rimasto. I suoi genitori, in visita a dei parenti a New York, non furono in grado di confermarlo, e non c'era nessun altro a sostegno della sua versione.

Passai alla sezione del profilo sviluppato per ciascuno dei sospetti. Cutowski aveva una barba trasandata e occhi troppo vicini. Era magro e aveva una cicatrice sulla fronte. Dovuta a una rissa o a una caduta da ubriaco?

Shelly aveva un viso tondo e paffuto e capelli color sabbia. Occhi scuri, quasi neri, e una bocca piccola. Aveva le spalle curve. Se gli avessi mostrato una palla, ti avrebbe chiesto cos'era.

Verificai Cutowski nel sistema. Il vagabondo era stato arrestato per tre violazioni da quando la Diskit era scomparsa. Una era per occupazione abusiva di un'abitazione i cui proprietari erano dei *snowbirds*. Ma le altre due erano per aggressione: un episodio riguardava un accoltellamento e l'altro un pestaggio con un pezzo di tubo.

Dopotutto, quel tizio aveva una vena violenta. Sebbene entrambi i reati fossero stati commessi contro uomini, la Diskit avrebbe potuto in qualche modo far scattare qualcosa nell'instabile vagabondo. Era qualcuno che avremmo dovuto rintracciare.

Nei dodici anni da quando Diskit era scomparso, anche Peter Shelly si era rivelato un valido sospettato. C'era un'accusa di frode, per aver emesso un assegno a vuoto, ma ciò che attirò la mia attenzione furono due denunce per violenza domestica. Entrambe avevano portato a ordini restrittivi. Non riuscivo a capirlo; due donne diverse avevano chiesto aiuto e avevano ottenuto un ordine che imponeva a Shelly di stare ad almeno cinquecento piedi di distanza. Perché non c'era una legge per sbattere dentro gente come lui?

Le denunce erano state presentate a quattro anni di distanza l'una dall'altra. Mi chiesi se ci fossero altre donne troppo spaventate per sporgere denuncia. O se ce ne fossero state, e Shelly le avesse uccise?

La prima cosa da fare era localizzare quei due schifosi. Vediamo se riuscivano a cavarsela con me. Mentre aprivo il portale della DMV, Derrick fece irruzione nell'ufficio. «L'avvocato di Newly è qui. Vogliono parlare».

«Parlare? Sperano in un accordo?»

«Immagino di sì».

Sbuffai. «Si tratta di omicidio di primo grado. O è l'ergastolo senza condizionale o la pena di morte, ma quella è rara».

«Forse cerca di ottenere la possibilità della libertà condizionale».

«Probabile. Non è una nostra decisione, ma non prenderei nemmeno in considerazione un patteggia-mento a meno che non si faccia venticinque anni».

«Vediamo cosa hanno da dire».

Mi alzai. «Spero che non sia un tira e molla troppo lungo; dobbiamo tornare al caso Diskit. Ho fatto delle ricerche sui due sospettati; entrambi sono stati in guai seri da quando il ragazzino è scomparso».

«Del tipo?»

Gli raccontai ciò che avevo scoperto, e lui disse: «E nessuno a Orlando ha approfondito?»

«Non ho visto alcuna prova che l'abbiano fatto».

70

Luca

Appena rientrati in ufficio, dissi: «Io avrei insistito per venticinque anni».

«Avrà una sessantina d'anni quando si presenterà davanti alla commissione per la libertà vigilata».

«E la signora Taras sarà morta da venticinque anni».

«Già. Non l'avevo vista in quel modo».

«Semplicemente non c'è modo di rimediare. Nemmeno la pena di morte pareggia i conti quando perdi una persona cara».

«Fa schifo. Non riesco a immaginarlo. Credi che Paul Taras sapesse che lei aveva la stoffa per uccidere?».

Mi sedetti alla scrivania. «Credo che avesse visto dei segnali che non era la donna per lui, ma non che fosse un'assassina. La morale è che non si conosce mai veramente una persona».

«Già, ti ricordi quel caso in cui il tizio aveva detto alla moglie che era su un volo ma è arrivato con uno precedente?».

«Difficile dimenticarlo. Ma quello che abbiamo per le mani ora sta salendo di livello. Mettiamoci al lavoro e scaviamo a fondo su quei bastardi del caso Diskit. Tu cerca di capire dove si trova Cutowski, e io scoprirò dove abita Shelly».

I registri della motorizzazione riportavano l'indirizzo di Shelly al 1111 di Gulf Shore Boulevard. Viveva a Naples? Era un indirizzo elegante. Molte delle proprietà più costose di Naples costeggiavano il lato della strada affacciato sul Golfo. Inserendolo in Google Earth, feci uno zoom. Era un grattacielo con vista sul Golfo del Messico.

Come aveva fatto quel codardo a fare i soldi? Chiedendomi se li avesse ottenuti con il matrimonio, aprii la foto della sua patente. Un accenno di grigio e un leggero doppio mento erano le uniche differenze. Aveva un sorrisetto stampato in faccia. Mi stava deridendo?

«Ehi, Frank. Indovina dov'è Cutowski?».

Ci risiamo. «Nell'attico del Ritz?».

«No. Al cimitero di Lake Stafford».

La contea di Collier seppelliva i non abbienti in un posto vicino al casinò di Immokalee. Ciò significava che anche Cutowski si era trasferito a Naples. «È morto?».

«Morto circa quattro anni fa».

«Maledizione. Spero che non stiamo dando la caccia a un morto».

«A proposito di cose difficili».

«Non saprei. Quali sono le probabilità che sia Cutowski che Shelly siano finiti quaggiù?».

«Non dirò coincidenza perché conosco la tua risposta».

Aveva ragione; non ci credevo. «Possiamo controllare se qualcuno si ricorda di aver visto la sua macchina da queste parti. Sarebbe difficile non notare una Gremlin verde».

«Hanno smesso di produrle prima che io potessi guidare».

«Non rigirare il coltello nella piaga. Non sei tanto più giovane di me».

«Non volevo…».

Alzai una mano. «Scherzavo».

«Penso che inizierò dai Miller. Va bene?».

«Certo. Il vicino di casa sembrava avere buona memoria. Vedi cosa dice lui».

«Ricevuto. Hai rintracciato Shelly?».

«Sembra che se la passi piuttosto bene, vive in un grattacielo su Gulf Shore Drive. Vado a vedere cosa ha da dire».

Svoltai a sinistra su Park Shore Drive e mi diressi a ovest verso il mare. La strada si innalzava sopra l'acqua. Venetian Village, un'enclave colorata di negozi e ristoranti sulla baia, si estendeva su entrambi i lati della strada. Ogni volta che ero in zona, mi veniva in mente la gelateria dove avevamo portato Jessie decine di volte.

Svoltando a destra su Gulf Shore Boulevard, superai un paio di grattacieli prima di imboccare il vialetto di una struttura dall'aspetto moderno. Per quanto potessi ricordare, e dato che aveva la vista sul mare, non riuscivo a immaginare un appartamento a meno di due milioni. Sceso dall'auto, fui investito da un'aria impregnata di sale.

L'atrio circolare era rivestito di marmo bianco e

grigio. Una scala curva conduceva a un piano ammezzato che immaginai fosse pieno di servizi. Mi avvicinai al banco della reception e la giovane donna di servizio posò il telefono. Mentre telefonava a Shelly, mi chiesi se il palazzo avesse una spa. Dovevo comprare un buono regalo per Mary Ann; i massaggi facevano bene alla sua sclerosi multipla.

Shelly viveva al sesto piano. L'ascensore si apriva direttamente nel suo appartamento. Avevo già visto cose del genere, ma faceva comunque un bell'effetto.

Una voce maschile disse che stava arrivando. Mi spostai a sinistra: una vista magnifica sul Golfo. Mi chiesi se fosse possibile dare per scontata la vista dell'acqua scintillante, ma sapevo di sì.

Sembrava essere un trilocale. Mobili di lusso. E quello che era appeso alle pareti non veniva certo da un grande magazzino.

«Signor Luca? Lei viene dalla ditta di ingegneria?»

Dal crollo di un condominio sulla East Coast, nessuno metteva più in discussione le visite improvvise degli ingegneri edili. Gli mostrai il distintivo. «Ufficio dello sceriffo della contea di Collier.»

«Lo sceriffo? Qualcuno nell'edificio ha fatto qualcosa?»

Era sinceramente sorpreso. O un bravo attore. «No. Vorrei parlarLe di Monica Diskit.»

«Chi?»

La sua faccia e la sua domanda non quadravano. «Ci pensi bene. Monica Diskit. La ragazza di cui era infatuato, scomparsa una dozzina di anni fa.»

«Oh, oh. Sì, ho letto sul giornale che l'hanno trovata.»

«Quando si è trasferito a Naples?»

«Oh, circa cinque, forse sei anni fa.»

«Ottima scelta. Io sono sceso dal Jersey una decina d'anni fa.»

«Magari fossi venuto prima.»

«Ha famiglia qui?»

«Oh sì. La maggior parte della mia famiglia è qui da anni. Orlando ha cominciato a cambiare e, uno a uno, se ne sono andati.»

«Ha proprio un bell'appartamento.»

«Grazie. Non ero sicuro mi sarebbe piaciuto vivere in un grattacielo, ma è fantastico.»

«Di cosa si occupa?»

«Sono stato fortunato con un videogioco. Ho avuto un'idea e uno dei miei compagni di college era un programmatore, ed è andata alla grande.»

«Wow. Che gioco?»

«*Combat Island*.»

Sembrava violento. «Congratulazioni.»

«Grazie. Sto provando altre idee, ma per ora non c'è interesse.»

«Arriverà. Senta, dato che hanno trovato i resti di Monica qui, devo fare qualche indagine prima di rispedire il caso a Orlando.»

«Okay.»

«Spero possa aiutarmi con qualche informazione di base.»

«Certo, per quel che posso fare.»

«La conosceva da scuola.»

«Sì, frequentavamo la University High.»

«Aveva un interesse romantico per lei.»

«No. Non è vero.»

«Tutti dicono che Lei ne era ossessionato.»

«Era una cosa da ragazzini, tutto qui.»

«L'ha minacciata di fargliela pagare quando ha rifiutato di uscire con Lei.»

«Ehi, che significa tutto questo? Io non c'entro niente con quello che le è successo. All'epoca, la polizia mi fece delle domande e indagò, ma erano tutte stronzate. Mi scagionarono.»

«Non l'hanno mai scagionata.»

«Senta, io non c'entro niente.»

«A Lei piace picchiare le donne, vero?»

«Quelle accuse erano stronzate.»

«Per Lei è tutto una stronzata.»

«Voglio che se ne vada. Non dirò nulla senza un avvocato.»

71

LUCA

Appena uscii dall'ascensore, Derrick mi chiamò: «Frank, il vicino è quasi sicuro di ricordare di aver visto la Gremlin. Ha anche detto che sembrava un lime. Non potevo crederci.»

«È in gamba. Si è ricordato di aver visto Amanda Pearson. Dev'essere l'esperienza che ha maturato prestando servizio in Iraq.»

«Probabile. Lì, se sbagli a interpretare qualcosa, sei fritto.»

«Amen. Allora, che hanno detto i Miller?»

«A quel tempo non ci vivevano loro. Ci viveva il padre.»

Come diavolo me l'ero perso? Era colpa della chemio? «Lo so. Valeva la pena tentare, avrebbero potuto vedere qualcosa durante una visita.»

«E adesso?»

Magari lo sapessi. «Dobbiamo vedere se riusciamo a collegare Cutowski e Diskit. Il giorno in cui è scomparsa.

Cerchiamo di ricostruire i suoi spostamenti di quel giorno.»

«Va bene. Com'è andata con Shelly?»

«Ha negato tutto, anche le accuse di violenza domestica a suo carico. Ha chiesto un avvocato.»

«Cosa ne pensi?»

«Non mi piace per niente, ma mi serve di più. Ho intenzione di scavarci a fondo.»

Salendo in macchina, sperai che fosse Shelly. Era un pericolo per le donne.

Fu bello vedere Mary Ann in piedi accanto ai fornelli. Le diedi un bacio sulla guancia. «Ti senti bene?»

«Abbastanza bene. Non potevo continuare a starmene sdraiata tutto il giorno.»

«Cosa stai preparando?»

«Cavolo nero.»

Non proprio appetitoso. «Si abbina con la pasta?»

Lei si accigliò. «Ho tirato fuori dal freezer degli hamburger di tacchino.»

Mi chiesi se potessi sgattaiolare fuori per andare da McDonald's. «Dov'è Jessie?»

«Sta tornando a casa.»

Tirai fuori una piccola bomboletta. «Voglio che Jessie lo tenga con sé. Sempre.»

«Spray al peperoncino?»

«Sì. Deve essere in grado di difendersi da qualche stronzo, se dovesse capitare.»

«Cos'è successo oggi?»

Avevo forse dei sottotitoli che mi scorrevano sulla fronte? «Niente.»

«Frank?»

«Ci sono dei vigliacchi là fuori che si divertono a maltrattare le donne. Se qualcuno le mette le mani addosso, lei gli dà una spruzzata di questo.»

Lei inarcò le sopracciglia.

«Andiamo, Mary Ann, sai di cosa sto parlando.» «Non sto dicendo che non sono d'accordo. Non voglio che tu la spaventi.»

«Presto andrà al college. Un campus non è sicuro come la gente pensa.»

«Jessica sa come badare a sé stessa.»

«Non è di lei che mi preoccupo.»

«Se questo ti rende felice.»

«Io? Sto cercando di proteggere nostra figlia.»

«Lo so, ma ogni volta che hai un caso con una svolta, la prendi sul personale.»

«Non posso farci niente. Jessie è tutto.»

Mi cinse con le braccia e mi baciò. «Lo sa. Le parleremo entrambi stasera, va bene?»

«Grazie.»

«Certo. Ora, accendi la griglia. Ho fame.»

Misi una pastiglia nella lavastoviglie e chiusi lo sportello. Jessie e Mary Ann si stavano facendo la doccia, e io mi ritirai nella veranda con il mio portatile.

Il cielo era arancione acceso. Una brezza tropicale faceva frusciare le palme. Aprii il file che ci aveva mandato Orlando, andai dritto a quello che avevano su Shelly e cominciai a leggere.

Avevano condotto due interrogatori con Shelly.

Perché non lo avevano interrogato più volte? Ricordando che le accuse di violenza domestica erano arrivate ben dopo la scomparsa di Diskit, placai la mia rabbia.

L'investigatore, un certo detective Daly, interrogò con cautela Shelly sulla sua relazione con la vittima. Non gli chiese mai se fosse ossessionato da Diskit, nonostante quello che la gente aveva detto.

Forse era stato cauto perché Shelly era minorenne e sua madre e un avvocato erano presenti. Quando finii di leggere la trascrizione del primo interrogatorio, l'unica cosa che Daly ottenne fu che Shelly viveva nello stesso complesso residenziale di Diskit.

Il secondo interrogatorio fu condotto una settimana dopo. Daly ripercorse i punti principali del primo colloquio, sempre una buona idea, per vedere se la storia cambiava. Shelly sostenne di non aver visto Diskit quel giorno.

Daly era pronto, menzionando due studenti che avevano detto che Shelly e Diskit stavano parlando nel parcheggio all'uscita da scuola. Shelly negò, sostenendo che dovevano essersi confusi con le date. Daly insistette, ma l'avvocato dichiarò che il suo cliente aveva negato e chiese di andare oltre.

Il detective tornò sulla loro relazione. Chiese a Shelly se fosse rimasto deluso dal fatto che Diskit non volesse uscire con lui. Shelly disse che la cosa non lo turbava. Poi Daly chiese della minaccia che aveva fatto per vendicarsi di lei per averlo messo in imbarazzo.

Sebbene avesse solo diciassette anni, Shelly era arrogante, e affermò di non aver mai detto una cosa del genere e che chiunque lo sostenesse stava mentendo.

Daly ribatté con una dichiarazione firmata da un testimone. Shelly pretese di sapere chi l'avesse detto e continuò a sostenere che fosse falso.

L'interrogatorio degenerò e finì poco dopo. Mi appoggiai allo schienale e ci riflettei. Tutto quello che avevano era circostanziale. Contraddittorio e incriminante, ma pur sempre circostanziale.

Shelly era uno da mettere sotto pressione. Perché non avevano continuato a insistere? Il ragazzo mentiva. Perché lasciarlo andare così?

Mentre fissavo lo schermo, Jessie cominciò ad asciugarsi i capelli con il fon. Come poteva una ragazzina sparire nel nulla? Scesi con il cursore fino agli interrogatori dei suoi genitori. Avevo evitato di leggerli per risparmiarmi quella sofferenza.

Cominciai a leggere gli appunti presi da un agente Johns, che era andato a casa loro dopo che i genitori ne avevano denunciato la scomparsa. La madre raccontò la mattina prima che Monica andasse a scuola. Quando lessi dove faceva volontariato, sentii un brivido alla base del cranio.

72

LUCA

Lo rilessi. Monica Diskit faceva volontariato presso l'Alafaya Nursing Rehabilitation Center. Scorrendo le interviste, ne trovai due fatte ai dipendenti della casa di riposo.

Glenn Fitch era l'amministratore. Dichiarò che Monica era una delle quattro ragazze che venivano due volte a settimana. Monica lavorava a fianco di Carol Freeland, la direttrice delle attività. Fitch disse che Monica era benvoluta sia dal personale che dai residenti. Accennò di averla vista quando era arrivata alla struttura e offrì i filmati della videosorveglianza.

Scorsi il registro delle prove. Il DVD era stato registrato con il numero di matricola A73. Nella sezione delle note, il detective Daly dichiarava che la Diskit era stata vista dalle telecamere mentre lasciava la struttura alle 18:04. Usciva dall'ingresso principale, scomparendo dall'inquadratura nel parcheggio.

Dovevo vedere quel filmato. Lessi l'intervista con la

donna responsabile delle attività. La Freeman disse che Monica era una delle preferite dei residenti e andava d'accordo con il personale. Non aveva idea di cosa le fosse successo e non offrì alcun indizio su possibili sospetti. Daly la incalzò, chiedendole se qualcuno che lavorava lì avesse espresso interesse per lei o avesse avuto un diverbio con lei.

Fu un errore non intervistare nessun altro dipendente della casa di riposo. Era l'ultimo posto in cui aveva interagito con qualcuno.

Iniziai a pensare alle varie possibilità. Sembrava probabile che la Diskit fosse stata portata via dalla strada, di sua volontà o costretta a salire su un veicolo. Non si sapeva dove potesse essere stata portata, né se fosse stata uccisa nella zona di Orlando per poi essere trasportata a Naples, o se avesse incontrato il suo creatore nella Contea di Collier.

Sapevamo che era stata a fare volontariato fino alle 18:00. Mi chiesi cosa ci fosse nei dintorni della struttura e aprii Google Earth. Ero sicuro che dodici anni prima l'aspetto fosse diverso, ma dall'altra parte della strada c'era una chiesa, la St. Joseph's Catholic Church. A giudicare dall'aspetto, era stata costruita prima della nascita della Diskit.

Mi sorse una domanda e feci una ricerca. La St. Joseph's aveva una mensa per i poveri. Cutowski la frequentava? Mi chiesi anche se potessimo collegare Shelly a quella zona. Aveva amici lì? O qualche motivo per trovarsi da quelle parti?

Scorsi le interviste di Cutowski e Shelly. Nemmeno

una domanda sulla posizione della casa di riposo. Mi sembrò un'enorme svista. Presi il telefono.

IL TRAFFICO sulla I-75 in avvicinamento a Tampa era leggero. Il tachimetro segnava novanta. Stavo spingendo. Perdere tempo era una delle irritazioni più grandi della vita. Ne avrei avuto la mia dose quando mi sarei immesso sulla Route 4 per Orlando.

Rallentai a ottanta e chiamai Mary Ann. «Come ti senti?»

«Bene. Dove sei?»

«Sto per immettermi sulla Quattro.»

«Non capisco perché non hai potuto fare richiesta per fartelo spedire.»

«Ci sarebbe voluta una settimana, come minimo.»

«Il caso ha dodici anni.»

«Sai che non mi piace criticare un collega, ma basandomi su quello che c'è nel fascicolo, non si sono limitati a un passo falso, l'hanno proprio cestinato.»

«Hai detto che il detective che se ne è occupato è morto?»

«Sì, infarto, cinque anni fa.»

«Non era della omicidi, vero?»

«No. Era un caso di persona scomparsa che si è arenato.»

«Questo spiega tutto.»

«Non ai genitori.»

«Ci sono ancora?»

«Sì. Pensavo di parlare con loro. Potrebbero sapere di più su Shelly, ma vediamo prima cosa mostra il filmato.»

«Dovresti fermarti per la notte. È troppa strada per te.»

«Sto bene, non è così terribile.»

«Non sei più un ragazzino, Frank.»

Non c'era bisogno di ricordarmelo. Avevo già il sedere a pezzi e, per quanto regolassi il sedile, la schiena cominciava a farsi sentire. «Ehi, hai detto che ti piacevano gli uomini maturi».

Lei ridacchiò. «Ce n'è solo uno per me. Voglio solo assicurarmi che non torni a casa così stanco da non poter, sai...»

«Non lo so. Dimmelo».

«Ciao, Frank. Tieni gli occhi sulla strada e chiamami quando arrivi».

L'edificio che ospitava il Dipartimento di Polizia di Orlando era tutto a vetrate. Era moderno, con dei frangisole che si estendevano dalla linea del tetto. La zona era trafficatissima. Il complesso del Citrus Bowl si trovava poco più a sud e l'Explora Soccer Stadium due isolati a nord.

Mentre aspettavo la detective Ryder, non riuscivo a immaginarmi di lavorare in un'area metropolitana con tre milioni di persone. Dopo cinque minuti, sentii: «Detective Luca».

Alzai lo sguardo: una donna in un tailleur pantalone blu mi stava facendo cenno. Come faceva a sapere che fossi io?

«Detective Ryder?»

Mi tese la mano. «Chiamami Mary».

«Piacere di conoscerti. Come sapevi che ero io?»

Camminammo lungo un corridoio. «Ho un'amica, lavora nel vostro tribunale, Penny Velasquez. Ha detto che assomigli a George Clooney, ma non ne sono sicura».

Era da un po' che non sentivo il paragone con Clooney. Era un altro segno dell'età che avanzava? «Non la conosco».

«È una stenografa. Comunque, ho i minuti contati. Entriamo qui».

L'edificio era nuovo, ma le apparecchiature che riempivano la piccola stanza risalivano ai tempi di Woodstock. Mi diede dei documenti da firmare e mi porse una busta. Accese un monitor e indicò sotto di esso. «Quello è il lettore DVD».

«Okay, ho capito».

«Fai pure. Se ti serve qualcosa, il mio interno è quattro-uno-nove».

«Grazie». Sfilai il DVD e lo inserii. Era incredibile la rapidità con cui eravamo passati dalle pellicole vere e proprie ai DVD, e ora era tutto digitale. Mandai avanti veloce fino alle 17:45.

Il video era nitido ma a scatti. Il vialetto era bagnato. Gocce di pioggia schizzavano in una pozzanghera. Stava piovendo. Perché il verbale non ne faceva menzione?

Alle sei meno dieci, apparve una coppia anziana. L'uomo tenne la porta aperta e seguì la sua compagna all'interno. Sembravano turisti. Per sei minuti non accadde nulla, finché una donna corpulenta uscì dall'edificio. La guardai uscire dall'inquadratura mentre un uomo, con un bastone, si allontanava lentamente.

Un'auto si accostò e lui salì. Si allontanarono, e qualcun altro stava uscendo.

Era inconfondibile. Eccola lì. Monica Diskit. Camminava con passo leggero e sorrideva. Si tirò la giacca bianca sopra la testa e uscì dall'inquadratura.

Mentre mi lamentavo di quanto in fretta la sua vita fosse cambiata, vidi un uomo uscire dall'edificio. Mi bloccai quando scivolò sulla destra e scomparve. Riavvolgendo, ingrandii l'immagine. Doveva essere lui.

73

LUCA

Non appena mi sono immesso in autostrada, ho acceso i lampeggianti e ho premuto sull'acceleratore. Poteva essere una coincidenza? La madre di Benny Alston era una residente della casa di riposo in cui Diskit faceva volontariato. Quello ci poteva stare.

Ma trovarsi lì il giorno della scomparsa di Diskit e lasciare la struttura a pochi minuti di distanza da lei? Le probabilità rasentavano l'inverosimile. Mi era sfuggito qualcosa?

Mentre i chilometri diminuivano, sentii lo stomaco attorcigliarsi. Quello che avevo erano prove indiziarie vecchie di dodici anni. La polizia di Orlando aveva parlato solo con due dipendenti della casa di riposo. Non risultava da nessuna parte che avessero interrogato i visitatori o i residenti.

Se fosse stato Alston, non solo l'avrebbe fatta franca, ma avrebbe anche evitato ogni sospetto. Il telefono mi squillò. Era Derrick.

«Scusa, Frank, sono appena uscito dal tribunale. Dove sei?»

«A circa un'ora di distanza. Senti, Benny Alston ha lasciato la casa di riposo subito dopo Diskit.»

«Alston? L'amico dei Miller?»

«Lo so che è strano, ma sua madre vive lì.»

«E vive vicino a dove è stato trovato il suo corpo.»

Mi mossi per alleviare la pressione sull'anca. «Bingo. Non può essere una coincidenza.»

«Credi che c'entri qualcosa anche con la Swift?»

«Potrebbe essere. Chi lo sa, potrebbe aver scaricato quella povera ragazza da qualche parte a Orlando.»

«Non capisco perché abbia cercato di incriminare Mark Miller se sapeva che non si trattava della Swift.»

«All'epoca pensavamo che fosse la Swift. Probabilmente quel bastardo se la rideva di noi.»

«Non abbiamo molto. Dovremmo portarlo dentro?»

«Non lo so. Sono casi vecchi. Qualsiasi prova si sta deteriorando di ora in ora. Se lo arrestiamo, si assicurerà di sbarazzarsi di tutto ciò che potrebbe collegarlo a una delle due ragazze.»

«Alston non sembra un serial killer.»

«Non sappiamo abbastanza di questo tizio. Ma non importa; non si conosce mai veramente qualcuno.»

«Assolutamente. Vuoi che scavi più a fondo nel suo passato?»

«Certo. Non si sa mai cosa potremmo trovare.»

«Me ne occupo subito.»

«DOVE VAI?»

«In ufficio, non riesco a dormire.»

«Sono le cinque e mezza.»

«Lo so. Devo trovare un modo per ottenere un mandato per Alston. Non abbiamo abbastanza.»

«Non svegliare Jessica.»

«Torna a letto. Ti chiamo più tardi.»

Dopo essermi vestito, andai in punta di piedi verso il garage, saltando il caffè di cui avevo bisogno. Mi infilai in macchina, mi misi le scarpe e mi diressi nel buio. A volte riuscivo a risolvere un problema guidando o passeggiando sulla spiaggia. La mia speranza era mal riposta, ma starmene a letto non serviva a niente.

La corsia del drive-through di Dunkin' era vuota. Rifiutai la prima tazza: il tizio zombie di turno ci aveva messo troppo latte. Il caffè era perfetto e mi immettei sulla Route 41. Rallentai a un semaforo rosso a Pine Ridge e mi misi nelle corsie di svolta.

Mentre guidavo lungo East Road verso Pine Ridge Estates, mi ripetei di non fermarmi. Avrebbe attirato l'attenzione e, se Alston fosse stato a spasso con il cane o a ciondolare nei paraggi, non volevo che mi notasse.

Rallentando mentre mi avvicinavo alla proprietà dei Miller, pensai a Mark. Sentii una stretta al cuore. C'era mancato poco che gli affibbiassero un omicidio. L'immagine di lui che risolveva il cubo di Rubik mi fece sorridere. Mentre pensavo che sarebbe stato forte imparare a farlo, ebbi un'illuminazione. «Merda!»

Quello che Mark aveva detto sulla presenza di Benny alla proprietà dei Miller il giorno in cui Swift era scomparsa poteva essere l'elemento chiave per un mandato. Feci un'inversione a U e guidai dritto verso l'ufficio.

«GIORNO.»

Derrick mi porse un bicchiere di caffè. Ne presi un sorso senza sollevare il coperchio. «Ne avevo bisogno. Sono qui dalle sei.»

«Wow.»

«Ho appena portato di sopra la richiesta di mandato.»

«Avevi detto che non avevamo abbastanza.»

«Abbiamo Alston su nastro, pochi minuti dopo l'ultimo avvistamento di Diskit. Il suo corpo viene ritrovato a pochi passi da casa sua e nella proprietà di un amico di vecchia data. Alston è il denominatore comune tra Diskit e Swift.»

«E ha mentito sul fatto di aver visto Swift la mattina in cui è scomparsa.»

«Sì, ma il punto chiave è che mi sono ricordato che Mark Miller aveva detto che Benny era lì il pomeriggio in cui Swift è scomparsa.»

«Sì, ma lui è, uh, sai, ha la lesione cerebrale.»

«È un testimone oculare.» Abbassai la voce: «E potrei aver confuso i nomi dei fratelli Miller nel mandato.» Sorrisi. «Un piccolo abbellimento non ha mai fatto male a nessuno. Se sbagliamo, sbagliamo.»

«Ma se è lui, gli impediamo di prendere di mira un'altra ragazzina.»

«Esatto.»

«La chiave è cercare di trovare qualcosa che lo colleghi a una delle due ragazze.»

«Ai serial killer piace conservare dei souvenir.»

Mi si chiuse lo stomaco. «Sono dei bastardi malati. Mi spiace dirlo, ma dobbiamo sperare che le abbia filmate o che abbia conservato una ciocca di capelli o qualcosa che lo leghi a loro.»

Presi il telefono della scrivania che stava squillando. Era lo sceriffo. Voleva vedermi.

Dopo avermi fatto cenno di sedermi, Remin si passò una mano tra i capelli. «Il giudice Richardson firmerà il mandato.»

«Buono a sapersi, signore.»

«Voglio che questa cosa sia tenuta il più possibile riservata. Se Alston è pulito, passeremo per incompetenti o peggio.»

«Se la stampa volesse una giustificazione, sarei felice di spiegare perché fosse di nostro interesse.»

«La squadra deve essere ridotta al minimo. Quanto piccola può essere per essere efficace?»

«La casa è di tremila piedi quadrati climatizzati. Un garage per due auto e un capanno. Con due tecnici della scientifica, io e Derrick possiamo farcela.»

Remin inspirò profondamente. «Okay. Prenda un agente di pattuglia a guardia dell'ingresso.»

«Grazie, signore.»

«Spero che Lei abbia ragione su questa storia.»

«Merita di essere messo sotto esame.»

«Vedremo.»

Mentre scendevo le scale, rimuginai sul suo ultimo commento e la mia sicurezza vacillò.

74

Luca

La casa di Alston non era direttamente sul lago. C'era un'altra abitazione di mezzo. Una fitta vegetazione e una piccola riserva naturale la proteggevano dalle altre. Quella dei Miller era a pochi passi.

Arretrata rispetto alla strada, la casa beige aveva la forma di una U rovesciata. Sul lato destro era stato costruito un garage per due auto, speculare al sinistro, che sospettavo fosse la suite padronale.

Buttai l'occhio sul capanno, indicandolo. Nell'angolo più lontano del terreno, era ombreggiato da un paio di querce. Era un probabile nascondiglio. Derrick disse: «Vuoi cominciare da lì?»

«Non lo so. A tutti i corsi che ho seguito dicevano che a questi svitati piace tenere i loro ricordi a portata di mano.»

Lui scosse la testa. «Per rivivere quello che hanno fatto.»

«Okay, ragazzi, mettiamoci copriscarpe e guanti.»

Mi voltai verso i tecnici. «Bene. Entriamo.»

Scassinarono la doppia serratura in meno di due minuti.

Dissi: «Fate con calma. Se vedete qualcosa di femminile o legato a un bambino, ditemelo. Se trovate una scatola o un contenitore di latta con bottoni, capelli o vestiti, qualsiasi cosa, voglio saperlo. E ricordate, qualsiasi prova sarà di certo vecchia, quindi siate prudenti e tenete gli occhi aperti.»

Entrai. Per essere la casa di uno scapolo, era ordinata. «Derrick, perquisisci la cucina. Uno di voi controlli il capanno e l'altro il soggiorno.»

La camera da letto padronale era nell'ala che avevo supposto. Alston rifaceva il letto con meno pieghe di Mary Ann. Una grande TV era appesa di fronte al letto, sopra un tavolino basso. Aprii i cassetti e ci frugai dentro. Mutande e calzini. Estrassi entrambi i cassetti, rovesciandoli. Niente attaccato al fondo. Prima di rimetterli a posto, diedi un'occhiata all'interno del vano. Niente di niente.

Due serie di porte a soffietto chiudevano gli armadi. A destra c'erano gli abiti eleganti e a sinistra quelli casual. Li passai in rassegna, tastando le tasche. Il mio sguardo si posò su quattro scatole di scarpe sopra gli indumenti appesi.

Ne presi giù una, era più pesante di quanto dovrebbero esserlo delle scarpe. Aprii il coperchio; era piena di mazzetti di figurine da baseball tenuti insieme da elastici. In quella successiva c'era un paio di costose scarpe di camoscio blu e nella terza lo stesso paio ma di colore marrone scuro.

L'ultima scatola era leggera. Tolsi il coperchio. Era piena di ritagli di giornale. Li sfogliai. Ognuno riguardava la famiglia Miller. Ce n'erano diversi sull'incidente e sul suicidio. Il resto parlava di inaugurazioni di negozi. Una strana tristezza mi pervase.

Scacciai quella strana sensazione e controllai sotto il letto e il materasso. Aprii il cassetto del comodino. Una Glock 17 lo dominava. Imbustai la pistola. Nel cassetto c'erano un barattolo di Vicks, un apparecchio dentale e un mazzo di chiavi. Presi un flacone di medicinali. Le piccole pillole blu erano Viagra.

Nel corridoio che portava al bagno padronale c'era una botola per accedere alla soffitta. Qualcun altro avrebbe dovuto arrampicarsi in mezzo a quel caldo.

Controllai sotto il mobile del bagno, ma trovai solo prodotti per la pulizia. I vetri della doccia non avevano aloni. Guardai dentro; una spatola tergivetri era appoggiata a un flacone di shampoo Dove.

L'armadietto della biancheria era in ordine; l'unico oggetto degno di nota erano tre flaconi di Just for Men. Il mio grigio aveva ormai soppiantato il nero. Se l'avessi usato, sarebbe stato troppo evidente?

Esaminai la stanza prima di uscire. «Abbiamo trovato qualcosa?»

Derrick disse: «No, ma questo tizio è un maniaco dell'ordine.»

Mostrai la Glock. «Ho imbustato questa, non si sa mai.»

Entrò il tecnico che aveva controllato il capanno. «Nient'altro che un tosaerba e attrezzi da giardinaggio là fuori.»

«Fatemi il favore di controllare la veranda e la cucina esterna.»

Lui aprì una porta scorrevole e uscì. «Derrick, passa al setaccio l'altra camera da letto e fa*gli* controllare le soffitte.»

Girai intorno alla casa in cerca di nascondigli. A volte la gente nasconde i propri segreti proprio sotto il naso. Notai un alto vaso blu alla sinistra della TV, da cui sporgeva un assortimento di bastoncini.

Afferrandone una manciata, li tirai fuori dal vaso. Il fondo era pieno di sassolini di vetro. Rovesciai il vaso. Sotto non c'era nascosto nulla.

Esaminai la cucina, aprendo il forno e il congelatore. Niente. I muscoli del collo mi si tesero. Stavo per fare una figuraccia? Aprii una porta che dava sul garage e fui investito da un'ondata di calore.

Il pavimento era uno di quelli maculati, in resina epossidica. Aveva un bell'aspetto, ma non avrei mai potuto spendere quella cifra per il pavimento di un garage. Gli attrezzi rivestivano due pareti e un banco sega occupava uno dei posti auto. Probabilmente Alston si era verniciato il pavimento da solo.

Mi diressi dritto verso due basse pile di scatole di metallo allineate su un banco da lavoro. Il battito del cuore accelerò mentre allungavo la mano verso quella più in alto. Sollevai il coperchio. Era piena di raccordi elettrici.

Aprii la successiva. Nient'altro che grossi bulloni. Quella più in basso era piena di viti. Dopo aver controllato l'ultima, la sbattei sul banco. Era piena zeppa di strisce di velcro.

Ispezionando lo spazio, sentii che qualcosa non tornava. Studiai l'area ma non riuscivo a capire cosa fosse. Mi asciugai un rivolo di sudore dalla tempia e tornai dentro. Con la mano sulla maniglia, mi bloccai. Lo scaldabagno era sulla destra, sulla stessa parete della porta.

Ma a sinistra c'era un muro di risvolto. Il garage era circa due metri più stretto. Controllai le linee del soffitto e del pavimento. Sembravano normali. Lo scaldabagno era in una nicchia comoda, vicino alla porta del garage, in caso di perdite. Rientrai in casa e andai nella stanza adiacente al garage.

75

LUCA

Alston usava la stanza come ufficio. C'era una porta a soffietto sulla parete che la separava dal garage. La tirai per aprirla. Cosa ci faceva uno specchio a figura intera in un armadio?

Lo scostai dalla parete e mi immobilizzai. Dietro lo specchio c'era una porta. Il mio campo visivo si restrinse. C'era un catenaccio. E un supporto con un lucchetto. In più, una robusta serratura da pavimento. Mi precipitai fuori.

Tirai fuori le chiavi dal comodino della camera da letto padronale e corsi via. «Derrick! Porta tutti nella camera accanto al garage! Subito!»

Correndo lungo il corridoio, Derrick mi chiamò: «Frank! Che succede?»

Davanti al finto armadio, aprii a ventaglio le chiavi che avevo in mano, cercando di trovare quella per il catenaccio. La seconda chiave funzionò. «Fatto.»

Mentre cercavo una chiave per aprire il lucchetto,

Derrick era in ginocchio ad armeggiare con la serratura da pavimento. «C'è un perno. Preso.»

Infilai una chiave nel lucchetto. Clic. Lo rimossi e spostai il fermo. Con le schiene al muro, contai fino a tre sulle dita. Girando il pomello, spinsi la porta verso l'interno. Aspettammo un paio di secondi.

Sbirciai oltre lo stipite della porta. I miei occhi impiegarono un secondo ad abituarsi al buio. Mi cadde la mascella. «Oh, mio Dio.»

Seduta su un materasso, le gambe strette al petto, una donna bionda si stava mangiando un'unghia. Senza finestre, l'unica luce nella stanza con la moquette proveniva da una piccola lampada. Mi si impastò la lingua quando i miei occhi si posarono su un water nell'angolo più lontano.

A nasconderlo parzialmente c'erano uno stendino con dei vestiti e una cesta della biancheria. Ai piedi del letto, una vecchia TV a tubo catodico. Era appoggiata su un lettore DVD.

Feci un passo dentro. Lei strabuzzò gli occhi e si rannicchiò in un angolo.

Cercai a tastoni il mio distintivo. «Sono un agente di polizia. Siamo qui per aiutarla.»

Derrick e gli altri entrarono in massa. Lei si coprì il viso con le mani e gemette. Dissi: «Indietro, indietro, e chiamate un'ambulanza.»

Mentre si ritiravano, chiesi: «C'è qualcun altro qui?»

Lei scosse la testa.

La mia voce si incrinò. «Mi chiamo Frank. Lei come si chiama?»

Sbucò da dietro le mani ma non disse nulla. Le diedi circa vent'anni.

«Va tutto bene. Ho una figlia. Si chiama Jessie. Ha un paio d'anni meno di lei.»

Feci un piccolo passo avanti e lei sussurrò: «No, la prego, no.»

Facendo un passo indietro, dissi: «Non si preoccupi. Sono qui per aiutarla.»

Una lacrima le scese sulla guancia. La mia voce vacillò. «Non c'è nulla di cui avere paura.»

Si asciugò il viso con il dorso della mano.

«Ha fame? Sete?»

Scosse la testa.

«La porteremo fuori di qui.»

«No, non fatelo, vi prego.»

«Va tutto bene. Mi dica il suo nome.»

«Non posso.»

«Può dirmelo. Sono un agente di polizia; nessuno le farà più del male.»

«No. La prego. No.»

«Va bene. Non deve dire nulla. I soccorsi stanno arrivando.»

Misi la testa fuori. «Derrick, fai venire qui degli agenti in uniforme il prima possibile e assicurati che una sia donna.»

«Okay.»

«Chiedi loro di far venire qui qualsiasi agente di pattuglia in zona.»

«Ci penso io.»

«E fa' venire la scientifica. Voglio che questa stanza sia analizzata da cima a fondo.»

Era spaventata come nessuno che avessi mai visto. Era strano essere la fonte della paura di qualcuno. Qualcuno che non era un criminale. Rimasi sulla soglia, chiedendomi chi fosse.

Cercai di immaginare che aspetto avrebbe avuto Kate Swift dopo dieci anni. Dopo un decennio di prigionia. Ingoiai un fiotto di bile.

Il pensiero di chi fosse quella povera ragazza fu soffocato dalla mia rabbia. Volevo svuotare il mio revolver su quel bastardo. «Derrick!»

«Cosa?»

«Dobbiamo prendere Alston.»

«Andiamo.»

«Non voglio lasciarla. È terrorizzata a morte.»

«Lo prendo io, quel bastardo.»

Esitai. «No. Devo farlo io.»

«Riceverà una soffiata e scapperà.»

Aveva ragione. Qualche vicino, incuriosito da ciò che stava succedendo, lo avrebbe chiamato, se non l'aveva già fatto.

Sentii una voce di donna. Guardando oltre la spalla di Derrick, vidi Mary Rourke, un'agente assunta da poco. Le andai incontro. «Abbiamo una ragazza che è stata trattenuta contro la sua volontà. È terrorizzata, ha paura di me, forse perché sono un uomo.»

«Capisco. Farò il possibile per rassicurarla.»

Una sirena lontana si fece più vicina. «Dalle spazio. Potrebbe essere stata tenuta prigioniera per circa dieci anni.»

«Oh, mio Dio.»

«Te la senti?»

«Sì, signore.»

Io e Derrick uscimmo proprio mentre un'ambulanza e una volante si fermavano. Li ragguagliai velocemente e salimmo sulla mia auto. Derrick accese i lampeggianti e io premetti l'accelleratore a tavoletta.

I clienti si dispersero mentre inchiodavo fermandomi davanti a Miller's Building Supply. Spegnendo il motore, Derrick disse: «Eccolo!»

Benny Alston stava uscendo di corsa dall'ingresso. Svoltò a sinistra. Saltai fuori dall'auto e mi lanciai al suo inseguimento. Alston attraversò il parcheggio in diagonale e io lo seguii. Sentii uno stridere di pneumatici. Derrick non aveva mai recuperato la capacità di correre dopo la sparatoria in cui era rimasto ferito. Stava facendo un'inversione a U per tagliare la strada ad Alston.

Quel tipo era più vecchio di me. L'avrei preso. «Polizia! Fermo! Mani in alto!»

Lo stavo raggiungendo. Alston si infilò tra le auto parcheggiate e io persi terreno. Una portiera si aprì sul suo cammino. Alston rallentò. Mi lanciai su di lui. La mia mano gli afferrò il retro della camicia.

Caddi sull'asfalto. Alston mi rovinò addosso. Gli sferrai una gomitata alla tempia. Alston gemette, e io gli premetti la faccia sull'asfalto. Con le ginocchia sulla sua schiena, gli tirai indietro un braccio e gli feci scattare una manetta. Afferrandogli l'altra mano, gli spezzai l'indice. Alston urlò mentre gli ammanettavo i polsi.

Derrick mi tolse di dosso Alston e lo tirò in piedi. Lo affrontai a muso duro. «Bastardo! Chi è lei?»

Alston chinò la testa ma non disse nulla.

Gli ficcai l'avambraccio sotto il collo. «Dimmi chi è la ragazza.»

Derrick si mise in mezzo a noi. «Calmati, Frank. Questo pezzo di merda si farà un bel po' di anni di galera.»

Pestai il collo del piede di Alston con il tacco della scarpa. «Maledetto bastardo.» Mentre lui gemeva di dolore, feci un passo indietro. Si era formata una folla. Avrei voluto dire a tutti cosa aveva fatto Alston e ottenere giustizia immediata, ma dissi soltanto: «State indietro, per favore.»

Arrivò una volante e cacciammo Alston sul sedile posteriore. Tornammo verso la nostra macchina. Derrick indicò i miei pantaloni strappati. «Ti fa male il ginocchio?»

Faceva male, ma non quanto il mio cuore.

76

LUCA

La sala stampa era gremita, c'erano solo posti in piedi. Seguii lo sceriffo Remin all'interno. Il portavoce del dipartimento supplicò i giornalisti di calmarsi e nella stanza calò il silenzio. Remin si avvicinò al podio e io scrutai i presenti. I media nazionali erano presenti in forze e occupavano le prime due file, di solito riservate ai giornalisti locali.

«Grazie per essere qui oggi. È un giorno agrodolce per tutti noi, compreso il personale dell'Ufficio dello Sceriffo della Contea di Collier, che ha lavorato instancabilmente. Dopo nove lunghi anni, Kate Swift è dove dovrebbe essere, a casa con la sua famiglia.»

La stanza scoppiò in un applauso. Remin vi si crogiolò un po' troppo a lungo prima di alzare una mano. «Questo dipartimento non si arrende mai e, in particolare, vorrei riconoscere i meriti del detective Frank Luca, che ha guidato senza sosta gli sforzi per salvare Kate Swift.»

Tutta la stanza si alzò in piedi e applaudì. Feci un cenno del capo, articolando un grazie con le labbra. Lo sceriffo Remin continuò: «Benny Alston, l'uomo che ha tenuto prigioniera la signorina Swift, ha ammesso di aver ucciso Monica Diskit, residente a Orlando, seppellendola a Pine Ridge Estates.»

Remin omise opportunamente di aver arrestato Mark Miller per l'omicidio.

«Crediamo che il signor Alston sia responsabile di almeno un altro omicidio e rilasceremo un'ulteriore dichiarazione dopo aver confermato tutti i dettagli. Risponderò a una o due domande.»

Si alzarono molte mani. Remin ne indicò una di un giornalista di *WINK News*.

«Grazie, sceriffo Remin. Lei ha dichiarato che il signor Alston ha commesso almeno un altro omicidio. Sembra che abbia ucciso molte altre donne.»

«Non posso aggiungere altro al momento; tuttavia, stiamo collaborando con la polizia di Orlando e le forze dell'ordine di tutto lo stato per determinare l'entità dell'attività criminale del signor Alston.»

«Ma vi aspettate che ce ne siano altri?»

«Non posso rispondere con certezza. Ma i profiler ritengono bassa la probabilità che abbia rapito o ucciso un'altra ragazza dopo aver sequestrato la signorina Swift. Se è stato coinvolto in un'altra scomparsa, è probabile che sia avvenuta prima di aver rapito Kate Swift.» Remin indicò un giornalista del *Naples Daily News*.

«Il signor Alston ha tenuto prigioniera la signorina Swift per nove anni. Com'è riuscito a non farsi scoprire?»

«È stato estremamente attento.»

«In che modo, nello specifico, ha evitato la cattura?»

«Non voglio rivelare dettagli che potrebbero dare suggerimenti a chiunque avesse idee simili.»

"Attento" era un eufemismo. Lo spazio in cui Alston teneva Swift era in realtà una stanza dentro un'altra stanza. Erano le stesse tecniche di insonorizzazione usate negli studi di registrazione. Alston non aveva mai permesso a Swift di avventurarsi fuori dalla stanza, installando persino una toilette a compostaggio per lei.

Alston aveva pensato a tutto, persino a comprare una Shower Toga, un prodotto che avevo visto proporre a *Shark Tank*. Alston non era un solitario, ma manteneva un basso profilo. Mi chiesi se essere amico dei Miller gli avesse conferito legittimità.

Fu poi scelto un giornalista della ABC. «Credo che la gente vorrebbe sentire il detective Luca. Posso fargli una domanda?»

Il volto di Remin si contrasse, ma mi fece cenno di avvicinarmi. «Certo.»

Con riluttanza, mi avvicinai al podio. La giornalista disse: «Grazie per aver tolto Benny Alston dalle strade.»

Coprendo il suono degli applausi, dissi: «È il mio lavoro, signora.»

«Cosa ha provato quando ha visto per la prima volta Kate Swift? Cosa le passava per la testa quando l'ha trovata?»

«Come può immaginare, un miscuglio di emozioni. Ero felice di averla trovata viva, anche se non ero sicuro di chi fosse quando sono entrato nella stanza. Ma ero anche disgustato e arrabbiato che qualcuno potesse fare una cosa del genere.»

«Prima ha detto che era il suo lavoro, ma sembra che Lei l'abbia presa sul personale.»

«Dovremmo tutti prendere incidenti come questo sul personale. È nostro dovere collettivo proteggere i bambini e i giovani dai predatori.»

«Pensa che il signor Alston dovrebbe ricevere la pena di morte?»

«Ho fiducia nel nostro sistema giudiziario. Benny Alston avrà ciò che si merita. Chi mi preoccupa è Kate Swift. Ne ha passate di tutti i colori. Spero che voi e il resto della stampa le diate il tempo e lo spazio di cui ha bisogno per riprendersi».

Remin si avvicinò. «Grazie per essere venuti».

I giornalisti balzarono in piedi, urlando domande mentre lasciavamo la stanza. «Grazie per essere venuto, Frank».

«Nessun problema, signore. Ma la prossima volta, sarebbe meglio avere qui anche il detective Dickson».

«Non possiamo permettere che queste cose diventino ingestibili».

«Siamo solo in due in questo dipartimento».

Mi aspettavo una replica sul fatto che non lavorassimo isolati dal mondo, ma Remin disse: «Ricordamelo la prossima volta».

«Grazie, signore».

«Prenditi il resto della giornata libera, te lo meriti».

Aveva ragione sul fatto che avessi bisogno di riposo. A disagio per la parte del meritarmelo, ero più stanco che mai. Forse era lo stress o l'età che avanzava, ma ero a pezzi.

Avrei avuto bisogno di più di un paio d'ore, ma non vedevo l'ora di fare un pisolino sulla lanai. Mentre andavo verso il parcheggio, feci una telefonata veloce a Mary Ann per dirle che stavo tornando a casa.

Mentre guidavo verso casa, decisi di fare chiarezza su una cosa che mi tormentava e feci una deviazione.

77

Luca

Mary Ann mi venne incontro nel corridoio del garage. «Mi hai fatto preoccupare. Avevi detto che stavi tornando a casa».

«Sono passato da Bill Miller».

«Perché?»

«Dovevo solo assicurarmi che non fosse coinvolto in qualche modo».

«Pensavi che Bill Miller fosse coinvolto nel rapimento?»

«No, ma c'era la possibilità che stesse coprendo il suo amico».

«Non ce lo vedo proprio. Che ti ha detto?»

«Che non ne aveva idea ed era scioccato come chiunque altro. Ho capito che diceva la verità; era davvero sconvolto da tutta la faccenda».

«Erano amici da sempre».

«Sai come la penso: non si conosce mai veramente una persona».

«Stai nascondendo dei segreti a tua moglie?»

«Colpevole. Ieri ho mangiato un Big Mac».

«Oh mio Dio. Che mascalzone».

«E odio il cavolo nero».

«Chiamo subito il mio avvocato».

La strinsi tra le braccia. «A che ora torna a casa Jessie?»

«Non prima di un paio d'ore».

Premetti i miei fianchi contro i suoi.

«Hai detto che volevi fare un pisolino».

La condussi in camera da letto. «Dopo dormirò molto meglio».

«Papà! È per te. Ha detto che è di *WINK News*».

Mi passò il telefono. «Pronto, sono Frank Luca».

«Detective Luca, mi chiamo Sandra Tomaso. Sono la direttrice della programmazione di WINK. Mi piacerebbe molto fare un servizio con Lei sul caso Swift».

«Non rilascio molte interviste, signora».

«Capisco, ma questa è una storia forte che suscita grande interesse nella comunità. La storia di Kate ha turbato tutti nel sud-ovest della Florida. Abbiamo l'obbligo di occuparcene».

«Ha bisogno di tempo per riprendersi, non di andare in TV».

«Rispettiamo il suo bisogno di privacy e non ci aspetteremmo che compaia in video. La famiglia potrebbe rilasciare una dichiarazione, ma crediamo che la Sua presenza rassicurerebbe la comunità».

Capitolo 77

«Dovrebbe contattare l'ufficio stampa del dipartimento. Manderanno qualcuno».

«Questo caso è troppo personale. Il pubblico non vuole un portavoce, vuole sentire Lei».

«Non so, è deprimente quello che le è successo».

«È triste e un monito, ma c'è anche speranza. Guardi come si è concluso».

Speranza? Non potresti fare il mio lavoro con un camion carico di speranza. Servono addestramento, determinazione e istinto. «WINK offre sovvenzioni alla comunità?»

«Come, scusi?»

«Lo farò, se riuscirete a raccogliere fondi per finanziare corsi per i bambini del sud-ovest della Florida sui predatori e per fornire un addestramento di autodifesa».

«Non sono sicuro di cosa faccia la Fort Myers Broadcasting nel settore delle donazioni, ma questa è un'idea che possiamo sostenere. Se ci fossero problemi, ho diversi contatti che si farebbero avanti per un'iniziativa del genere.»

———

Spero che la lettura di questo libro vi sia piaciuta tanto quanto a me è piaciuto scriverlo. Se vi è piaciuto, apprezzerei molto se voleste scrivere una breve recensione su Amazon o sul vostro sito di libri preferito.

Le recensioni sono le migliori amiche di un autore e anche solo una riga o due è di grande aiuto. Grazie, Dan

Potete rimanere aggiornati sui miei scritti e avere

accesso a libri gratuiti o scontati iscrivendovi alla mia newsletter. Di solito esce una volta al mese e contiene anche note sull'autostima, pezzi motivazionali e articoli sul vino.

L'iscrizione è gratuita. Per iscrivervi andate in fondo alla pagina del mio sito: www.danpetrosini.com

Dan è un autore di bestseller per USA Today e Amazon che ha scritto la sua prima storia all'età di dieci anni e ama raccontare storie o barzellette.

Dan trae le idee per le sue storie esplorando la domanda: e se?

In quasi ogni situazione in cui si trova, Dan si chiede cosa succederebbe se accadesse questo o quello. E se questa persona morisse o facesse qualcosa di insolito o illegale?

Questo suo continuo lavorio mentale fornisce a Dan abbondante materiale da intrecciare in storie interessanti.

Amante di libri e film con colpi di scena e difficili da prevedere, Dan costruisce le sue storie in modo da impedire ai lettori di indovinarne lo svolgimento. Scrive ogni giorno, forzando le parole a uscire quando necessario, e a oggi ha scritto più di venticinque romanzi.

Non è una questione di voler scrivere, per Dan è semplicemente una necessità.

Dan crede fermamente che le persone possano realizzare i propri sogni se si concentrano e agiscono, ed è proprio ciò che incoraggia a fare.

Il suo detto preferito è: «Il prezzo della disciplina è sempre inferiore al costo del rimpianto»

Dan ricorda alle persone di eliminare la negatività dalle proprie vite. Crede che sia contagiosa e consiglia di stare alla larga dalle persone negative. Sa che avere una mentalità autentica e positiva dà la sensazione che la vita sia truccata a proprio favore. Quando si sente giù, si dice: «Non si può avere una bella giornata con un brutto atteggiamento».

Sposato, con due figlie e un Maltese bisognoso di attenzioni, Dan vive nel sud-ovest della Florida. Originario di New York, Dan ha insegnato nei college locali, scrive romanzi e suona il sassofono tenore in diverse jazz band. Beve anche decisamente troppo vino e non si prende mai, e poi mai, troppo sul serio.

Pubblica una newsletter bimensile con articoli, i suoi scritti e offerte speciali e occasioni imperdibili.

Iscriviti su www.danpetrosini.com